Eric Barnert & Michael Kibler (Hg.)
Jugendstil und Heinerblut

Inhalt

Tatjana Kruse

Klaus-Günter macht die Mathildenhöhe platt!

Tja, das war's dann also. Aus die Maus. Eigentlich ein gutes Leben, zu Anfang auf jeden Fall, nur gegen Ende war's ziemlich abgekackt. Und ja, er war nicht ganz unschuldig daran. Geschenkt! Was geschehen war, konnte man nicht rückgängig machen. Und es kann in diesem Leben nicht für alle und jeden ein Happy End geben.

Da kam sie auch schon, die Kugel mit seinem Namen drauf. Na ja, wenigstens ein furioser Abgang. Klaus-Günter – Günter mit ohne h – schloss die Augen und ergab sich in sein Schicksal.

Um exakt 12 Uhr mittags kam die Eilmeldung über den dpa-Ticker gelaufen: Geiselnahme durch Bombenattentäter auf Mathildenhöhe in Darmstadt.

Weil die Top-Leute in der Redaktion zu diesem Zeitpunkt andere Termine wahrnahmen, entsandte der Chefredakteur der *Allgemeinen* notgedrungen Ulrich Schumann-Kreuth an den Ort des Geschehens. In dessen Referenzschreiben zur Kündigung würde stehen: *Er hat sich stets bemüht*. Bemüht, ja. Ging aber immer irgendwie in die Hose.

»Versemmeln Sie das bloß nicht!«, mahnte der Chefredakteur.

Jetzt parkte Uli Schumann-Kreuth sein Moped direkt vor dem polizeilichen Absperrband. Mopeds – all die

Risiken von Zweirädern, nur dass man nicht so cool darauf aussah. Aber bald würde er auf einem richtigen Motorrad unterwegs sein, auf einer echt heißen Maschine. Bislang hatte er über Umzüge von Feinkostläden berichtet, über gesperrte Klinikumsparkplätze, über die maue Resonanz bei Bürgerbefragungen oder auch mal über heiße Eisen wie Kritik am Schlossgrabenfest – und es war ja auch voll okay, die Bürgerschaft über das zu informieren, was sie betraf, das war eine wichtige gesellschaftspolitische Aufgabe. Doch das hier, das hier war eine Angelegenheit von nationaler Bedeutung. Ach was, von internationaler Bedeutung! Ein Bombengeiselnehmer, der ein Weltkulturerbe zu sprengen drohte. Das konnte – nein, das *würde* – sein Durchbruch als investigativer Journalist werden!

Rund um den Hochzeitsturm, in dem sich der Mann verbarrikadiert hatte, wie es hieß, war alles weiträumig abgesperrt. Auf den Zufahrtsstraßen zur Mathildenhöhe drängten sich die Übertragungswagen der Öffentlich-Rechtlichen und der Privatsender, und am Himmel kreiste ein Polizeihubschrauber und hielt den Luftraum frei.

Oh ja, dachte Uli, wenn er jetzt seine Karten richtig ausspielte, dann würden sich die großen Tageszeitungen der Republik um ihn reißen. Vielleicht sogar die Wochenzeitungen. Womöglich der *Spiegel*! Er schulterte seinen Rucksack und ging auf den Polizisten am Absperrband zu.

»Lassen Sie mich durch, ich kann als Mediator dienen – ich kenne den Mann!« Dass er ihn nicht kannte, das würde er später klären. Brauchte er aber nicht, denn der

Polizist brummte nur: »Und ich kenne den Papst! Sie kommen hier nicht durch.«

Uli schmollte.

Einsatzleiter Jürgen Guderian hatte reichlich Kaffee intus. Grenzwertig viel. Noch eine einzige weitere Tasse, und sein Körper würde sich – sollte er bei diesem Einsatz draufgehen – noch vierundzwanzig Stunden nach seinem Tod bewegen.

Ein Zustand, der übrigens sekündlich eintreten konnte, denn er stand nur wenige Meter vom Hochzeitsturm entfernt und Kollegin Buchting – das Fernglas vors Gesicht gepresst – meldete mit angespannter Stimme: »Ich kann den Täter in der offenen Tür sehen. Er hält eine Fernbedienung für den Sprengstoffgürtel in der Hand.«

Guderians Adern schwollen vor lauter Konzentration an. Es war sein erster Einsatz als Leiter eines hochbrisanten Sondereinsatzkommandos, und er hatte vor lauter Hektik seine persönliche Schutzweste nicht gefunden, als der Marschbefehl erging. Jetzt trug er die Weste von Kollege Meyer. Auf der fett MEYER stand. Ausgerechnet heute. Wo die Medien der ganzen Welt zusahen. Vielleicht besser so. Wenn er das hier versiebte, bekäme der Name Meyer einen Beigeschmack, nicht seiner. Aber dennoch … wenn ihn noch ein einziger mit Meyer anredete, floss Blut.

Jemand trat neben ihn und murmelte etwas.

»Was?«, brüllte Guderian und wirbelte wie ein Derwisch herum. Nicht absichtlich, das war allein der Überkoffeinierung geschuldet.

»Der Präzisionsschütze der Bundeswehr ist eingetroffen, Herr Meyer.«

Guderian ging ab wie ein HB-Männchen.

Ausgerechnet an seinem ersten Urlaubstag! Der Direktor der Mathildenhöhe war nicht glücklich. Man hatte ihn verständigt, als er gerade die Koffer in seinen Wagen wuchtete, um zum Flughafen Frankfurt zu fahren. Aber in einer solchen Situation gab es so was wie Urlaub natürlich nicht. Also fuhr er im Eiltempo zurück an seinen Arbeitsplatz und wollte die Evakuierung der Gebäude veranlassen, doch seine Mitarbeiter und Mitarbeiterinnen hatten sich bereits selbst evakuiert. Kluge Truppe!

»Sind alle von uns in Sicherheit?«, fragte er.

Seine Sekretärin nickte. »Die Leute, die der Geiselnehmer in seiner Gewalt hat, sind ausnahmslos Touristen. Und -innen«, setzte sie noch hinzu, weil ihr das Gendern in Fleisch und Blut übergegangen war.

Gundula Friedrichs – die Presse würde später schreiben: *eine Hausfrau (64) aus Wixhausen-Ost* – hatte seinerzeit im Hochzeitsturm der Mathildenhöhe geheiratet. Vor zwanzig Jahren und drei Monaten, um genau zu sein. Eine Spätehe, sie war damals schon Anfang vierzig gewesen. Hatte sich vorher einfach nie ergeben.

Doch schon viel früher, lange vor ihrer Pubertät, hatte sie die perfekte Hochzeit geplant: das Kleid, die Frisur, den passenden Mann – und auch, wenn Outfit und Mann sich im Laufe der Jahrzehnte änderten, hatte sie sich vor ihrem inneren Auge immer frisch vermählt im Hochzeitsturm gesehen. In diesem grandiosen Stück

Architektur, das Joseph Maria Olbricht ersonnen hatte, quasi als nachträgliches Geschenk der Stadt an Großherzog Ernst Ludwig und seine Eleonore zur Hochzeit im Jahr 1905. Das Wandmosaik in der Eingangshalle mit den beiden Liebenden, die sich vor blauem Sternenhimmel küssend in den Armen liegen, hatte es Gundula seit jeher besonders angetan.

Schon als Kind hatte sie memoriert, dass diese Vision ihres Glücks von der Glasmosaikfabrik Puhl & Wagner nach Entwürfen von Friedrich Wilhelm Kleuken zur Ausstellung der Künstlerkolonie im Jahr 1914 angefertigt worden war. Gundula hatte sich dieses romantischste aller Mosaikbilder sogar auf den verlängerten Rücken tätowieren lassen – mit ihrem Gesicht und mit dem von Rainer, ihrem Seelenpartner. Jetzt ja eher ›Rainer, der Arsch‹, der sie mit ihrer besten Freundin betrogen hatte. Nicht wirklich schade drum: Er hatte ihr stets versprochen, alles für sie zu tun, aber damit hatte er dann wohl gemeint, allfällige Drachen für sie zu töten – den Müll rauszutragen, die Geschirrspülmaschine einzuräumen, ihr treu zu sein, das hatte er nicht darunter verstanden.

Vor ihr lag nun ein Leben ohne Mann und ohne beste Freundin, aber mit einem nicht-weglaserbaren Tattoo auf dem Hintern.

Gundula überlegte oben auf der Aussichtsplattform gerade, ob sie nicht trotz der Sicherheitsmaßnahmen vom Turm in den Tod und somit ins Vergessen springen konnte, als ein Tourist in Shorts und mit Kamera um den Hals die Treppe hochgelaufen kam und schrie: »Da unten ist ein Terrorist mit einer Bombe um den Bauch! Wir werden alle sterben!«

Woraufhin sich die Menge oben auf dem Turm wie verschreckte Welpen aneinanderkauerte. Nur Gundula trat beherzt den Weg nach unten an. Sie hatte ohnehin nichts zu verlieren.

Klaus-Günter positionierte sich mitten in der offenen Eingangstür. Der selbstgebastelte Bombengürtel saß deutlich zu eng und verunmöglichte die freie Nasenatmung. Er konnte nur ganz flach durch den Mund atmen. Na, lange würde es jetzt nicht mehr dauern.

Im Olbrichweg und sogar im Platanenhain standen diverse Streifenwagen, hinter denen Uniformierte kauerten. Ein Hubschrauber schwebte über dem Geschehen. Wegen des Rotorenlärms konnte Klaus-Günter nicht verstehen, was sich die Polizisten zuriefen, aber es hatte für ihn ganz den Anschein, dass gleich der Zugriff erfolgen sollte.

Gottseidank! Lange hielt er es nicht mehr aus. Er hatte alles minutiös von langer Hand geplant, aber wie nervenaufreibend-zermürbend es dann vor Ort tatsächlich sein würde, das hatte er nicht vorausgesehen. Außerdem drückte seine Blase. Aber das würde warten müssen …

»Scheiße!«, fluchte Uli Schumann-Kreuth. Drüben, in dem gesicherten Bereich weit weg vom Turm, sah er den Mitarbeiter eines großen Privatsenders vor laufender Kamera mit dem Direktor der Mathildenhöhe reden. Uli erkannte das Gesicht des Kollegen: eine bekannte Medien-Nase mit eigenem Abendformat. Klar, dass der die besten Interviews bekam.

Sofort stieg Panik in Uli auf: Gab es einen geheimen Zugang zum Turm, den nur der Direktor kannte? Würde dieser Großkotzkollege gleich hautnah mit dem Bombenattentäter sprechen? Uli sah seine Felle davonschwimmen. Aber so nicht, nicht mit ihm! Seine Hoffnung mochte im Sterben liegen, begraben hatte er sie noch nicht.

Uli sah sich um. Ja, das war's – er musste nur auf das Dach des Alice-Altenheimes gelangen, von dort könnte sein Plan klappen!

Uli Schumann-Kreuth sprintete los.

»Was machen Sie denn da?«, rief Gundula Friedrichs.

Klaus-Günter drehte sich zur Treppe. Er war mit der Linie MO1 zum Elisabethenstift gefahren und den Rest des Weges zum Hochzeitsturm zügig zu Fuß gegangen. Dort hatte er sich gleich als Attentäter zu erkennen gegeben und alle, die sich in der Eingangshalle befanden, weggeschickt. Er hatte bei der Planung extra darauf geachtet, keinen Trautermin zu stören. Dass sich oben im Turm noch jemand befinden könnte, hatte er zwar zu Hause miteingeplant, aber dann vor lauter Adrenalinrauschen in den Adern vergessen. Mist!

»Ich habe gefragt, was Sie da machen, junger Mann!« Gundula stemmte die Hände auf die Hüften und musterte ihr Gegenüber. Wenn dieser Bombenmensch nicht einen überdimensionalen Pornoschnauzer im Gesicht tragen würde, wäre er richtig gutaussehend. Und soviel jünger als sie sah er gar nicht aus, aber sie wollte gleich ein Altersgefälle etablieren, das sorgte für mehr Respekt.

Klaus-Günter musterte die Frau. Es war ja ein Irrtum zu glauben, Omas würden heutzutage noch in Kittelschürze und mit Dauerwelle herumlaufen. Die hier trug Destroyed Jeans und ein AC/DC T-Shirt und hatte einen frechen Kurzhaarschnitt.

Klaus-Günter murmelte etwas.

»Sie müssen lauter reden!«

»Ich habe gesagt, Sie sind jetzt meine Geisel. Gehen Sie bitte wieder nach oben, sonst … äh … muss ich die Bombe zünden.« Er zeigte auf seinen Gürtel, an dem mehrere Eineinhalb-Liter-Flaschen mit durchscheinender Flüssigkeit befestigt waren.

»Ist das Mineralwasser?« Gundula legte die Stirn in Falten. »Klar ist das Mineralwasser. Ich erkenne doch die Etiketten.«

Klaus-Günter hatte nicht damit gerechnet, dass man ihn so schnell überführen würde. Weil er nicht damit gerechnet hatte, dass ihm jemand so nahekommen würde. »Nein, das ist Flüssigsprengstoff! Und das ist der Zünder, also tun Sie, was ich sage!« Er hielt seine Fernbedienung in die Höhe.

Gundula trat die restlichen Stufen hinunter und setzte ihre Brille auf. »Die Fernbedienung kenne ich, ich habe dieselbe. Die ist für den Fernseher.«

»Ich habe sie umgerüstet!«, erklärte Klaus-Günter trotzig.

Gundula legte den Kopf schräg. »Seien Sie ehrlich«, sagte sie. »Sie sind doch gar kein Bombenattentäter. Man sieht doch gleich, dass Sie einer von den Guten sind.«

Klaus-Günter schluckte schwer. »Ich wusste mir keinen anderen Ausweg mehr. Ich … ich bin arbeitslos und zahlungsunfähig. Meine Frau hat mich schon vor Jahren verlassen, und jetzt verliere ich auch noch meine Wohnung. Ich will Weihnachten nicht obdachlos auf der Straße verbringen. Aber wer stellt schon jemanden wie mich ein? In meinem Alter? Da dachte ich, im Gefängnis ist es auf jeden Fall besser. Also, zumindest wärmer.« Er sah sie aus großen Dackelaugen Verständnis heischend an. Sein Schnauzer vibrierte. »Dass oben noch wer sein könnte, habe ich vergessen. Ich mach das ja nicht als Profi, da geht einem schon mal was durch. Ich wollte Sie auf gar keinen Fall in Angst und Schrecken versetzen.«

Gundula nickte. Sie trat neben ihn und sah nach draußen. »Ist das da drüben ein Scharfschütze?«

»Was?« Klaus-Günter riss die Augen noch weiter auf. Damit hatte er nicht gerechnet. Er war immer davon ausgegangen, dass ihm jemand mit strenger Obrigkeitsstimme »Geben Sie auf!« zurufen würde – und dann hätte er natürlich augenblicklich aufgegeben. Seit wann wurden denn mitten in Deutschland Menschen einfach so von Scharfschützen erschossen?

Rasch zerrte er Gundula aus der Schusslinie und zeigte mit der Fernbedienung auf sie. »Bleiben Sie gefälligst dort, wo Sie keiner sehen kann!«

»Scheiße!«, rief jemand aus Guderians Truppe, der Klaus-Günters ausgestreckten Arm missdeutete. »Der will eine der Geiseln töten!« Einsatzleiter Guderian riss Kollegin Buchting das Fernglas aus der Hand. »Verdammt, tatsächlich!«, bellte er. »Sind die Präzisionsschützen in Position?«

Uli Schumann-Kreuth hatte es aufs Dach des Altenheims geschafft. Und ja, von hier oben hatte er einen guten Blick. Gut genug für seine Drohne. Er hatte sie für unter zweihundert Euro online bestellt und trug sie, für genau solche Fälle, immer im Rucksack mit sich.

Offenbar tat sich etwas – Uli bemerkte das hektische Treiben unter den Einsatzkräften. Wenn er schon kein Interview mit dem Attentäter bekam, dann doch wenigstens Livebilder auf sein Handy. Mit zittrigen Händen brachte er seine Drohne an den Start.

»Flieg, mein Kleiner, flieg!«

Mit geübten Händen lenkte er die Drohne mit der Fernsteuerung hinüber zu der offenen Tür des Hochzeitsturmes.

»Feuer!«, brüllte Guderian.

Der Präzisionsschütze, der Klaus-Günter schon die ganze Zeit im Visier gehabt hatte, schoss.

Klaus-Günter – Günter mit ohne h – hörte den Feuerbefehl. Das war es also. Aus die Maus. Er schloss die Augen und ergab sich in sein Schicksal.

Gleich darauf tat es einen unschönen metallischen Schlag und Metallteile flogen ihm um die Ohren und ratschten ihm die Haut auf.

»Aua!«, quietschte er und ging in die Knie.

»Nein!«, schrie Uli Schumann-Kreuth auf dem Dach des Altenheims. Sie hatten seine Drohne zerschossen! Seine wunderbare, neue Drohne! Aber wenigstens hatte er ein Livebild von den letzten Augenblicken des Bombenattentäters. Er rief die App auf seinem Handy auf, die die Datenübertragung von Drohne zu Smartphone regelte. Die App meldete lapidar: *Geräte-Paarung nicht erfolgreich, bitte versuchen Sie es erneut.*

»NEIN!« Uli Schumann-Kreuth schrie seine Seelenqual in den Himmel über Darmstadt.

Als Klaus-Günter die Augen aufschlug, lag sein Kopf im Schoß der AC/DC-Oma. Von hier unten sah sie gar nicht so alt aus.

»Alles gut«, raunte sie ihm zu und presste ein Taschentuch auf seine blutende Schläfe. »Kopfwunden bluten immer wie Schwein, aber Sie sind nicht schwer verletzt. Eine Drohne hat Ihr Leben gerettet.«

»Ich bin noch nie straffällig geworden. Und ich wollte der Mathildenhöhe wirklich nichts tun, das müssen Sie mir glauben«, hauchte Klaus-Günter.

»Ich glaube Ihnen.« Gundula streichelte seine Stirn. »Ich bin Gundula. Und Sie?«

»Klaus-Günter. Mit ohne h. Sie duften wie eine frische Blumenwiese.«

Gundula schmunzelte. Klaus-Günter sah Rainer nicht unähnlich. Wenn sie sich auf das Tattoo einfach noch einen Schnauzer stechen ließ, war ihre Welt – und ihr Hintern – wieder in Ordnung. »Ich werde Sie regelmäßig im Knast besuchen«, versprach sie. »Sie sitzen Ihre Strafe ab und danach kriegen wir Sie wieder auf die Beine! Ganz bestimmt. Ich helfe Ihnen.«

Klaus-Günter lächelte. Gundula auch. Liebe lag in der Luft.

Später lächelte auch der Direktor, weil alles so glimpflich ausgegangen war – kein Verlust an Leib und Leben und kein einziger Kratzer an der Mathildenhöhe.

Nur Guderian und Uli Schumann-Kreuth lächelten nicht – Guderian verscherzte mit seinem ›Feuerbefehlio praecox‹, wie es sein Vorgesetzter nannte, beinahe seine Beförderung (letzten Endes wurde Kollege Meyer strafversetzt, dessen Schutzweste auf allen Berichterstattungsfotos weltweit zu sehen war und dessen Unschuldsbeteuerungen ungehört verhallten), und Schumann-Kreuth, der bis Redaktionsschluss keine einzige Textzeile schickte, weil er Quittung und Garantie seiner Drohne suchte, und die *Allgemeine* somit die einzige Zeitung war, die *nicht* über das Attentat berichtete, wurde fristlos entlassen.

Aber so ist es nun mal im Leben: Es kann nicht für alle und jeden ein Happy End geben.

Patricia Holland Moritz

Der zerstreute Heiner

»Du HORST!!! Sachma, hast du sie noch alle???« Äpfel rollten den Radweg hinunter. Ronny schaute ihnen hinterher. Wie auch dem Radler, der eifrig in die Pedale trat und hinter einer Gruppe angeschwipster Männer verschwand.

Ronny wuchtete die Faust in die Luft. Dann sammelte er seine Einkäufe wieder ein.

Der »Horst« war ihm so rausgerutscht in der Stadt, in der man Heiner heißen sollte und in der er noch nicht angekommen war. In Darmstadt.

Essen, Darmstadt, Pforzheim … Im Westen der Republik lag ganz offensichtlich ihr Verdauungstrakt. Als Stadt ließ es sich leben mit einem verunglückten Namen. Aber als Mensch? In einer Zeit, in der Eltern ihre Söhne nicht nur »Kasper« schimpften, sondern ihnen auch noch diesen Namen gaben, hieß er noch viel schlimmer: Ronny.

Der Ronny aus dem Osten war der Kevin aus dem Plattenbau und in der Schlussfolgerung des Ganzen nicht die hellste Kerze am Baum. Ein Vorurteil, das nicht nur in Berlin gedieh, sondern auch auf dem fruchtbaren Boden Darmstadts. Doch er lebte gern im Windschatten der intellektuellen Missachtung. Dort, wo er den Darmstädter Georg Büchner las und immer wieder den Frankfurter Goethe. Nirgendwo war es ruhiger als im Auge des Orkans. Dort, wo er in Ruhe gelassen wurde, seinen eigenen und nicht den Gedanken anderer nachgehen konnte, fühlte Ronny sich unantastbar. Auf jene in der zweiten Reihe wurden vielleicht weniger Blicke geworfen, aber auch weniger Steine.

Ronny Mischke hielt noch ein bisschen an seiner Jugend fest, und jede glatte Fläche hielt als Spiegel her. Kürzlich hatte er sich sogar über eine Pfütze gebeugt, um sich vom perfekten Sitz seines Hemdes zu überzeugen. Auch jetzt, zwei Baumwollbeutel mit Einkäufen in den Händen, betrachtete er sich im Schaufenster einer Galerie. Er tänzelte sogar ein wenig dabei. Hob unscheinbar die Beutel an, rechts und links im Wechsel, das Gewicht formte Bizepse unter dem glatten Stoff des bügelfreien Hemdes.

Auf dem Weg in seine Zweizimmerwohnung im dritten Stock begegnete ihm Frau Kanzler. Sie führte am frühen Abend ihren Hund aus. Beide – auch der schwarze Pudel – wie immer gekämmt und auffallend gut gepflegt. Sie mit ihren achtzig Jahren in bequemen Baumwollhosen und von einer erfrischenden Wolke Kölnischwasser umgeben.

»Wo geht's denn hin?«, fragte Ronny und kannte die Antwort.

»In de Herrngadde nadierlisch! Zwaa Bembel un' dann widder haam.«

Sie schaute ihn an mit einem Blick, den er als ziemlich verwegen wahrnahm. Frau Kanzler hegte so gar keinen Argwohn gegen ihren neuen Nachbarn. Was auch kein Wunder war. Sie vergaß. Alles und schnell. Ob ihr geistiger Zustand mit Alzheimer, Demenz oder schlicht Vergesslichkeit zu tun hatte, war Ronny einerlei. Er hätte sich keine bessere Nachbarin wünschen können. Konnte ihr alles erzählen, sie zu seiner Mitverschwörerin machen ohne auch nur die Spur eines Risikos, von ihr verraten zu werden. Nur dass sie einen Wohnungsschlüssel bei ihm deponiert hatte, weil sie ihren oft verlegte und manchmal sogar verlor, konnte sie sich merken. Ganz Darmstadt musste schon mit den Schlüsseln der Frau Kanzler ausgestattet sein, so oft sie bei ihm klingelte, um sich den Ersatzschlüssel zu holen und ihm kurz darauf einen neuen, frisch gefrästen zu bringen.

Ronny lächelte und sagte in verschwörerischem Ton: »Dann wünsche ich Ihnen viel Freude. Auf dass auch für Peppo was vom Tisch fällt.«

Sie lachte und beugte sich runter zum Pudel, der sofort gierig ihre Hand nach Essbarem absuchte. Als sie sich wieder aufrichtete, lag Sorge in ihrem Blick.

»Awwer du, goldische Bubb«, sagte sie, »bisdd die gaandse Zeit so fäddisch. Kommsch'de aach zum Festsche? Es ist doch der ersde Daach. Machst aaner druff. Dammschdadd lernste nedd nur iwwer die Awweid kenne.«

»Machen Sie sich keine Sorgen. Aufs Heinerfest freue ich mich schon lange«, entgegnete Ronny wahrheitsgetreu. »Wir begegnen uns dort ganz bestimmt die Tage.«

»Na dann druff un als dewedder!«, rief die alte Dame fröhlich und hangelte sich weiter am Geländer nach unten.

Heiner. Ein Name, den Ronny wie eine unkontrollierte Steigerung seines Unfalls von Namen empfand, war hier Programm. Am Abend sollte es eröffnet werden, das jährliche Heinerfest, auf dem sich bekennende Heiner als solche bekannten. Vom Herrngarten aus rund um das Darmstädter Schloss, den Karolinenplatz, Mercksplatz, bis zum Riesenrad auf dem Marktplatz, aufgebaut wie ein gallisches Dorf aus Bühnen für Theaterstücke und Konzerte, Kino und Sport. Und die Lücken dazwischen gefüllt mit dem, wonach den Menschen gelüstete, sobald zu viel Kultur ihn zu langweilen begann und er in deren Niederungen hinabstieg. Mit Bembel aufs Kettenkarussell. Illegale Rennen im Autoscooter simulieren. Dem Brechreiz im »Apollo-Flug« nachgeben. Plüschtiere mit Metallgreifern angeln. Ganze Sträuße Plastikrosen schießen. Ausdauernd Lose kaufen, bis einem der größte Teddybär gehörte.

Natürlich ging Ronny aufs Heinerfest. Zunächst brachte er die Einkäufe nach oben. Wechselte das Hemd, zog eine Cargohose mit aufgesetzten Taschen an und verstaute alles darin, was er für den Abend brauchen würde. Er wusste, wo sie sich trafen.

In die »Krone« ging, wer an seiner Jugend festhielt, wie Ronny es tat. In der Atmosphäre des Gasthauses mit der Patina von Jahrhunderten, das den Bomben getrotzt hatte, ließ sich bei Bier und Billard und Konzert und Kunst die eigene Vergänglichkeit besser verkraften.

Auch Heiner Schwöbel hielt an seiner Jugend fest, die ihm allerdings wie Schuppen aus dem lichter werdenden Haar fiel, je mehr er sich bemühte. Es sei wie beim Furzen, hatte Frau Kanzler Ronny kürzlich (und zum wiederholten Male) beim Kaffeetrinken in ihrer guten Stube mitgeteilt: Je mehr Druck man machte, umso mehr Kacke kam dabei heraus. (Sie vergaß auch die Witze, die sie bereits gezündet hatte. Und gab sie mit wachsender Begeisterung immer wieder aufs Neue zum Besten. Ihre Scherze alterten nicht, sondern reiften wie ein Wein, der erst durch seine Lagerung ein nennenswertes Prädikat erreichte.) Ronny lachte jedes Mal wie beim ersten Mal über die wohltuende Weisheit der kultivierten alten Dame, deren Leben dank ihres Gedächtnisschwundes sehr abwechslungsreich war.

Heiner Schwöbel machte eine Menge Druck. Er hatte allen Grund dazu. Schon der erste Anblick hatte Ronny gezeigt, was eine Nase in einem Gesicht anrichten konnte. In Heiner Schwöbels Fall großes Unheil. Doch Heiner Schwöbel galt als feiner Kerl mit dem Rüssel für das richtige Gespür. Wegen ihm war Ronny ins Fahrgeschäft eingestiegen. Und hatte sich ein Taxiunternehmen darunter vorgestellt oder einen Autoverleih, damals, als Mutter ihren neuen Freund zu Hause anschleppte. Dabei hatten sie gerade die ganze Scheiße hinter sich gehabt und den dauerbetrunkenen Vater in der Geschlossenen untergebracht.

Ronny würde den Tag nie vergessen, an dem dieser Clown zum ersten Mal vor ihm stand. Nach einem feuchten Händedruck hatte der überhaupt erstmal seine Sonnenbrille abgenommen. Hatte den stattlichen Sohn seiner neuen Geliebten anerkennend betrachtet. Was'n goldische Bubb.

»Rischdiesch!«

Ronny klopfte sich auf die Schulter, und sein Spiegelbild tat es ihm gleich.

»De goldische Bubb wird dir ein Fest bereiten, das seinen Namen fortan mehr denn je verdient.«

Die Darmstädter waren ein warmes, gastfreundliches Volk. Ronny konnte sich nicht beklagen, wobei er so wenig von ›den Darmstädtern‹ wie von ›den Menschen‹ reden wollte, weil doch jeder Einzelne seine Chance für sein eigenes Handeln verdiente und niemand als Gruppe existierte.

Manchmal arbeitete Ronny, das Handy am Ohr, unter dem »Langen Lui« auf dem Luisenplatz. Dann saß er auf den Stufen zum Denkmal für Ludewig I., führte die notwendigen Telefonate mit der Spedition seines Vertrauens, mit befreundeten Schaustellern, die seine Fleischwaren schätzten, mit der charmanten Sachbearbeiterin beim Gesundheitsamt und dem polternden Vorsitzenden vom Festausschuss. Mit jedem Telefonat besiegelte er, wie weit es ein Ronny aus dem Osten bringen konnte. Ließ dann das Telefon in die Brusttasche gleiten und genoss das Treiben auf dem Platz. Er und Lui bildeten den Stein im Flussbett, um den herum sich das Wasser spülte und das Leben spielte. Nur Tage zuvor hatte er dort gesessen. Hatte beobachtet, wie Stück für Stück die Bauten für das Heinerfest zusammen mit der Vorfreude wuchsen, die in der Luft lag. Dazwischen die Geigerin mit dem Teufelsblick, schwarzen Lederklamotten und Silberschmuck, der jede ihrer Bewegungen am Bogen orchestrierte. Und wieder der langhaarige Mann, zu jung für so wenige Zähne im Mund, doch mit einer Fröhlichkeit ausgestattet, die ihm ein ständiges Klimpern von Münzen im leeren Kaffeebecher bescherte. Eine ebenfalls – aber weniger erfolgreich – bettelnde Roma mit einem Pappschild in der Hand wurde fast überrannt von zwei Männern im Anzug und in Eile, die gierig in ihre Sandwichs bissen und dabei lauthals über einen Spruch lachten, den einer von beiden gerade gemacht hatte. Schaute sich Ronny auf dem Luisenplatz um, wirkte nur die Blumenhändlerin darmstädtisch in ihrer Vertrautheit mit dem Platz und seinen Menschen. Geduldig tackerte sie Preisschilder an Pflanztöpfe, während sie sich mit einem älteren Herrn in Beige und Braun unterhielt, der kurz darauf mit zwei Hortensien in Pink und Blau und zufriedenem Lächeln von dannen zog.

Die hiesigen Frauen waren die besseren Heiner, fand Ronny. Das männliche Original galt einst als übel beleumdeter Hunne, als grober Hüne, der zu »Heune« und schließlich »Heuna« wurde. Ein ungeschlachter Typ, der unverfälschten Dialekt sprach. Erst vor gut hundert Jahren, wie ihm Frau Kanzler zum wiederholten Male erzählte, sei der Heiner zum feinen Kerl geworden.

›Und wo ist Ihrer?‹, hatte Ronny zwinkernd gefragt, wissend, wie fröhlich Frau Kanzler auf einen unvermuteten Flirt reagierte.

›Mein Heiner is schon langge dohd. Hab isch Ihne des ned erzählt?‹

Hatte sie. Ebenfalls schon hundert Mal, doch Ronny liebte es, wenn die feinen Altersäderchen ihr Gesicht erröten ließen. So hatte die Mutter gelächelt, als sie Heiner Schwöbel kurz nach der Wende zum ersten Mal mit in die Plattenbauwohnung gebracht hatte.

Ronny hatte gerade die letzte Prüfung der Zehnten bestanden und nun sein Leben vor sich gehabt. Das Land war mit nie da gewesener Freiheit gesegnet. Die Mutter war vom prügelnden Vater befreit. Die Zimmer waren entrümpelt und frisch tapeziert. Ronny hatte gekocht an dem Tag und Schnittblumen gekauft. Das Zeugnis lag unter einer Flasche französischen Rotweins. Der Korken daneben, zwei polierte Gläser standen bereit. Trotz des Tageslichts hatte Ronny eine Kerze angezündet. Die Mutter kam rein und strahlte. Dabei hatte sie weder die Kerzen, noch den Wein oder das auf dem Tisch liegende Zeugnis bemerkt. Sie strahlte vor Glück, und Heiner Schwöbel, der Mann an ihrer Seite, war der Grund dafür.

›Daan goldische Bubb ist ja schon ganz schee groß. Da muss isch uffbasse, dass mer uns verdraache.‹

Und dann ging das Getätschel los, auf das bald jene Niedertracht folgte, die hinter jeder übertriebenen Geste der Zuneigung lauert. Dieser Heiner war der Inbegriff von Akkuratheit und Kontrolle. In der Wohnung und im Leben von Ronny und seiner Mutter herrschten fortan Ordnung und Sauberkeit unter dem Duft von WC-Reiniger.

Heiner war ein hessischer Lokalpolitiker, der sich kurzzeitig als Karussellbetreiber im Osten versuchte. Mit Erfolg. Goldgräberstimmung überall, und neben flugs errichteten Baumärkten zog auch das Geschäft mit den Fahrgeschäften an. Der Rummel allerorten berieselte die dehydrierten Gemüter, und auch Ronny ließ sich darin treiben. Die Mutter blühte auf in ihren neuen Kleidern, behängt mit Schmuck, der zum ersten Mal in ihrem Leben echter war.

Erst als die Mutter entschied, mit ihrem Geliebten ein Haus zu kaufen, wurde Ronny stutzig. Sie sollte es kaufen und die Papiere unterschreiben (»Des is sischerlisch viel besser für disch, denn immer dro denke, mir sinn ned verheiraded!«), für das nötige Kleingeld würde er dann schon sorgen.

Die Fleischerlehre hatte Ronny abgebrochen, obwohl es ihn immer zum Schlachten gezogen hatte. Den Tieren einen sanften Tod zu ermöglichen, bevor sie zerstückelt wurden – das war sein Plan gewesen. Er hatte es auf sich genommen, die brachiale Lehre zu ertragen, um sie eines Tages mit eigenen Ideen zu unterwandern. Doch Heiner Schwöbel wusste zu reden, er motivierte Ronny jeden Tag aufs Neue: Das Leben sei ein Rummel und kein Gammelfleisch. Er würde reisen und interessante Leute treffen statt in einer Kühlhalle in tote Kuhaugen zu starren.

Sein Vater hatte nie so mit Ronny geredet und Heiner leichtes Spiel.

›Bist doch kaa Kabb! Mer wern e guudes Team!‹

Also fuhr er mit, wenn Heiner Schwöbel seine Karussells und Schießbuden in die Dörfer im Speckgürtel um Berlin herum dirigierte. Und dann zogen sie um. In ein Haus in Brandenburg. Mit einem Garten, kleinem Teich, einem Entenpaar und einigermaßen leidlichen Nachbarn. Ronny hatte ein großes Zimmer unterm Dach und die Mutter endlich ein Badezimmer so groß wie ein Ballsaal. Doch Walzer konnte sie dort nicht tanzen, weil ihr Partner plötzlich verschwunden war. Hatte sich für ein paar Tage nach Darmstadt verabschiedet und noch gesagt, dort stünden die Wahlen zur Stadtverordnetenversammlung an. Und kam nicht wieder.

›Wie kann er sich dort wählen lassen, wenn er hier lebt?‹, war eine von Ronnys Fragen, auf die er nur ein Schulterzucken von der Mutter als Antwort bekam. Sie schien von ganz anderen Sorgen getrieben zu sein. Ihr Schmuck glänzte heller als ihre Augen, und bald legte sie ihn ab. Das Telefon blieb still, und wenn die Mutter Heiner Schwöbels Nummer wählte, legte sie kurz danach wieder auf.

›Wir schaffen das auch zu zweit‹, versuchte Ronny die Mutter zu trösten. ›Haben wir doch schon mal geschafft.‹

Sie hörte ihn schon nicht mehr.

Monate waren vergangen. Rechnungen stapelten sich zu Türmen des Versagens. Die Raten des Hauses wurden nicht mehr gezahlt. Der Teich trocknete aus. Das Entenpaar war weggezogen. Die Nachbarn wandten sich ab und tuschelten untereinander. Frühjahrsblüher verblühten, bevor der Frühling vorbei war, und keine neuen kamen nach.

Ronny hatte die Fleischerlehre wieder aufgenommen. Er schuftete im Schlachthof und übernahm die unbeliebten Schichten. Die Nächte der Wochenenden brachten am meisten Geld, doch das Loch, in das er sein Verdientes schüttete, war zu tief, um noch etwas davon zu sehen.

›Manschmal guckste wie maan Sohn‹, sagte Frau Kanzler. Und nicht selten riss sie Ronny genau mit diesen Worten aus seinen Gedanken.

›Weil Sie mich an meine Mutter erinnern.‹

Eines Abends war er nach Hause gekommen und hatte die Mutter gefunden. Erhängt am Dachbalken ihres unbezahlten Hauses.

Ronny packte seine Sachen, einen Karton mit Fotos und dem Schmuck seiner Mutter, und zog ins Lehrlingswohnheim des Schlachthofs. Das schuldenbelastete Erbe seiner Mutter schlug er aus. Das Haus mit Garten wurde zwangsversteigert. Ging für einen Spottpreis an einen Darmstädter Lokalpolitiker.

Hatte er genügend Redbull mit Wodka intus, ging Ronny dort spazieren. Sah immer andere Autos vor der Tür, immer andere Kinder am Teich, immer andere Frauen auf der Sonnenliege im Garten. Das Haus erfreute sich reger Vermietung, und der Garten blühte, dass es ein regelrechtes Wuchern war. Ähnlich verhielt es sich mit den Mietpreisen in und um Berlin bis Brandenburg, und eines Tages stand ein größerer Wagen als all die anderen vor der Tür des Hauses. Ein junges Paar mit zwei Kindern zog ein und blieb. Im Biergarten hieß es, sie hätten das Haus gekauft und dem Eigentümer die unfassbare Summe mit einem Mal gezahlt.

Ronny entdeckte Heiner Schwöbel am Stammtisch der »Krone«. Er bestellte sich ein Bier am Tresen und setzte sich an den Nebentisch der fröhlich palavernden Runde aus Lokalpolitikern. Twitter war ein offenes Buch, in dem sich jeder einzelne von ihnen mit all seinen Vorlieben, Hassobjekten und mehr oder minder viel Talent für Satire offenbarte. Und mit der »Krone« als bevorzugtem Treffpunkt fürs analoge Parteileben.

»Dr Labbeduddel in de Poledigg is nedd nur fraktionsloos, nu isser aach sei Fraa los! Und zwaar an misch, de Heiner!«, dröhnte Heiner Schwöbel und erstickte fast an einem Lachanfall. Er hatte also eine Neue. Diesmal eine Ausgespannte.

Ronny lehnte sich zurück, nippte am Bier und zog das schmale Bändchen von Büchners »Woyzeck« aus der Tasche seiner Cargohose. Das Gehör geschärft für jedes Wort am Nachbartisch, schlug er das Büchlein auf und gab vor, sich zu vertiefen. *Unsereins ist doch einmal unselig in der und der andern Welt, ich glaub' wenn wir in Himmel kämen, so müssten wir donnern helfen.* Soweit war es noch nicht.

Die Fraktionen am Tisch nebenan spaßten über ihre eng gesteckten Parteigrenzen hinweg und gaben ein Bild ab, das sie auch im Rathaus pflegten. Aus Berlin kannte Ronny Institutionen dieser Art von einer ganz anderen Seite: Da gab es Gebäude, in die man schon gebückt hineinging und noch etwas untergebener an einer Bürotür klopfte, eintrat und gebeutelt wieder herauskam. Dabei hatte man doch nur den ausgefüllten Bogen mit den drei Durchschlägen abgeben wollen, auf den genau diese Behörde mit genau diesen Beamten schon so lange drängte. Die gebückte Haltung schützte vor bösen Blicken, aber nicht vor dem erniedrigenden Zischen, mit dem man wieder rausgeschickt wurde, um zu warten, erneut zu klopfen, sobald drinnen die Stimmen verstummten, dabei hoffend, nicht nur eine Redepause erwischt zu haben und wieder zum falschen Moment hineinzuplatzen und das Ganze erneut über sich ergehen lassen zu müssen. Nein, so ein Rathaus war das Darmstädter nicht. Und Heiner Schwöbel merkte man an, dass er gern dort wirkte. Seine Parteikameraden schätzten ihren fokussierten Arbeiter, indem sie ihn immer wieder zum Stadtrat wählten.

Zwanzig Jahre und eine Menge Zeit zum Nachdenken hatten Ronny vom Jungen zum Mann gemacht. Mit Mitte dreißig wirkte er vertrauenerweckend in seiner Ernsthaftigkeit, war nicht protzig muskulös, aber an den richtigen Stellen unter der Kleidung mit den richtigen Paketen versehen. Sein dichtes, tiefschwarzes Haar trug er nicht so wild, dass er damit auffiel, aber wild genug, um als attraktiv zu gelten und von seinem Gegenüber nicht als der Ronny von damals erkannt zu werden.

Heiner Schwöbels Haar war gelichtet, aber akkurat gescheitelt. Sein Schnauzbart formvollendet gestutzt. Auf seinen Schultern lag ein Pullover, dessen Ärmel auf exakt der gleichen Höhe endeten. Neben seinem Bierglas stand ein sauber leergegessener Teller, darauf eine sorgfältig zusammengelegte Papierserviette unter fleckenfreiem Besteck. Ronny spürte einen Stich bei der Erinnerung an genau dieses Arrangement seiner Jugend, als habe er gerade auf ein Stillleben davon geblickt. Heiner Schwöbel war der Kampf gegen das Altern anzusehen. Sich lautstark zu einer neuen Eroberung äußern zu müssen, sprach schon von tiefer Verzweiflung.

Ronny musste unwillkürlich lächeln und lenkte seinen Blick ins Bierglas, bevor irgendwer sein Lächeln erwidern konnte.

Im Herrngarten hatte Frau Kanzler gerade ihren zweiten Bembel geleert und schickte sich an, nach Hause zu gehen, als die Runde am Stammtisch der »Krone« ebenfalls den Aufbruch verkündete.

Ronny trank sein Bier aus und schob das Buch zurück in die Hosentasche. Vermutlich hatte auch Büchner hier seine Biere getrunken, dieser blutjung Gestorbene, der nicht nur Drama und Literatur vorzüglich beherrscht hatte, sondern auch ein begnadeter Naturforscher gewesen war. Es waren wohl Bakterien gewesen, mit denen er sich selbst infiziert hatte und an denen er schließlich verreckt war nach einem seiner Selbstversuche. Vielleicht aber hatte er seine Beschwerden zu lange der Psychosomatik zugeschrieben, an der er als Vorreiter ebenfalls forschte.

›Ma waas es ned, ma munkelds nur.‹

Die Erinnerung an die pragmatische Antwort der weisen, aber sehr vergesslichen Frau Kanzler ließ Ronny schmunzeln. Das schmale Buch trug er als Talisman bei sich. Geschrieben von einem, der sich in nur dreiundzwanzig Jahren unsterblich gemacht und sein größtes Werk noch nicht einmal hatte vollenden können. Es war lediglich ein Fragment, auf der die Welt nun von Inszenierung zu Inszenierung einen zeitlosen Tanz aufführte. Auch Woyzeck war für dumm verkauft worden in einer Gesellschaft, in der sich die Bauernschlauen für die wertigeren Menschen hielten. Ein jeder hatte seinen Tambourmajor im Leben, der einen respektlos behandelte und lächerlich machte. Im Gegensatz zu Woyzeck aber war Ronny nicht bereit, sich der Willkür anderer Menschen unterzuordnen, auch wenn sie nichts als Wut in ihm auslöste. So war, was kommen musste, eine logische Folge: die Reinigung der Gesellschaft von Tambourmajoren, wie Heiner Schwöbel einer war.

»Darmstadt liegt am große Woog, im Wald die Ludwigsheh. O, Darmstadt, du old Heinerstadt, wie warste doch so schee!«[1]

Ronny konnte sie hören, bevor er sie sah. Am Ende ihres Kneipenabends waren es noch die hartgesottenen Vertreter der so genannten etablierten Parteien, die im Schwips vereint gemeinsam weiterzogen. Die kleine

---

1 aus dem Heinerlied vom »Schlappe Kall«

Gruppe hatte sich auf drei Leute dezimiert. Neben dem Liberalen Heiner waren da noch der Christdemokrat Wolfgang und der Sozi Ulrich. Lange würde es nicht mehr dauern, und Ronny hätte den Liberalen Heiner ganz für sich allein.

Den erstaunten Blick, als er seinen einstigen Stiefvater unterm »Apollo« – dem Karussell, das einen den Sternen näherbrachte – stellte, würde Ronny nie mehr vergessen.

»Isch fasses ned! De Ronny!«

Diesen Heiner vom Heinerfest wegzulotsen und ihm die akkurat eingerichtete und bis in den letzten Winkel klinisch reine Wohnung zu zeigen, war eine leichte Übung für Ronny.

»Da hadds doch was gebracht, dass isch dir e bissje Oddnung beigebrachd hab!«, sagte Heiner Schwöbel, während er es sich auf der Couch bequem machte. Erst als sein Blick auf dem gerahmten Foto der Mutter an der Wand hängenblieb, veränderte er seinen Gesichtsausdruck. »Des mit daane Mudder dudd mer leid.«

»Schon gut«, sagte Ronny versöhnlich.

Mit Georg Büchner hatte Ronny gemeinsam, dass er sich neben seinem eigentlichen Talent in der Schlachtkunst auch dem der pharmazeutischen Forschung verschrieben hatte. So ein Schwein gehörte betäubt, bevor es geschlachtet wurde. Das war das Mindeste an Menschlichkeit. Und was bei Ronnys Schweinen funktionierte, schien sich auch bei Heiner Schwöbel zu manifestieren: Eine bleierne Müdigkeit überfiel den Mann, während er noch weiter brabbelte, wie schwach die Mutter doch für dieses Leben gewesen sei, und dass es doch absehbar gewesen war, dass sie sich eines Tages … eines … Tages … sfhsgtschlkgffffhhhmmm…

In seine Einzelteile zerlegt und in schwarze Folie verpackt, war ihm der Mann zum ersten Mal sympathisch. Die Akkuratesse, mit der Ronny ihn zerlegt hatte, suchte ihresgleichen und hätte Heiner Schwöbel sicher gefallen.

Zwei Arme, zwei Beine, ein Kopf, ein Oberkörper und ein Unterkörper bedeuteten sieben Spaziergänge übers Heinerfest, das vor Ronnys Fenster gerade wieder an Fahrt aufnahm.

Die beiden Arme würden sich auf einem einzigen Gang entsorgen lassen, was die Tagestour auf sechs Gänge reduzierte.

Erst beim Abbau des Heinerfestes wurden die ersten Körperteile gefunden. Der Kopf steckte in einer Tombola. Der rechte Arm zeigte aufs Riesenrad. Das linke Bein klemmte unter dem Kettenkarussell. Der Brustkorb lag in einer Schießbude. Das rechte Bein war tagelang Autoscooter gefahren. Nach dem Unterleib suchte man noch.

So zerstreut kannte man Heiner Schwöbel gar nicht.

Ingrid Noll

Mein großer grüner Kaktus

Als ich noch ein kleiner Junge war, haben wir oft und gern unsere Großmutter besucht. Wir Kinder durften fast alles, was zu Hause verboten war: uns die Bäuche mit Süßigkeiten vollschlagen, auf dem Sofa lümmeln und stundenlang fernsehen, Omas Bett als Trampolin benutzen und in allen drei Zimmern herumtoben. Hinterher brauchten wir noch nicht einmal aufzuräumen. Nur eines mussten wir immer beachten: Die vielen exotischen Sukkulenten auf der Fensterbank waren ein absolutes Tabu.

»Passt bloß auf, dass ihr euch nicht gegenseitig reinschubst«, pflegte unsere Oma zu sagen. »Wenn einer von euch auf einen Kaktus fällt, sieht er aus wie ein Igel, aber es tut höllisch weh! Und man braucht viel Zeit und Geduld, um jeden einzelnen Stachel wieder herauszukriegen.«

Wir sahen damals nicht ein, warum sie nicht lieber Alpenveilchen züchtete, aber die mochte sie überhaupt nicht. Dafür sang sie uns gern das Lied vom kleinen grünen Kaktus vor. Wichtig war vor allem eine Zeile:

Und wenn ein Bösewicht was Ungezognes spricht, dann hol ich meinen Kaktus, und er sticht, sticht, sticht.

Es leuchtete mir ein, dass ein Kaktus eine hervorragende, legale und preiswerte Waffe war. Unsere Eltern hatten uns leider verboten, mit Plastikgewehren, Katapulten oder Pfeil und Bogen zu spielen, selbst Wasserpistolen wurden sofort konfisziert. Doch als mir die Oma einen Ableger überließ, hielten sie eine lebendige Pflanze sogar für ein pädagogisch wertvolles Geschenk. Einen Hund wollten sie leider nicht anschaffen, weil sie es mir nicht zutrauten, die Verantwortung für ein Tier zu übernehmen. Bei einem Kaktus war hingegen bekannt, dass man ihn kaum zu gießen brauchte. Und falls man auch das vergessen sollte, war es wiederum kein Problem, das anspruchslose Gewächs zu ersetzen.

In meiner Kindheit gab es weder Handys noch Smartphones. Im Grundschulalter wollten meine Kumpel am liebsten Karl-May-Filme sehen und Cowboy und Indianer spielen. Da ich selbst ja keine Waffen besaß, war ich auf die Großzügigkeit meiner Kameraden angewiesen, die mir gelegentlich einen Colt und ein paar Zündplättchen ausliehen. Meistens musste ich aber einen Priester abgeben, der höchstens Bibel und Kreuz zur Verteidigung einsetzte. Eine langweilige Rolle, die mir nicht behagte. Ich wurde schon früh zum Außenseiter, denn ich war in allen sportlichen Disziplinen eine absolute Niete und wurde auch deswegen in der Schule immer mal wieder gehänselt; leider hielt man mich außerdem noch für einen Streber. Allerdings möchte ich nicht ohne Stolz erwähnen, dass ich in den meisten Fächern der Beste in meiner Klasse war. Und im Gegensatz zu meinen Geschwistern ging ich aufs Gymnasium.

Als ich etwa fünfzehn Jahre alt war, hatte es ein versetzungsgefährdeter Rabauke auf mich abgesehen. Immer wieder wollte er bei mir abschreiben, und immer wieder musste ich ihm erklären, dass er durch Betrug bestimmt keine Fortschritte machen würde. Einmal nahm er mir sogar mein Mathe-Heft gewaltsam weg, um in der großen Pause noch schnell die Hausaufgaben abzukupfern. Natürlich habe ich das dem Lehrer gemeldet, der aber nur die Stirn runzelte und anscheinend nicht gerade erfreut wirkte. Aber ich war mir sicher, dass er sich den Betrüger irgendwann vorknöpfen würde.

Und so war es wohl auch, denn ein paar Tage später bekam ich unerwarteten Besuch. Meine Eltern waren bei einem Gemeindetreffen, mein Bruder auf dem Fußballfeld, mein Schwesterchen noch bei einer Freundin. Als es klingelte, war ich allein zu Hause und dachte, es sei Elisa. Vollkommen arglos machte ich die Tür auf.

Vor mir stand jedoch nicht etwa die kleine Schwester, sondern Thomas, mein Feind.

»Verpetzen gehört zu den Todsünden«, sagte er. »Ich habe noch ein Hühnchen mit dir zu rupfen!«

Natürlich begriff ich sofort, dass das nichts Gutes bedeutete und raste vor ihm die Treppe hinauf, um mich in meinem Zimmer einzuschließen. Aber Thomas war eine Sportskanone und so schnell hinter mir her, dass wir gleichzeitig oben ankamen. Mit sichtbarer Schaden- und Vorfreude grinste mich der stämmige Kerl an.

»Na, Kleiner, jetzt kommt die Stunde der Wahrheit, jetzt hilft dir auch keine Eins in Mathe und Latein!«

Mit diesen Worten pflanzte er sich breitbeinig vor mir auf. Sicherlich wollte er sich gleich auf mich stürzen, um mir den Garaus zu machen. Meine armen Eltern würden meine Leiche vorfinden, und der Mord könnte niemals aufgeklärt werden. So weit durfte es natürlich nicht kommen, aber wie sollte ich mir in Sekundenschnelle eine intelligente Strategie überlegen? Doch plötzlich schoss mir die Warnung meiner Oma durch den Kopf: nicht schubsen! Ich konnte dem Angreifer noch etwas ausweichen, sodass mich sein kräftiger Haken nur an der Schulter traf, aber gleichzeitig rempelte ich ihn mit meinem Kopf gegen die Brust. Er verlor das Gleichgewicht und stürzte auf den Kaktus.

Wir gingen beide zu Boden, und ich stöhnte dramatisch. »Du hast mir den Arm gebrochen!«, winselte ich, »das wird noch ein Nachspiel geben, wenn ich ins Krankenhaus muss!«

Thomas hörte nicht hin, sondern jaulte wie ein getretener Hund, rappelte sich hoch, rammte mir noch schnell seinen Stiefel in die Kniekehle und suchte das Weite.

Zehn Jahre später war mein grüner Freund kein Baby mehr, sondern zu einer kräftigen Doppelsäule in die Höhe gewachsen. Er stand am Westfenster meiner kleinen Wohnung in der Schachtstraße. Ich mochte meine Wohnung – und auch das Haus, das sie beherbergte. »Ziegelexpressionismus« nannte man den Baustil. Ein Architekt benannte einmal die dreieckig aus der Fassade ragenden Erker und Balkone als herausragende Details. Mir war das einerlei, Hauptsache schön.

Mein stacheliger Gefährte genoss täglich die Abendsonne – und ich das Geräusch der ein- und ausfahrenden Züge auf den Gleisen des Hauptbahnhofs zu meinen Füßen. Ja, die Eisenbahn war meine zweite Leidenschaft, wenn auch weit weniger stark ausgeprägt als mein Faible für die Freunde mit Stacheln.

In meiner Kindheit hatte ich das Gießen meines Kaktusses oft wochenlang vergessen, aber das nahm er als abgehärteter Wüstenbewohner und Überlebenskünstler überhaupt nicht übel, ja vielleicht war es ihm sogar egal. Als Thomas mitsamt Kaktus hinstürzte, war es allerdings für alle beide eine Katastrophe. Der eine schrie vor Schmerz, dem anderen war das obere Drittel einfach weggebrochen. Es war das erste Mal, dass ich meine Zimmerpflanze als Waffe benutzt hatte, und es sollte nicht das letzte Mal bleiben.

Übrigens hatte ich nach dem Überfall meines Feindes eine Weile Schmerzen in der Schulter, aber es hielt sich in Grenzen. Trotzdem trug ich während des Unterrichts den Arm in einer Schlinge, und Thomas wusste genau, dass ich ihn jederzeit verpfeifen würde, wenn er mir ein zweites Mal zu nahekäme. Auch mein Kaktus hatte seine Blessur irgendwann überwunden, es bildete sich an der Bruchstelle sogar ein zweiter Ast, der parallel zum Stamm fast kerzengerade in die Höhe wuchs. Eine Doppelspitze ist besser als ein zweischneidiges Schwert, dachte ich voller Bewunderung.

Als ich volljährig wurde, begann ich mich genau wie meine Großmutter für Kaktusgewächse zu interessieren, pflegte, düngte und goss meinen grünen Kameraden nicht zu viel und nicht zu wenig. Ich wusste, dass die Sukkulenten ihren Namen vom Lateinischen *succus* herleiten, was so viel wie Saft bedeutet. Es sind also

Pflanzen, die Wasser auf Vorrat speichern können. Allerdings gedachte ich nicht, nach dem Tod meiner Oma ihre Kakteensammlung zu übernehmen. Mein Freund und Helfer durfte ein Einzelkind bleiben und sollte meine Liebe nicht mit Geschwistern teilen müssen.

Bei seinem zweiten Einsatz reichte zum Glück nur eine Drohgebärde, um den Bösewicht zu vertreiben, und der große grüne Kaktus musste keine Federn oder besser gesagt keine Stacheln lassen. Es war der letzte Arbeitstag vor meinem Jahresurlaub, ich wollte bereits am nächsten Morgen den Flieger nach Santiago de Chile nehmen. Im trockenen Norden des Landes soll es über 160 verschiedene Kakteenarten geben, die ich mit einer Gruppe von Hobbyzüchtern besichtigen wollte. Mein eigenes stattliches Exemplar hatte ich daher mit ins Büro genommen, weil eine Kollegin versprochen hatte, es gelegentlich zu gießen. Um keinen unerledigten Schreibkram zu hinterlassen, blieb ich ausnahmsweise bis in den späten Abend als Letzter in unserer kleinen Firma.

Ich will jetzt nicht mit umständlichen polizeilichen Ermittlungen langweilen, die man in jedem Fernsehkrimi täglich über sich ergehen lassen muss. Jedenfalls war es dem maskierten Räuber irgendwie gelungen, in mein Dienstzimmer vorzudringen und mit vorgehaltener Knarre den Tresorschlüssel zu verlangen. Es war wohl kein Profi, der da vor mir stand und dem vor Aufregung Schweißperlen auf der Stirn standen. Ob die Waffe überhaupt echt war, weiß ich bis heute nicht, aber meine Waffe war es. Ich griff zielstrebig mit beiden Händen nach dem schweren Blumentopf, hob den großen Kaktus leicht an, wackelte damit hin und her und drohte:

»Ein Schritt weiter und ich schmeiße …«

In wenigen Sekunden war der Überfall beendet, denn der jugendliche Täter geriet in Panik und ergriff die Flucht. Später wurde ich vom Direktor persönlich für meine Umsicht gelobt und bekam sogar ein dickes Fachbuch über Sukkulenten überreicht, das ich allerdings seit Jahren bereits besaß. Andererseits erfuhr ich, dass im Safe sowieso nichts Wertvolles aufbewahrt wurde. So oder so wurde ich von den Kollegen nicht gerade als Held verehrt, aber das konnte mir nur recht sein. Ich bin immer schon ein Einzelgänger gewesen, der sich vor Betriebsfeiern am liebsten gedrückt hat.

Als Gesellschafter und Freund wurde mir mein Kaktus immer wichtiger, ich beschloss sogar, ihm einen Vornamen zu geben. Eine lateinische Endung in Anlehnung an seinen Gattungsnamen erschien mir angebracht, und ich entschied mich für Justus. Übersetzt bedeutet es ja »der Gerechte«, was in seinem Fall hundertprozentig zutraf.

Nach und nach gewöhnte ich mich daran, mit Justus zu sprechen. Zwar konnte er nicht akustisch darauf reagieren, aber ich wusste seine Zeichen stets zu deuten. Mit der Zeit entwickelten sich meine eigenen verborgenen Kräfte oder eher Antennen so intensiv, dass sie sogar eine interessante Diskussion ermöglichten. Justus war mir durch die vielen gemeinsamen Jahre zwar immer ähnlicher geworden, aber er hatte in manchen Dingen durchaus eine eigene Meinung. Er riet mir sogar, eine Familie zu gründen, aber das war leichter gesagt als getan.

»Wie stellst du dir das vor?«, fragte ich. »Mein Gehalt ist nicht gerade üppig! Für uns beide reicht es zwar ganz gut, aber nicht für eine Kinderschar und eine Frau, die dauernd shoppen will …«

»Deine Partnerin müsste natürlich auch Geld verdienen«, meinte Justus. »Das ist doch heutzutage selbstverständlich. In welcher Welt lebst du eigentlich? Aber wenn du immer nur zu Hause hockst oder mit pensionierten Studienräten in der Wüste herumgurkst, wirst du bestimmt keine nette Frau kennenlernen!«

»Du weißt, dass ich es schon über Singlebörsen und Dating-Apps probiert habe, aber immer ohne Erfolg. Und daran bist du auch nicht ganz unschuldig!«

Wenn er derartige Vorwürfe zu hören bekam, war Justus einerseits leicht beleidigt, andererseits auch ein wenig geschmeichelt. Er wusste genau, dass es bei mir nur ein einziges Gesprächsthema gab: nämlich Sukkulenten im Allgemeinen und Justus im Besonderen. Wenn ich stundenlang über mein Lieblingsthema referieren wollte, hatten mich meine Wunschkandidatinnen bereits nach zehn Minuten einfach weggedrückt.

Meine Großmutter hatte es meiner Mutter und die wiederum mir eingeimpft. Man solle sich gut überlegen, was man bei einem Flächenbrand als Erstes retten müsse und ohne langes Grübeln und Suchen sofort an sich reißen könne. Im zweiten Weltkrieg stand bei Bombenangriffen stets ein Köfferchen mit den wichtigsten Dokumenten, Nahrungsmitteln, Medikamenten und Kleidungstücken griffbereit. Und dazu gehörten natürlich auch ideelle Werte, die nicht zu ersetzen waren, unter anderem Familienfotos. Heute werden sämtliche Aufnahmen in unzähligen Mengen gespeichert, weswegen der Laptop wahrscheinlich ein Gegenstand ist, auf den die meisten Zeitgenossen auf keinen Fall verzichten würden.

Immer wieder überlegte ich, was ich selbst als Erstes retten würde. Mein Kaktus gehörte auf jeden Fall dazu. Und genau deswegen verlor ich die einzige Frau, mit der ich fast eine Beziehung eingegangen wäre. Und das kam so:

Zum ersten Mal in meinem Leben besuchte mich ein weibliches Wesen in meiner Wohnung. Ich war im Internet auf Kitty aufmerksam geworden, und unsere virtuellen Kontakte verliefen zufriedenstellend. Allerdings hatte ich eine persönliche Begegnung wochenlang vermieden – man kann ja nicht vorsichtig genug sein. Aber sie war es, die immer wieder darauf drängte, mich an einem neutralen Ort – sie schlug ein Bistro vor – zu treffen und dabei zu prüfen, ob die Chemie auch stimme. So drückte sie sich jedenfalls aus. Nun, es ist sicherlich nicht meine Art, allzu flott vertraulich zu werden. Das heutzutage übliche Duzen behagt mir im Grunde gar nicht. Doch Kitty hat mich überrumpelt. Ich wollte sie ja auch nicht verletzen und willigte nach anfänglichem Zögern ein, dass wir nach einem kleinen Imbiss im Schlosscafé zu mir nach Hause gingen. Dabei gab sie vor, unbedingt Justus kennenlernen zu wollen, was mich sofort in eine großmütige Stimmung versetzte.

»Bei unseren Großeltern zeigte man noch die Briefmarkensammlung«, sagte sie und grinste.

Doch nachdem sie nur einen flüchtigen Blick auf meinen Freund geworfen hatte, begann sie sich bereits auszuziehen. Ich war einerseits fassungslos und überfordert, andererseits aber auch erregt. So gut ich konnte, ging ich auf das Spiel ein. Obwohl ich mich vor Justus ein wenig genierte, landete ich mitsamt Kitty innerhalb weniger Minuten im Bett. Mehr will ich darüber nicht sagen, wahrscheinlich habe ich mich wie ein Greenhorn angestellt, doch ich habe auch nicht direkt versagt. War es ein gutes oder ein schlechtes Zeichen, dass Kitty anscheinend noch nicht genug von mir hatte und keine Anstalten machte, sich anzuziehen und zu verabschieden? Ich wusste es nicht, schaffte aber bereitwillig die zwei Weinflaschen herbei, die mir meine Kollegen beim vorletzten Geburtstag überreicht hatten – wahrscheinlich mit dem Hintergedanken, dass ich sie direkt im Büro mit ihnen leeren würde. Nie hätte ich gedacht, dass eine kleine Frau so schnell und viel trinken könnte. Vergeblich versuchte ich, Schritt zu halten, aber schon nach drei ungewohnten Gläsern wurde ich bereits müde und schlief ein. Kitty wird es wohl irgendwann genauso ergangen sein.

Es war der Dauerton einer Sirene, der mich mitten in der Nacht unschön aus dem Tiefschlaf riss. Völlig verwirrt setzte ich mich auf, neben mir schnarchte es so gar nicht ladylike. Im Fenster sah ich das weiße Licht eines Scheinwerfers und einen grellen flackernden Schein, hörte wirre Stimmen und aufgeregte Rufe, bekam allerdings kaum Luft, weil dichter Qualm durch das gekippte Fenster drang. Eine Feuersbrunst! Das ganze Mietshaus schien in Flammen zu stehen.

So schnell hatte ich mich in meinem bisherigen Leben noch nie angezogen. Doch das berühmte Köfferchen, von dem meine Großmutter immer gefaselt hatte, war immer nur ein Phantom geblieben und nie für den Ernstfall bereitgestellt worden. Es blieb jetzt leider keine Zeit, nach Ausweispapieren und Kreditkarten zu suchen, ich musste handeln, bevor es zu spät war. In diesem Moment gab mir Justus ein Zeichen, er hatte anscheinend Todesangst. Wie immer konnte ich seine stumme Bitte verstehen.

»Du hast Beine und kannst fortlaufen«, wollte er mir wohl sagen. »Ohne dich bin ich verloren …«

Natürlich hatte er recht – alles andere kann man irgendwann und irgendwie ersetzen, aber einen wahren Freund nie wieder. Ich zögerte keine Sekunde, schnappte mir den schweren Blumentopf und schwankte hustend zur Tür, fiel um ein Haar fast die bereits brennende Treppe hinunter und landete schließlich zitternd und bebend auf der Straße.

»Sind noch weitere Personen in Ihrer Wohnung?«, fragte mich ein Feuerwehrmann. Ich stand wohl unter Schock, starrte ihn nur ratlos an und brachte keinen Ton heraus. Eine gaffende Nachbarin im Bademantel half mir auf die Sprünge.

»Dieser Herr lebt schon immer allein«, sagte sie. »Meinen Sie, dass die Flammen auch auf meinen Wohnblock überspringen?«

Ich sah Justus an, er nickte mir kaum merklich zu. Bevor es uns zu heiß wurde, machten wir uns schleunigst aus dem Staub.

Michael Kibler

Alles gut

Maritschka

Und wieder hört sie das Pfeifen der Rakete. Dann spürt sie das Erdbeben, als sie einschlägt. Nein, ihr Haus ist nicht getroffen worden. Das Geschoss ist exakt 1212 Meter Luftlinie neben ihrer Wohnung eingeschlagen. Hat sie später auf Google Earth nachgemessen. Der Kindergarten, den das Geschoss zerstört, er existiert nicht mehr. Der Hausmeister, wie sie anschließend erfährt, auch nicht.

Sie, *Марічка* – Maritschka, wie es die Deutschen schreiben würden – lebt im zwölften Stock, im Südwesten von Kiew. Ihr Hund *Шкарпетка* – Schkarpetka, wie es die Deutschen schreiben würden –, er winselt, er jault, er jagt durch die Wohnung wie ein Flummi auf Speed. Es gelingt ihr auch nach einer Viertelstunde nicht, ihn zu beruhigen. Der Moment, in dem sie weiß: Sie muss gehen.

Alles hinter sich lassen.
Ihre Wohnung.
Ihr Leben.
Damit die Bomben hinter ihr einschlagen.
Und nicht auf ihr.
Und nicht auf Schkarpetka.

Eine Odyssee mit dem Zug. Nach Deutschland. Nach Darmstadt. Diese Stadt, von der sie noch nie zuvor gehört hat. Zwei Wochen haust sie in einer Kellerwohnung. Mit Chemietoilette. Mein Gott … Sie hatte ein eigenes Apartment! Für sich und den Hund. Sie hatte einen Job, hatte sich etwas aufgebaut. Kein Freund am Start. Der letzte hatte sie nach Strich und Faden betrogen. Danke auch.

Dann der Umzug von der Kellerwohnung ins Hotel. Ein kleines Zimmer. Endlich wieder eine eigene Toilette. Und eine Dusche. Ein Waschbecken im Bad. Eine Kochplatte. Ein Schnellkochtopf. Ein Bett.

Sie ist dankbar.

Natürlich ist sie dankbar. Sie kam hier an, mit Schkarpetka, einem Koffer und dem, was sie am Leib trug.

Aber – muss sie dankbar sein für diese weiche, durchgelegene Matratze, der sie im Leben zuvor höchstens das Etikett ›Folterwerkzeug‹ verliehen hätte? Und dem Lattenrost, dessen Vorfahren Hängematten gewesen sein mussten? Wenn sie morgens aufwacht, mit Schmerzen im Nacken, im Rücken und in der Schulter, dann ist das so eine Sache mit der Dankbarkeit. Zumindest, bis sie ganz wach ist. Dann übernimmt wieder die Ratio.

Die Vormittage sind geprägt vom Kampf mit den Behörden. So empfindet sie das. Aber wie soll man kämpfen, wenn man keine Ahnung von dieser Sprache hat?

Sie steckt fest in einem fremden Land.

Mit einer fremden Sprache.

Mit einer so was von *fucking* fremden Sprache.

Sie fühlt sich – wie eine Schnecke, die ihr Haus verloren hat.

Bis vor zwei Monaten hat Silvia ihr noch durch den Behördendschungel geholfen. Aber das ist jetzt auch vorbei. Die Mutter ihres deutschen Ex-Freundes Adam. Oder ihrer Liaison. Wie auch immer …

Nein, sie zeigt niemandem ihre Tränen. Vielleicht noch ab und an Schkarpetka auf ihrer *Hunderunde*. Eines der wenigen deutschen Worte, das sie wirklich mag.

Hat sie von Frederik.

Schkarpetka kläfft kurz, springt auf und wedelt mit dem Schwanz. Es ist das Kläffen, das sie aus ihren Tagträumen reißt. Sie öffnet die Augen. Die Sonne kitzelt ihre Nasenspitze, sie sitzt auf einer Bank im Schlossgraben. Sie mag diesen Ort. Ein kleiner Park mitten in der Stadt, aber dennoch abgeschieden, weil tiefergelegt und auf beiden Seiten von dicken Mauern umgeben.

Sie nickt immer wieder ein. Will eigentlich nur eines: schlafen. Und lernen. Sie *muss* lernen. Sie lernt in einem sogenannten ›Integrationskurs‹. Ein Sprachkurs, der ihr gleichzeitig die deutsche Kultur nahebringen soll. Schon seit fünf Monaten. Das Ziel: Sprachniveau B1 – derartige Kategorien haben ihr bis vor wenigen Wochen überhaupt nichts gesagt. Und jetzt sind sie plötzlich überlebenswichtig.

Frederik kommt auf sie zu. Er ist von Beruf Deutschlehrer. Sie haben sich auf dem Heinerfest kennengelernt. Er unterrichtet in einer Berufsschule, ist kein Lehrer der Sprachschule am Marktplatz. Vier Zeitstunden jeden Tag lernt sie dort. Und an drei Tagen danach noch eine Stunde mit ihm, Frederik, um all das Material noch einmal durchzugehen – und um diese Sprache auch zu sprechen!

Ihr Kurs war heute etwas früher zu Ende. Deshalb sitzt sie bereits auf der Bank, auf der sie sich immer treffen. Und sie wäre wieder fast eingeschlafen.

Warum macht Frederik das?

Vielleicht wirklich einfach nur aus Menschenfreundlichkeit? Viele Menschen sind ihr hier, in diesem seltsamen Land, sehr positiv entgegengetreten. Menschen mit einem großen Herz.

Aber nein, sie ist nicht naiv. Sie spürt, dass Frederik sie mehr mag als nur mag. Aber zu nichts drängt.

Es tut ihr gut.

Er tut ihr gut.

Und es ist ihr unheimlich.

In den Händen hält er zwei Becher Cappuccino.

Lebenselixier.

Frederik

Er stellt die Cappuccini auf der Bank ab, geht in die Knie, streichelt den Hund, der ihm über die Hand leckt. Er hat es nicht so mit Hunden. Aber der kleine Kerl hat sich in seinem Herz ein Plätzchen erobert. Maritschka hat gesagt, dass der Hund es nicht so mit Fremden habe. Sind sie wohl beide ein bisschen über ihre Schatten gesprungen …

Er steht auf, setzt sich neben Maritschka, begrüßt sie mit einer Umarmung. »Wie geht es dir?«

Sie blinzelt ihn an, die Sonne blendet. »Alles gut«, sagt sie.

Er reicht ihr den Cappuccino, lacht. Sie hat ihm einmal gesagt, ›Alles gut‹, diese Phrase habe sie bereits am zweiten Tag in Deutschland gelernt. Jeder sagt das tausendmal am Tag. Und er kennt Maritschka inzwischen ein wenig. Sie hat hundert Variationen von »Alles gut« im Repertoire. Die Färbung von diesem »Alles gut« schien zu sagen, dass der Nacken schmerzte, aber es heute keine neuen großen Katastrophen in ihrem Heimatland gegeben zu haben schien.

Russland bombardiert jetzt nicht mehr nur militärische Ziele, sondern ganz bewusst die zivile Infrastruktur. Kein Strom. Kein Wasser. Keine Heizung. Maritschkas Exmann wohnt in Kiew. Weitere Freunde ebenfalls. Zu einigen hat sie Kontakt, zu anderen, die in der Armee dienen, gar nicht.

Sie trinkt einen Schluck Cappuccino. Ihre große Liebe.

Er hilft ihr, diese Sprache zu sprechen.

Sie reden nur Deutsch.

Er spricht ganz langsam, didaktisch korrekt: Kurze Sätze, Punkte statt Kommas. Und er überlegt sich jedes Mal genau, welche Wörter er benutzt. Die einfachen. Die, die sie verstehen kann. Mit denen Dialoge möglich sind.

Er ist erstaunt, wie schnell sie lernt. Sie selbst kann das nicht erkennen. Sie sieht nicht, wie schnell Floskeln und Halbsätze plötzlich einfach abrufbar sind und nicht mehr konstruiert werden müssen. »Ich habe gedacht …« – einstmals ein Halbsatz, der sie zehn Sekunden gekostet hat. Jetzt ein Halbsatz, der einfach nur noch schnell dahingesagt wird.

Schkarpetka liegt in der Sonne. Sein Name heißt übersetzt »kleine Socke« – wegen seiner weißen linken Vorderpfote im ansonsten braunen Fell.

Adam

Und schon wieder hockt dieses Arschloch neben ihr!

Sie treffen sich immer noch im Schlossgraben, obwohl es bereits Ende Oktober ist.

Aber dieser Oktober? Fühlt sich an wie Frühling. Klimawandel. Scheiß drauf. Dank Klimawandel hängen tatsächlich noch ein paar Blätter in den Bäumen und vor allem in den Büschen. Gut für ihn.

Da sitzt sie, seine Maritschka.

Und dieser aufgeblasene Dreckskerl von Frederik neben ihr. Könnte fast ihr Papa sein. Ekelhaft. Deutschlehrer. Geschieden, zwei Kinder, wohnt am Fuß der Mathildenhöhe, fährt einen 30 Jahre alten BMW – Spießer hoch fünf. Was findet sie an dem?

Montag, Mittwoch, Freitag, das sind ihre festen Tage. Und, wie Adam festgestellt hat, auch immer mal wieder ein Tag am Wochenende, an dem sie gemeinsam Ausflüge machen.

Heute ist Mittwoch.

Eigentlich hätte er den Job durchziehen wollen, *bevor* dieser Idiot auftaucht. Aber der Kerl ist einfach viel zu pünktlich. Und ein paar Dealer, die den Schlossgraben immer wieder mal zum Einkaufszentrum für besondere Waren umwidmen, stehen im Weg herum …

Heute ist Maritschkas letzter Tag.

Sie hätte das Video nicht an Irina schicken dürfen.

Und sie hätte ihn nicht verlassen dürfen.

Er hat seine Leute, die auch solche Jobs wie diesen hier für ihn erledigen. Aber das hier, das ist etwas Persönliches. Es ist an der Zeit, es zu Ende zu bringen.

Der Tarnanzug ist hilfreich. Hinter diesem Busch sieht ihn niemand, wenn er nicht explizit nach Menschen sucht, die hinter einem Busch hocken. Der Anzug bietet Schutz. Aber wohl nicht den ganzen Tag lang …

Abermals bringt er das Gewehr mit dem kurzen Lauf in Position.

Wenn doch bitte mal diese Scheiß-Dealer ihr Plauderstündchen ein paar Meter weiter links abhalten würden …

Maritschka

Ihr Handy vibriert.

Sie hat das schon eingeschränkt. Nur noch die Nachrichten auf Telegram, die über den Stand der Kämpfe in der Ukraine berichten, werden per Vibration angezeigt. Die persönlichen Nachrichten sind während des Unterrichts und auch jetzt stumm geschaltet.

Während sie einen Schluck Cappuccino trinkt, schaut sie auf das Display. Wieder Bomben auf ihr Land. Diesmal trifft es erneut ihre Heimatstadt Kiew. Sie überschlägt kurz: rund drei Kilometer von ihrer Wohnung entfernt. Es zerreißt sie. Sie hier, im Schlossgraben, in Darmstadt. Sonne, ein leichter Wind, perfekte Temperaturen, um sich wohlzufühlen. Und dann die Bomben. In ihrem Land, in dem sie jetzt nicht ist. In dem sie sein möchte, aber nicht sein kann.

In dem die Männer sind.

Wenn die morgen noch leben.

Als sie aufschaut, schaut Frederik sie an.

Sein Blick freundlich, aber sie kennt ihn inzwischen. Er kann auch freundlich schauen, wenn ihm etwas nicht gefällt. Und ihr ständiger Blick aufs Handy, er mag es nicht. Aber sie kann nicht anders. Sie muss wissen, was wo passiert. Und sie muss es *jetzt* wissen. Sie kann nicht *nicht* aufs Handy schauen, wenn es vibriert.

Diese Gespräche mit Frederik, sie helfen ihr. Sie bringen sie in eine Routine des Sprechens, ohne die sie in diesem Land niemals wird leben oder gar arbeiten können. Politologie hat sie studiert, in Kiew. Und sich danach in den vergangenen Jahren gut durchgeschlagen, mit dem Studienabschluss und all ihren Kenntnissen in Photoshop, InDesign und den anderen Programmen zur Medienbearbeitung.

Und jetzt?

»Maritschka?« Seine Stimme.

Offensichtlich hat sie wieder zu lang auf ihr Samsung geschaut. »Alles gut.« Die Standardphrase. Ein Satz wie ein Schutzschild.

»Die Präposition ›auf‹, sie fordert immer den Dativ«, fabuliert er. »Jede Präposition fordert ihren eigenen Fall.«

»Bomben fallen auf meine Stadt«, denkt sie. Da fordert ›auf‹ den Akkusativ, nicht den Dativ.

Aber das sagt sie nicht.

Die Bomben auf ihre Stadt haben auch den Akkusativ weggesprengt.

Nicht relevant.

Frederik

Wieder der Blick aufs Handy, nachdem es vibriert hat.

»Entschuldigung«, sagt sie. Greift nach dem penetranten Störenfried.

Er weiß, was sie liest. Wenn das Handy vibriert, heißt das, dass in ihrem Land wieder das nächste Desaster passiert ist.

Er vermag es sich kaum vorzustellen. Er im Exil? Raus aus seinem geliebten Darmstadt?

Mag er sich nicht vorstellen.

Kann er sich nicht vorstellen.

Er in einem anderen Land, in dem er im Zwei-Stunden-Takt liest, dass Bomben in das Umspannwerk Süd im Dornheimer Weg und das Umspannwerk Nord am Carl-Schenck-Ring eingeschlagen sind, in die Gasspeicher in Stockstadt und Hähnlein? Dass das Schloss in Heidelberg getroffen worden ist, dass die Elbphilharmonie in Hamburg nicht mehr steht? Wie auch drei Hochhäuser in Kranichstein? Oder, genau hier, sein geliebtes Schloss am Schlossgraben?

Nein, wirklich nachempfinden kann er nicht, was Maritschka da gerade erlebt.

Dass sie sich nicht von den Nachrichten lösen kann, das versteht er wohl. Auch wenn er weiß, dass ihr das im 24/7-Rhythmus definitiv nicht guttut …

Adam

Die Shell-Tankstelle. Da hat alles angefangen.

Er hatte sich einen Cappuccino gekauft.

Maritschka stand hinter ihm. Bestellte auch einen Cappuccino.

Er sprach sie an. Ein Stirnrunzeln später hatte er begriffen, dass sie kaum Deutsch sprach. »Darf ich dich zu diesem Cappuccino einladen?«, hatte er sie dann auf Russisch gefragt. Ein bisschen radebrechend, aber dennoch: Volltreffer.

»Nein. Aber kennen Sie einen Tierarzt?«, fragte sie auf Russisch zurück. Sie hatte diese Töle dabei, die irgendwas an der Pfote hatte und humpelte.

Der Freund seines Papas, Maxymilian, wie sein Papa Pole aus Warschau, der war Tierarzt. Okay, warum nicht, hatte er gedacht. Sie war sexy. Und sie hatte etwas. Dieses gewisse Etwas. »Ja, ich kenne einen Tierarzt.«

Er war mit dem alten Cadillac unterwegs gewesen. Sie hatte nicht einmal mit der Wimper gezuckt, als sie eingestiegen war.

Sie suchte nicht nur nach einem Tierarzt, wie sich schnell herausstellte. Sie brauchte auch Hilfe für irgendwelche Anträge und Dokumente. War aus der Ukraine geflüchtet.

Mit so was kannte er sich nicht aus. Natürlich nicht. Das war nicht seine Welt. Seine Welt war die Welt der Bargeschäfte. Aber seine Mama Silvia, die war ganz gut im Schreiben. Und sie half Maritschka. Und sie kochte. Und sie wusch ihre Wäsche.

Praktisch, dass seine eigene Wohnung im Haus der Mama lag.

Es kam, wie es kommen musste: Maritschka übernachtete bei ihm. Er hatte wieder ein Mädchen. Okay, eine Frau, ein wenig älter als er war sie schon. Die Unterhaltungen waren etwas schwerfällig: Sein Russisch war ausbaufähig, aber zumindest vorhanden. Ihr Deutsch war rudimentär. Englisch sprach sie, er jedoch gar nicht. Polnisch funktionierte hin und wieder, weil offenbar der Wortschatz der ukrainischen Sprache ähnlich war.

Was funktionierte: Der Sex mit ihr war wirklich gut. Was sie offensichtlich ebenso sah. Perfekt!

Sein Business, das waren gebrauchte Autos. Im Laden seines Vaters. Der auch immer wieder so seine Bargeschäfte machte.

Aber das wirklich fette Geld brachte das eben nicht.

Richtig Kohle machte man mit geklauten Luxus-Karossen, die man ganz schnell nach Osten brachte. Polen. Moldawien. Litauen. Und bis zum *fucking* Ende Februar auch in die Ukraine. Aber dieser Scheiß-Putin hatte nicht nur einen Krieg angefangen, sondern damit auch sein, Adams Kowalskis, Business torpediert. Arschloch!

Und jetzt saß Maritschka mit diesem Silbernacken-Lehrer auf der Bank im Schlossgraben?

Alles nur wegen diesem Scheiß-Video? Ja. Er hätte es nicht aufnehmen sollen. Klar. Aber es war einfach zu *geil* gewesen, um es *nicht* aufzunehmen!

Maritschka

»Und wenn es jetzt tatsächlich von heute auf morgen einen Friedensvertrag geben sollte? Muss ich dann sofort zurück?« Eine von vielen Fragen, die ihr zu denken geben. Denn sie lernt und lernt und lernt Deutsch. Vielleicht findet sie eine Wohnung. Vielleicht findet sie Arbeit. Kann man sie dann dort *wieder* herausreißen? Sie zwangsumtopfen in ihre alte Heimat? Wo sie keinen Job mehr hat? Und mit ein bisschen Pech auch bald keine Wohnung mehr?

Natürlich kann sie in Deutschland bleiben. Sie muss nur heiraten. Hat Adam gesagt. Und sie dann tatsächlich gefragt, ob sie ihn heiraten wolle.

Und ganz kurz – gaaanz kurz – hat sie es tatsächlich erwogen.

Adam arbeitete im Geschäft seines Vaters. Gebrauchtwagen. Ihr Cousin arbeitete in Cherson in derselben Branche. Er hat viele Autos aus dem Westen gekauft und dann weitervertickt. Sie wusste, dass man mit illegalen Geschäften deutlich mehr Schotter machen konnte als mit legalen. Und dass Adam nicht nur letztere tätigte, das war ihr schnell klar gewesen. Aber irgendwie auch egal.

Die Ernüchterung traf sie dann noch am selben Abend wie ein Schlag auf den Solarplexus. Er war unter der Dusche gewesen. Nachdem sie sich geliebt hatten.

Sein Handy lag auf dem Nachtschränkchen.

Das Display war plötzlich zum Leben erwacht. Zeigte eine eingegangene Nachricht: »Geiles Video, echt supergeil!« Um diese Nachricht zu übersetzen, brauchte sie inzwischen keine Übersetzungs-App mehr …

Adam hatte sein Handy durch einen Wisch-Code gesichert. Wohl die unsicherste Variante aller Sicherungsmethoden. Jeder halbwegs vertraute Mensch sah es, wenn man das ›L‹ malte. Oder das umgekehrte ›L‹. Oder das ›N‹, wie Adam. Wenigstens kein ›Z‹ …

Sie wischte das ›N‹.

Und landete in einer Telegram-Gruppe. »Spanky«. Echt originell.

Die Reaktion stammte von einem Mitglied der Gruppe, der sich »Geilomat« nannte. Nicknames waren oft Wunschdenken …

Dann sah sie das Video, das ihr Adam, Nickname »HengstDerGrößte«, gepostet hatte.

Gefilmt aus statischer Position, also wahrscheinlich mit einer versteckten Kamera. Die Sequenz zeigte Adam, der eine Frau zunächst beglückte, dann jedoch würgte, schließlich schlug. Fest schlug. Wobei er immer wieder bewusst in die Kamera grinste.

Der Titel des Videos lautete: »Alina 3«.

Aus dem Bad tönte immer noch das Geräusch des prasselnden Wassers, so hatte sich Maritschka getraut, noch weitere Videos anzuklicken. Um dann ins Adressbuch zu wechseln. Da gab es eine Alina. Das Kontaktfoto offenbarte, dass sie genau *die* Alina aus dem Video war.

Mit wenigen Wischbewegungen schickte Maritschka das Video an ihr eigenes Handy. Und auch die Kontaktdaten von Alina.

Adam hatte sie nicht nur betrogen. Er hatte einer anderen Frau richtig wehgetan. Und so, wie sie das sah, war es nicht das erste Mal gewesen. Und es würde auch nicht das letzte Mal sein.

Natürlich hatte sie die an sich selbst gesendete Nachricht sofort aus seinem Verlauf gelöscht.

Als Adam aus der Dusche kam, war sie bereits angezogen. Und sie hatte ihm gesagt, dass sie die Beziehung beenden würde. Sie habe keinen Bock darauf, dass er eine Alina neben ihr habe. Und sie habe noch viel weniger Bock darauf, selbst zu einer solchen zu werden. Er hatte sie nur verständnislos angeglotzt.

Nein, Adam – den würde sie gewiss nicht heiraten.

Vor einer Woche hatte sie sich dann dazu entschieden, das Video an Alina zu schicken. Danach hatte sie es gelöscht. Der letzte Rest von Adam auf ihrem Smartphone war getilgt worden.

»Nein. Du musst nicht zurück.« Frederiks Stimme. Wieder war sie völlig in ihren Gedanken versunken gewesen.

»Du hast einen Aufenthaltsstatus bis ins Jahr 2024. Wenn du dann hier wohnst und eine Arbeit hast, dann werden sie dich nicht zurückschicken. Es arbeiten viele Menschen aus anderen Ländern in Deutschland. Sie leben hier, sie arbeiten hier und sie zahlen Steuern. Ohne Probleme.«

Hier ganz leben zu können … Eine Perspektive?

Frederik

Immer noch schaut sie auf das Handy.

Vor zwei Tagen waren sie zum ersten Mal gemeinsam eingeladen gewesen. Der Geburtstag von Yvonne, einer sehr guten Freundin von ihm. 60 war sie geworden.

Maritschka war ihm nicht von der Seite gewichen. Saß immer Schulter an Schulter neben ihm. Zuerst hatte er nicht verstanden, weshalb sie diese Nähe suchte. Nicht, dass er es nicht genossen hätte … Dann hatte er es begriffen. All die deutschen Freunde, die auf sie einredeten: Wie schlimm das wäre in der Ukraine. Wie sehr man mit den Ukrainern mitfühlte.

Die Aussagen waren ja okay. Aber dann die Fragen: Wie geht es Ihnen, wo jetzt so viel Bomben fallen? Was sagen Sie zu Putin? Wie fühlt man sich, wenn man geflüchtet ist?

Was, zur Hölle, sollte Maritschka darauf antworten? Was sollten solche Scheiß-Fragen? Und was erwartete man von ihr? Tränenreichen Seelenstriptease? »Ich fühle mich total scheiße! Ich spreche Ihre Sprache kaum! Ich habe mein Leben verloren! Ich schlafe auf einer Kack-Matratze in einem Kack-Bett, in dem ich jeden Morgen mit Schmerzen aufwache! Und für das ich dankbar sein muss! Und ich lebe ohne meine Freunde. Sie sind entweder vor Ort in Gefahr oder leben irgendwo verstreut über ganz Europa. Meine Bekannten in der Ukraine – sie frieren. Sie haben keine Heizung, keinen Strom, kein Wasser!! Ich kann mit *niemandem* aus meinem ehemaligen Leben auch nur *einen* gemeinsamen Cappuccino trinken! Wie ich mich fühle???«

Ich denke, ungefähr das wird sie sich gedacht haben, als sie nicht antwortete … Und seine Nähe der Sicherheit gesucht hatte.

Adam

Ja, Maritschka, sie wäre was gewesen, für solide und so.

Aber dann hatte sie sich geweigert, weiter Russisch zu sprechen. Sondern nur noch Ukrainisch.

Fuck! Sollte sie doch froh sein, dass er überhaupt Russisch sprach! Fing er jetzt an, *fucking Ukrainisch* zu lernen? *Fick dich! – Пішла ти!* – das kann er schon in dieser Sprache!

Dann hatte sie ihn abserviert, an dem Tag, an dem er sich tatsächlich herabgelassen hatte, ihr einen Antrag zu machen! Er hatte nie verstanden, warum eigentlich. Und warum in diesem Moment. Vor einer Woche hatte es dann Klick gemacht: Er hatte eine Nachricht von

Alina bekommen. Sie habe das Video von ihm und ihr zugeschickt bekommen, von einer Handynummer, die sie nicht kannte.

Aber er kannte die Ziffernfolge. Es war das Handy von Maritschka. Da begann er endlich, den Zusammenhang zu sehen. Als er an dem Tag, an dem er ihr einen Antrag gemacht hatte – und sie danach wahrlich gut gefickt hatte! –, da musste sie, als er unter der Dusche stand, auf seinem Handy das Video entdeckt haben. Deshalb hatte sie ihn dann wohl auch geschasst.

Alina aber hatte das Video danach noch zweimal rumgereicht! Bei ihrem Ukrainerkumpel – da war es ihm scheißegal. Konnte er im Moment eh keine Geschäfte machen. Aber der Pole war danach ausgestiegen – verlogener Wichser! Als ob er sich nicht selbst jeden Tag solche Videos reinzöge …

Damit musste endgültig Schluss sein. Er hatte mehrmals hin und her überlegt. Er wusste nicht, ob nicht Maritschka auch noch eine Kopie des Videos hatte. Auf ihrem Rechner? Auf ihrem Handy?

Er hatte einfach keinen Bock mehr auf weiteren Stress. Also die finale Lösung: Maritschka ganz einfach eliminieren. Darum kümmerte er sich jetzt.

Um Alina hatte sich vor drei Tagen schon ein anderer gekümmert. Hatte ihn 10.000 Euro gekostet. War aber gut angelegtes Geld gewesen.

Maritschka

»Ich will raus aus dem Hotel.« Sie sagt es leise.

Ihr Hotel liegt im Gewerbegebiet. Ab sieben Uhr tobt hier die Industrie.

»Aber ich habe kein Glück bei Suche nach Wohnung. Immer wieder gibt es ein Angebot. Sozialamt bezahlt sogar. Aber wenn ich sage, ich habe einen Hund – dann ist es sofort aus.«

Frederik nickt.

Dann sagt er eine Weile nichts.

Er schaut sie an. »Du könntest zu mir ziehen. Mit Schkarpetka.«

Damit hat sie nicht gerechnet.

Auch wenn sie natürlich gespürt hat, dass er mehr spürt …

Als sie?

Nun, es gab immer wieder kurze Momente, da ging es ihr auch so.

Bei einer gemeinsamen Hunderunde auf der Bank.

In Frankfurt, auf dem Bahnhof, nachdem sie zusammen im Museum gewesen waren.

Und, ja, auf diesem so schönen Ausflug in Limburg damals, im Garten neben dem Dom …

Frederik

Er hatte den Satz nur so dahingesagt. Und erst, als er ihn ausgesprochen hatte, wurde ihm bewusst, dass der Satz alles andere als eine leichtfertige Äußerung gewesen war. Er hatte es sich anfangs nicht eingestehen wollen. Aber wenn er sich gegenüber ehrlich war: Er mochte sich ein Leben ohne Maritschka nicht mehr vorstellen. Ohne ihr Lachen. Ohne ihren Humor. Ohne ihr Strahlen bei den gemeinsamen Entdeckungen auf ihren Ausflügen. Ohne ihr Strahlen beim Denken gleicher Gedanken. Und auch ohne das Stirnrunzeln, wenn ihr etwas nicht passte.

Ja, sie war vielleicht ein wenig jünger als er. Ein wenig viel jünger als er. Was bedeutete: Sie kannte all die Helden seiner Jugend nicht. Ilja Richter. Dieter Thomas Heck. J.R. Ewing. ... Aber er kannte ihre Helden auch nicht. Was nicht am Alter lag, sondern an den unterschiedlichen Kulturen. Wären sie in der Lage, einander zu bereichern?

So, wie er sie bislang kennengelernt hatte, wäre das wohl sehr gut möglich.

Ja, er wünschte sie sich an seiner Seite.

Ganz.

Adam

Das Gewehr mit dem Hightech-Schalldämpfer war angelegt. Aber die Crux waren immer noch die Dealer. Der eine Typ und sein Kumpel, die standen nach wie vor genau in der Schussbahn.

In dem Augenblick, in dem der eine drei Schrittchen zur Seite gehen würde, würde er endlich abdrücken können.

Danach das Gewehr zerlegen, einpacken und in weniger als zwanzig Sekunden wäre er verschwunden.

Guter Plan!

Maritschka

»Zu dir?«

Sie sah, wie er mit den Schultern zuckte.

So gar nicht Macho.

Was sie zum einen sehr schätzte.

Und auch, wenn sie sich das auch kaum eingestand, eben auch *nicht* schätzte.

Das Problem waren offensichtlich nicht nur die Männer, sondern auch ihr Blickwinkel auf dieselben.

»Ich brauche schon meinen eigenen Bereich.«

Frederik

»Ich brauche schon meinen eigenen Bereich«, sagt sie. Das kleinste Problem. In seinem Kopf hatte er bereits in Sekundenbruchteilen seine Wohnung komplett umgestaltet. Ihr Bereich. Sein Bereich. Und das große Gemeinsame. Inklusive Hundebett.

Sie hatte noch nicht *Nein* gesagt.

Adam

Jetzt!

Endlich stapfte dieser Hirni mal zur Seite. Adam hätte keine Skrupel gehabt, diesen Dealer-Idioten ebenfalls abzuknallen. Gehört hätte man das dank des superben Schalldämpfers kaum. Aber er war sich nicht sicher, ob er durch den Schreck, den er verursachen würde, Maritschka nicht mehr sauber ins Visier bekäme.

Also Warten, das sich jetzt ausgezahlt hatte.

Noch ein Schritt des Idioten, dann könnte er endlich durchziehen.

Leonid

Viel Zeit bleibt nicht mehr.

Da ist diese Gruppe von Dealern, die Adam immer noch im Weg herumsteht. Zum Glück. Denn er braucht noch ein paar Sekunden, bevor er schießen kann. Ein Stau auf der Rheinstraße hatte ihn ein paar Minuten gekostet.

Adam, dieser Mensch, der es nicht verdient hat, weiterzuleben, er legt jetzt an. Adam, der Alina misshandelt hat. Und Videos davon gepostet hat!

Das beträfe ihn, Leonid, nicht, wäre Alina nicht seine Schwester. Seine Schwester *gewesen*.

Er weiß, was es sie an Überwindung gekostet hat, ihm, ihrem Bruder, dieses Video zu zeigen, das sie anonym erhalten hatte. Das Video, auf dem er seine Schwester sah, in der intimsten aller Situationen. Und in dem er sah, wie sie gewürgt, geschlagen, misshandelt wurde. Von Adam.

Vor einer Woche hatte sie ihm eine E-Mail geschickt. Ihm geschildert, wie er mit ihr umgesprungen war. Wie sie nicht in der Lage gewesen war, sich zu wehren oder sich zu trennen. Immer, wenn er sie besucht hatte, war er so brutal gewesen.

Und jetzt? Jetzt war seine Schwester tot! Und niemand – NIEMAND! – konnte ihm weismachen, dass nicht dieses Oberarschloch von Adam dafür verantwortlich war!

Genug.

Es war einfach genug.

Zum Glück bot dieser Schlossgraben hier mehrere Versteckmöglichkeiten. Zahlte es sich endlich auch auf privater Ebene aus, dass er die Ausbildung beim Spezial-Einsatzkommando absolviert hatte. Und nicht nur Adam besaß einen Anzug mit Tarnmuster …

Adam

Er nimmt sie ins Visier … Endlich fast freie Sicht.

Maritschka

»Gut. Dann ziehe ich zu dir …«

Frederik

»Ich freue mich. Sehr. Lass es uns versuchen …«

Adam

Einatmen …

Leonid

Er drückt ab.

Treffer. Genau zwischen die Augen.

Frederik

Er nimmt sie in den Arm.

War da ein Geräusch gewesen?

Einer der Typen schaut in Richtung Gebüsch.

Egal.

Zum ersten Mal erwidert sie seine Umarmung. Vorbehaltlos.

Maritschka

Sie löst sich aus der Umarmung.

Schaut ihm in die Augen.

Gibt ihm einen Kuss.

Ja.

Alles gut.

David Frogier de Ponlevoy

Vorsicht bei der Einfahrt

»Handzeichen, Lara! Schulterblick! Fabian, Schulterblick!«

»Ich habe einen Räuber gesehen, Herr Martin!«

»Aha. Soso. Auch bei Räubern muss man Schulterblick machen, Fabian.«

Ein Dutzend Viertklässler radelte durch die engen Straßen, mit Oberkommissar Steffen Martin am Ende der Schlange, die wortwörtlich eine Schlange war, denn immer wieder scherten Kinder aus, fuhren absichtlich oder unfreiwillig Schlangenlinien. Es stockte hier, es ballte sich dort. Martin mochte seinen Job.

»Wir biegen hier links ab«, rief seine Kollegin Sabine Thielen. Die Schlange fahrradfahrender Schüler zerfiel, während verschiedene Kinder unterschiedliche Vorstellungen davon hatten, wie weit links sie sich auf die Straße trauen sollten.

»Melek, denk an die Sichtlinie! Wir fahren so weit nach vorne, dass wir sehen können, was auf der Straße passiert und dass wir selbst gesehen werden«, erklärte Hauptkommissarin Thielen: »Schulterblick, Fabian, Schulterblick!«

»Da war wirklich ein Räuber, Frau Thielen«, bekräftigte der Junge.

»So, wie sah er denn aus?«

»Er hatte eine Mütze auf und war vermummt und hat was da im Park vergraben. Mit Erde.«

Steffen Martin schmunzelte. Wenn eine Klasse zum ersten Mal vor den beiden Kommissaren stand, und begriff, dass es sich bei ihren Verkehrsausbildern um echte Polizisten handelte, mit Dienstwaffen und Uniform, waren sie oft ein wenig eingeschüchtert, gleichzeitig ging bei einigen die Phantasie mächtig durch. Im Laufe der mehrwöchigen Fahrradlehrgänge, sobald die Kinder merkten, dass die beiden Kommissare im Grunde so etwas wie Lehrer waren, und überwiegend recht gutmütige dazu, klang der ehrfurchtsvolle Respekt deutlich ab. Die Phantasie aber blieb. Er wollte Fabian gerade beruhigend versichern, dass er sich nachher mal den »Räuber«, der auf dem Parkgelände der Orangerie etwas vergraben hatte, ansehen würde (Steffen Martin tippte auf einen Gärtner und erinnerte sich dunkel, dass gestern unweit des Geländes der Verkehrsschule Parkpfleger ein Loch ausgehoben hatten), als er abgelenkt wurde: Ein Kleinlaster kam sehr langsam von rechts auf die kleine Kreuzung zu, die sie gerade passierten. Beim Anblick der Kolonne mit Polizeibegleitung bremste er seine ohnehin geringe Geschwindigkeit ab. Martin musste das Gesicht seiner Kollegin nicht sehen, um zu wissen, dass sie mit den Augen rollte. Sabine Thielen hob den Arm und machte eine auffordernde Geste in Richtung des Kleinlasterfahrers. Rechts vor links. Der Laster hatte Vorfahrt. »Es wäre viel einfacher, den Kindern Verkehrsregeln beizubringen, wenn die Erwachsenen sie befolgen«, pflegte sie zu sagen. »Und vor allem nicht ständig anfangen, sich unnatürlich zu verhalten, nur weil sie Polizisten sehen.« Thielen war bereits Mitte fünfzig und seit Langem dabei, Steffen Martin selbst noch vergleichsweise neu bei der Jugendverkehrsschule Darmstadt.

Der Kleinlaster bog ab und fuhr an ihnen vorbei Richtung Orangerie. Martin entging nicht, dass er kurioserweise Orangen aufgedruckt hatte. Soweit er verstand, hatte die Darmstädter Orangerie allerdings schon lange nichts mehr mit Zitrusfrüchten zu tun. Vor 200 Jahren, als das barocke Schloss erbaut wurde, überwinterten dort offenbar jene Orangenbäume, die den Rest des Jahres den Park zierten. Wenn die Darmstädter heute von »der Orangerie« sprachen, meinten sie ohnehin eher den Park, als das Gebäude. Der Park, auf dessen Gelände zufälligerweise auch der Verkehrsübungsplatz der Jugendverkehrsschule lag, und der mitten im Stadtteil Bessungen von überwiegend engen und kleinen Straßen und Gassen umgeben war. Ideal, um hier bei vergleichsweise ruhigem Verkehr, dafür aber nicht immer ganz eindeutigen Vorfahrtsregeln, mit den Kindern zu üben.

»Achtung vor der Einfahrt, Linh! Denk daran, es könnte ein Auto rauskommen.«

Die Leute dachten meist, die Polizisten würden hier Kindern beibringen, sich streng an alle Regeln zu halten. Das stimmte auch – einerseits. Andererseits war es eigentlich viel wichtiger, dass sie den Kindern beibrachten, sicher und unfallfrei durch den Straßenverkehr zu kommen. Was mit einschloss, zu wissen, dass so manche Erwachsene Regeln brechen würden. Tatsächlich war der »Fahrradführerschein« gar nicht wirklich das Ziel, dachte Martin. Das Ziel war, dass die Kinder künftig auf dem Fahrrad gesund und heil blieben.

* * *

Etwa eine halbe Stunde später, sie waren gerade von der Wittmanstraße zurück auf die große Klappacher Straße gekommen, ging ein Geraune durch die Kinder. Vor ihnen stand ein echter Polizeiwagen. Mit Blaulicht sogar. Steffen Martin hingegen runzelte die Stirn. Ein Unfall war nirgends zu sehen – warum waren die Kollegen hier?

Kollegin Thielen stand bereits am Wagen und bedeutete den Kindern, etwas Abstand zu halten. Martin war sich nicht sicher, wie Erfolg versprechend das war. Als er sich näherte, stöhnte er innerlich auf. Neben einer ihm unbekannten Kollegin saß im Streifenwagen Florian Hammel. Mit dem hatte er zusammen vor einigen Jahren die Polizeiausbildung absolviert. Als Hammel ihn herankommen sah, grinste er.

»Ah, der Kinderpolizist!«, sagte er spöttisch.

»Lass das«, antwortete Martin.

»Warum? Willst du bestreiten, dass du dir hier für dein Gehalt einen schönen Lenz machst, mit kleinen Jungs Kinderlieder singst und Polizist spielst, während andere Kollegen echte Arbeit leisten?«

»Wir machen echte Arbeit, Herr Polizeihauptmeister«, ließ sich Thielen vernehmen, und betonte Hammels untergeordneten Rang absichtlich scharf. »Und wir singen übrigens auch nicht. Keine Ahnung, was Sie für eine Verkehrserziehung hatten. Wollen Sie uns vielleicht kurz aufklären, warum Sie hier sind?«

»Banküberfall«, erwiderte Hammel etwas säuerlich. Hierarchie wirkte bei ihm. »In der Innenstadt ist heute morgen 'ne Bank überfallen worden. Täter auf der Flucht. Wir sollen die Straßen kontrollieren.«

»Hier? Richtung Bessungen?«, fragte Martin verwundert. Er erntete einen wütenden Blick von Hammel, der offenbar ebenfalls der Meinung war, dass sein Talent und seine Einsatzkraft an der völlig falschen Stelle eingesetzt wurden.

»Die Täter sind wie vom Erdboden verschluckt, angeblich. Die Zentrale vermutet, dass sie sich irgendwo in Nebenstraßen geflüchtet haben. Wenn ihr mich fragt, die sind längst aus der Stadt raus. Das waren Profis.«

»Irgendwelche Hinweise?«, fragte Thielen. Hammel schüttelte den Kopf.

»Nur, dass sie angeblich in einem schwarzen Fluchtauto unterwegs sind. Kombi. Und mit mehreren Säcken an Beute. Müssten also auffällig sein. Aber trotzdem nichts zu sehen.«

»Braucht die Zentrale noch Verstärkung?«, fragte Martin. Thielen und er waren schließlich ausgebildete Polizisten. Wenn es um einen zentralen Großeinsatz ging, wären auch sie beide verpflichtet, mitzuhelfen. Florian Hammel sah ihn allerdings abermals spöttisch an.

»Von Kinderpolizisten? Was machst du denn, wenn du den Bankräuberprofis gegenüber stehst? Sie mit der Wasserpistole bedrohen?«

Martin spürte, wie er rot im Gesicht wurde. Vor Wut, allerdings auch, weil Kollege Florian schon damals in der Ausbildung sich ständig darüber lustig gemacht hatte, dass er gerade so das Schießtraining bestand. Martin war nicht unsportlich, aber in der Tat kein Draufgänger, wie Florian es von Anfang an gewesen war. Keiner, der sich gerne ins Getümmel stürzte. Gelegentlich traf er an den Wochenenden auf Florian, wenn es darum ging, eine Demonstration zu begleiten oder ein Heimspiel der Lilien abzusichern, und immer hatte er das Gefühl, dass Florian geradezu darauf hoffte, es würde sich eine Schlägerei ergeben. Ein Trieb, der Steffen Martin tatsächlich völlig abging. Er hatte dafür andere Qualitäten. Einer Klasse Kinder den vernünftigen Umgang mit den Verkehrsregeln beizubringen und dazu beizutragen, dass sie sicher auf dem Fahrrad durch den Verkehr kamen, war alles andere als eine triviale Aufgabe. Aber Martin war nicht so elegant mit Worten wie Florian. Heute Abend würde ihm sicherlich eine schlagfertige Antwort einfallen.

»Gut, dann machen wir hier weiter«, sagte er nur. »Auf, kommt Kinder. Denkt an die Sichtlinie. Melek, ordne dich bitte wieder hinter Lara ein.«

»Viel Erfolg bei der Verbrecherjagd in den Nebenstraßen«, kommentierte Sabine Thielen und lächelte Hammel an. Manchmal bewunderte Martin seine Kollegin für ihre Gelassenheit. Sie schien mit sich selbst völlig im Reinen und war in der Tat eine begnadete Ausbilderin und Polizistin. Martin hingegen konnte nicht verhehlen, dass ihn Bemerkungen wie die von Florian Hammel ärgerten.

»Links abbiegen. Schulterblick, Lara! Handzeichen! Achtung, vor der Einfahrt, Linh!«

* * *

Etwa eine Stunde später waren sie mit einer anderen Gruppe Kinder unterwegs. Eine ganze Klasse war zu groß für die Fahrten, also teilten sie die Kinder immer in mehrere Gruppen auf. Dieselben Straßen, ähnliche Route. Abermals gewährte ein Auto ihnen Vorfahrt, obwohl der Fahrer selbst Vorfahrt hatte. Wie sollten die Kinder da jemals sinnvoll was lernen? Oft sind das solche, die ein schlechtes Gewissen haben, pflegte Kollegin Thielen zu sagen. Steffen Martin schaute genauer hin. Tatsächlich – der Fahrer war offenbar nicht angeschnallt. Er überlegte kurz, was für eine Art von schlechtem Gewissen wohl der Fahrer des Orangen-Kleinlasters von heute früh gehabt haben könnte. Zu schnell gefahren war er jedenfalls nicht. Offenbar ein unsicherer Fahrer.

Als sie an der Klappacher Straße vorbeikamen, war von den Kollegen im Streifenwagen nichts mehr zu sehen. Womöglich fuhren sie tatsächlich die kleinen Nebenstraßen ab. In dieser Hinsicht musste er Florian durchaus recht geben: Es schien äußerst unwahrscheinlich, dass sich Bankräuber aus der Innenstadt nach Bessungen verirrten. Es war schlichtweg kein Ort, von dem aus man wiederum sonderlich schnell die Stadt verlassen konnte. Es sei denn, man wollte es heimlich tun.

Sie bogen in die Jahnstraße ein, zum Eingang des Orangeriegartens. Ein Wagen stand an der Straße, vor dem »Glückskind«-Laden, halb auf dem Bürgersteig, wo er nicht hingehörte. Nicht wirklich ungewöhnlich, die Parkplatzsituation in der Gegend war fürchterlich, und die wenigsten Fahrer schienen beim Abstellen ihrer Fahrzeuge an Fahrradfahrer oder Fußgänger zu denken. Martin wollte Fabian gerade zurufen, dass er dem Hindernis, wie mehrfach geübt, in weitem Bogen ausweichen solle, als ihm plötzlich etwas auffiel: Der

Wagen war ein schwarzer Kombi. Während die Kinder alle brav um den Wagen herumfuhren (in mehr oder weniger großen Abständen), bremste der Kommissar und lugte in den Wagen hinein. Es war nichts zu sehen.

Kollegin Thielen hatte bemerkt, dass er angehalten hatte, und brachte die Kolonne zum Stehen. Die Kinder sahen sich neugierig nach ihm um.

»Gehen Sie nachher den Räuber suchen, Herr Martin?«, fragte eines der Kinder. Steffen Martin stutzte. »Welchen Räuber?« Hatten die Kinder etwa schon etwas von dem Überfall mitbekommen?

»Fabian hat uns vorhin in der Pause erzählt, er hätte heute Morgen einen gesehen. Bestimmt hat er einen Schatz verbuddelt!«

Die anderen Kinder nickten zustimmend. Dass ein Räuber einen Schatz im Orangeriepark vergräbt, erschien den meisten völlig logisch.

»Ach so, den. Einen Schatz, hm?« Martin warf seiner Kollegin einen Blick zu und deutete dann mit einer Kopfbewegung auf den schwarzen Kombi. »Vielleicht sollten wir mal im Park nachsehen?«

»Wir können die Kinder nicht alleine lassen«, wandte Thielen ein. »Außerdem sind wir eh schon zu spät. Gleich Schulschluss.«

Martin kratzte sich am Kinn. Dann sah er auf die Uhr. »Kannst du die Kinder allein die paar Meter zur Mornewegschule bringen? Ich sollte mich mal umsehen.«

»Lass das Hammel machen.«

»Ich geh nur kurz alleine schauen. Vermutlich einfach ein Zufall. Bin gleich wieder da.«

Thielen zögerte kurz, dann seufzte sie und nickte. »Ich bring die Kinder, dann komme ich zurück.«

»Kein Stress. Wahrscheinlich bin ich dann eh schon auf dem Rückweg …«

Martin überlegte kurz, ob er laufen sollte, dann schwang er sich auf sein Rad. Damit wäre er umso schneller zurück, falls sich alles als Irrtum herausstellen sollte. Ihm war klar, dass er eigentlich Unterstützung rufen sollte bei einem möglichen Hinweis, aber allein der Gedanke daran, dass Florian Hammel hier auftauchen würde, verursachte entschiedenes Unbehagen. Erst recht, wenn sich herausstellte, dass seine Phantasie mit ihm durchgegangen war. »Der Kinderpolizist dachte, er hätte was entdeckt, hm? Haha!«, hörte er Florians Stimme förmlich im Ohr. »Einen Schatz im Park?«

Steffen Martin versicherte sich, dass seine Dienstpistole am richtigen Platz war, dann passierte er das schmiedeeiserne Eingangstor der Orangerie, dessen Stangen aussahen wie Speere, mit seinen moosbewachsenen, steinernen Rüstungen über dem Torbogen. Aus der Ferne läutete die Glocke der Liebfrauenkirche. Zwei Jogger und ein Mensch mit Hund kamen ihm entgegen, ansonsten war alles sehr ruhig an diesem grauen und nasskalten Novembervormittag. Er fuhr am Parkplatz vorbei, auf dem nur sehr wenige Autos standen – und stutzte. Auf einem der Parkplätze stand der Kleinlaster von heute Morgen, mit dem Orangen-Aufdruck.

Langsam fuhr er weiter, der rotbraune Kies knirschte unter seinen Fahrradreifen, vorbei am Spielplatz linker Hand und dem Restaurant zur Rechten. Fluchtwege, dachte er sich. Sollte er wirklich auf etwas stoßen, wären dies Fluchtwege zur Straße. Für ihn oder für Verbrecher, die er verfolgen würde. Dann schalt er sich für seine wild galoppierende Phantasie. Vermutlich war hier gar nichts. Schwarze Kombis waren nicht gerade selten.

Er passierte das stattliche Orangerie-Gebäude mit seinen roten und beigen Farben. Ergab die ganze Sache überhaupt Sinn?, fragte er sich, während er nach rechts und links Ausschau hielt und nicht einmal wusste, nach was genau: Nach Räubern, die einen Schatz vergraben? Angenommen, der Wagen gehörte tatsächlich den Bankräubern – was sollte der Plan sein? Sicherlich nicht ernsthaft, die Beute hier im Orangeriepark zu vergraben. Andererseits war es naheliegend, das Fluchtauto zu wechseln, und warum nicht hier, in einem etwas abgelegenen Stadtteil, in der Nähe eines Parks mit vielen Bäumen? Wenn das der Fall war, kam Martin vermutlich bereits zu spät.

Er blickte auf den Park. Eine barocke Anlage mit breiten Achsen. Vor ihm große, runde Büsche, die ihm einen Teil der Sicht nahmen. Der Park war in aufsteigenden Terrassen angelegt, jede davon mit Hecken abgetrennt, sodass es schwierig war, ihn von hier komplett zu überblicken. Aber war er überhaupt an der richtigen Stelle? Vielleicht hätte er lieber vorhin abbiegen sollen in Richtung Hauptstraße, auch vor dem Restaurant konnte man schließlich kurz halten und in einen Wagen springen. Eigentlich die wahrscheinlichere Fluchtroute. Ein paar Vögel zwitscherten, es roch nach Erde. Die Springbrunnen und Wasserbecken waren alle leer, die Blumenbeete kahl. Er fuhr den breiten, mittleren Weg bis zu einem der runden Becken, bog dann rechts ab. Der Boden war schlammig und voller Pfützen, der Park menschenleer. Schließlich war er an der Westseite angelangt, Kinderstimmen drangen von der Bessunger Schule herüber. Fluchtweg, dachte er wieder, als er an der mit Graffiti besprühten Mauer vorbei kam, die zur Schule führte. Und dann: Sichtlinie.

»Die Sichtlinie beim Abbiegen ist wichtig, weil wir gut sehen können und gut gesehen werden«, hatte er den ganzen Morgen gepredigt. Vor ihm lief eine kopfsteingepflasterte Rampe hoch, umgeben von Hecken. Keine gute Sichtlinie – jedenfalls nicht für ihn. Wenn hier jemand lauerte? Martin schalt sich einen Dummkopf, aber stieg trotzdem vom Fahrrad ab und schob es die Rampe zu Fuß hoch. Nichts. Langsam ging er weiter bis zur nächsten und letzten Rampe. Er sollte besser umdrehen. Hier war nichts.

Außer zwei Gärtnern, einem Mann und einer Frau in grün-grauen Gärtneruniformen. Sie waren auf der rechten Seite zugange, am Rand des Parks, zwischen einer knorrigen Rosskastanie und einem jungen Baum, hatten ein Loch gegraben und waren offenbar mit weiteren Baumsetzlingen beschäftigt, mehrere Säcke Erde lagen vor ihnen. Von hier aus hatte man den ganzen Orangeriegarten im Blick, vom Orangeriegebäude bis zur Mauer an der Südseite. Wie er sich gedacht hatte: Hier war nichts. Die Turmuhr der Kirche schlug ein Uhr. Schule aus.

»Hallo«, grüßte Martin die beiden.

»Hallo«, erwiderte die Frau und warf ihrem Kollegen einen Blick zu. Martin zögerte. Etwas stimmte hier nicht.

»Frisch heute, nicht wahr? Sind Sie schon lange hier?« Er war nie sonderlich gut darin gewesen, Smalltalk zu machen, aber er hatte das Gefühl, etwas herausfinden zu können, wenn er nur etwas sagte.

Dann stutzte er. Er kannte das Gesicht des Mannes. Er hatte ihn heute Morgen am Steuer gesehen, und Gesichter konnte sich Martin ganz gut merken. Es war der Fahrer des Kleinlasters gewesen. Wäre der nicht so auffällig vorsichtig gefahren, hätte er sich das Gesicht wohl nicht eigens eingeprägt. Aber Parkpfleger fuhren nicht in Orangenlastern herum. Er blickte auf das Loch im Boden. Was er für Erdsäcke gehalten hatte, waren schwere, dunkle Stoffsäcke. Und plötzlich setzten sich die Mosaiksteine in Martins Kopf zusammen. Der Ort hier war schwer einsehbar und wenige Menschen kamen an einem feuchtkalten Novembermorgen vorbei. Denn das Nachbargrundstück – war die Verkehrserziehungsschule. Und deren Personal, nämlich er und Thielen, war heute unterwegs. Gestern hatte hier jemand in Gärtnerkleidung ein Loch gegraben, heute Morgen hatte Fabian eine Person gesehen, die etwas in diesem Loch vergraben hatte. Der schwarze Kombi, der Kleinlaster: Die Bankräuber hatten die Orangerie ausgewählt, um die Beute für ein paar Stunden zu vergraben und an Komplizen zu übergeben. Um so jeweils heimlich aus der Stadt zu verschwinden. Vermutlich mit Geldsäcken unter Orangenkisten. Vielleicht ein etwas komplizierter Plan. Aber offenbar war er bis hierhin erfolgreich gewesen.

Seine Hand griff zur Dienstwaffe. Sein Fahrrad kippte zur Seite. Der Mann und die Frau sahen sich an.

Die haben mich schon gesehen, seit ich mit dem Rad am Orangerie-Gebäude aufgetaucht bin, fiel es Martin wie Schuppen von den Augen. Von hier oben, von der dritten Terrasse aus, hatte man einen guten Rundumblick, ohne selbst zu sehr im Blickfeld zu sein.

Im selben Augenblick stoben beide auseinander, der Mann in die eine, die Frau in die andere Richtung. Martin fluchte, verlor kostbare Sekunden, dann entschied er sich, dem Mann zu folgen, der nach Süden in Richtung des nähergelegenen Ausgangs der Herrngartenstraße rannte.

»Stehenbleiben!«, schrie Martin, ohne große Hoffnung darauf, dass der Flüchtige hören würde. Aber der Polizist spürte, wie er aufholte. Nur wenige Schritte hinter dem Mann in Grün stürmte er durch die Öffnung in der Mauer in die schmale Herrngartenstraße hinaus – und sah vor der »Bessunger Backstube« den Polizeiwagen von Florian Hammel stehen, während sein Kollege gerade mit einem Brötchen in der Hand aus der Bäckerei trat.

»Halt ihn auf!«, schrie Martin dem Polizeikollegen zu, aber der war zu verdutzt, um zu reagieren. Na, der wird sich ärgern, wenn er erfährt, dass seine Chefs tatsächlich recht gehabt haben, ihn hierher zu schicken, schoss es Martin durch den Kopf. Dann holte er den Flüchtigen ein, stieß ihm den Ellenbogen in den Rücken und riss ihn zu Boden.

Wenige Herzschläge später waren Florian Hammel und dessen Kollegin, deren Namen Martin immer noch nicht kannte, bei ihm und halfen ihm, den Mann festzunehmen. »Trefft mich schnell vorne am anderen Eingang!«, rief Martin den beiden hektisch zu. »Ruft Verstärkung! Da ist noch eine!« Hastig drehte er sich um und rannte zurück in den Park. Er sah, wie die Frau mittlerweile den deutlich weiteren Weg durch den Park zurückgelegt hatte, und gerade am Orangeriegebäude entlanglief. Die will zum Kleinlaster, schoss es ihm durch den Kopf. Aber er hatte einen Vorteil: Sein Fahrrad lag nicht weit entfernt. Martin schwang sich auf den Sattel und trat heftig in die Pedale, Dreck spritzte auf, als er durch den nassfeuchten Kiesboden fuhr und über die Kopfsteinpflasterrampen. Er machte Boden gut, aber die Frau war schon Richtung Parkplatz verschwunden, und als er schließlich um die Ecke bog, sah er den Kleinlaster starten. Die Reifen drehten durch und der Wagen steuerte zum Westausgang, auf die Bessunger Straße zu. Immerhin: Dort würde er abbiegen müssen und könnte keine volle Geschwindigkeit aufnehmen.

Und dort, am Ausgang des Parks, tauchten plötzlich drei Kinder auf. Drei Kinder auf Fahrrädern, die auf dem Nachhauseweg waren. Fabian, Lara und Linh. Martin riss die Augen auf, er schrie, er fuchtelte mit den Armen, aber wusste im selben Moment, dass er den Kleinlaster nicht mehr erreichen konnte.

Dann bremste der Wagen ab und versuchte, den Kinderfahrrädern auszuweichen. Reifen quietschten, der Kleinlaster fuhr in die Parkmauer hinein. Kinder schrien. Kurze Zeit später war Steffen Martin am Wagen.

* * *

Als wenige Momente später Florian Hammel und seine Kollegin eintrafen, hatte dieser einen deutlich verwunderten und etwas entgeisterten Ausdruck im Gesicht.

Martin hatte inzwischen die flüchtende Frau im Kleinlaster festgenommen, die weitgehend unverletzt schien, wenn auch benommen. »Ich überfahre doch keine Kinder …«, murmelte sie leise.

»Ich bin sicher, das zumindest wird der Richter Ihnen anrechnen«, erwiderte Martin, aber er wusste nicht, ob sie ihn überhaupt hörte. Die drei Schulkinder standen etwas eingeschüchtert und ehrfürchtig an der Seite.

»Ihr solltet schnell im Park ein Erdloch sichern, da ist die Beute aus dem Bankraub drin«, rief Martin dem Streifenpolizisten zu. »Und es würde mich nicht wundern, wenn die eigentlichen Räuber noch irgendwo in der Nähe sind und sich tatsächlich verstecken, bis sich alles beruhigt hat.« Er grinste Florian Hammel an: »Du solltest also noch ein paar Seitenstraßen absuchen.« Martin merkte, dass er ein wenig außer Atem war. Erst jetzt wurde ihm so richtig bewusst, was er geleistet hatte.

»Wie hast du …«, fing Florian an, stoppte dann und starrte Steffen Martin verdutzt an.

»Nun, eigentlich haben dem Kinderpolizisten die Kinder geholfen«, wandte er sich den Viertklässlern zu. »Die haben die Verbrecher beobachtet.« Fabian strahlte.

»Allerdings«, fügte Martin hinzu und hob den Zeigefinger: »Lara, Florian, Linh! Das nächste Mal: Immer Achtung vor Einfahrten! Ihr seht ja, man weiß nie, ob ein Räuber rausfährt.«

Eric Barnert

Lacrimosa

- 1 -

Als Elfriede Beer morgens ihren Dienst antrat, hatte sie es von einer Kollegin erfahren. Einer ihrer Heimbewohner war in der Nacht verstorben. Naturgemäß kam das in einem Seniorenheim öfter vor, aber mit Dr. Manfred Wächter hatte sie so etwas wie eine wirkliche Freundschaft verbunden. Sie schätzte seinen bis zuletzt hellen Geist, sein gütiges Wesen, die Art, wie er mit seiner Behinderung umging, er um seine Person keinerlei Aufhebens machte und sie miteinander über alles sprechen konnten. Oft saß sie bei ihm nach Feierabend, sie unterhielten sich, manchmal las er etwas vor oder sie hörten gemeinsam Musik, bei beidem kannte er sich aus, oft aßen sie zusammen Kuchen bei einer Tasse Kaffee. Sie hatte manchmal den Eindruck, dass er mehr von ihr wusste als umgekehrt.

Während sie den Gang entlanglief zu seinem kleinen Appartement, spürte sie eine tiefe Traurigkeit. Mit diesem so weltgewandten Mann, der eine ganze Apothekenkette aufgebaut hatte, der offenbar sowohl guter Pharmazeut, als auch guter Geschäftsmann gewesen war, bei dem sie sich manchmal Rat zu Medikamenten geholt und mit dem sie unzählige Schachpartien gespielt hatte, mit diesem Mann würde sie nie wieder beisammen sein.

Elfriede Beer klopfte an die Tür, vernahm ein »herein« und trat ein.

Im Wohnzimmer saß Philipp Wächter, der Sohn des Verstorbenen, an der kleinen Sitzgruppe. Er stand auf, als er sie sah.

Ernst, aber gefasst, trat er auf sie zu und streckte ihr seine jugendliche Hand entgegen.

»Guten Morgen, Frau Beer. Danke, dass Sie da sind. Sie haben es wahrscheinlich schon gehört. Er ist heute Morgen um kurz nach vier gestorben. Nun ging es doch schneller, als wir dachten.«

»Mein Beileid, Herr Wächter! Wenn ein Elternteil geht, hinterlässt das immer eine große Lücke. Und ich möchte Ihnen sagen, ich werde ihn auch sehr vermissen.«

Sie sprachen noch eine Weile, er bedankte sich, erwähnte, wie sehr sein Vater sie geschätzt habe, griff dann einen großen, braunen Umschlag, der auf dem Tisch gelegen hatte, und überreichte ihn ihr.

»Den soll ich Ihnen von meinem Vater geben. Er hat mir nicht gesagt, was drin ist, aber es war ihm sehr wichtig. Wenn Sie ihn ein letztes Mal sehen möchten, er liegt noch in seinem Bett. Er ist ganz friedlich eingeschlafen. Wir haben erst gar nicht gemerkt, dass er nicht mehr atmet. Tja«, ein tiefer Seufzer entfuhr ihm, »meine Schwester hat es leider nicht rechtzeitig geschafft. Ich hole sie am Nachmittag am Flughafen ab. Ist nicht einfach, aus den Staaten so schnell anzureisen. Und es gibt natürlich jetzt ein paar Dinge zu regeln. Vielleicht sehen wir uns heute Nachmittag noch mal. Wir würden uns freuen!«

Er verabschiedete sich und Elfriede Beer ging hinüber ins Schlafzimmer, setzte sich auf einen Stuhl neben das

Bett und betrachtete den Toten. Ihre Augen wurden feucht, sie presste die Lippen zusammen, legte den Kopf zur Seite und berührte seine inzwischen kalte Hand. Seine Lider waren geschlossen, die Gesichtszüge entspannt und friedlich, die Haut wirkte bereits etwas wächsern. Mit der anderen Hand drückte sie den Umschlag an sich, es waren offenbar Papier und etwas Festes darin, aber es war noch nicht an der Zeit, ihn zu öffnen.

- 2 -

Bestimmt eine halbe Stunde saß sie da. Die Stille der Endgültigkeit im Raum, die Erinnerungen im Kopf. Ihre gemeinsamen Ausflüge in die Umgebung, mal hatte sie ihn zu Fuß begleitet, zum Oberwaldhaus, auf das Oberfeld oder die Rosenhöhe, mal mit dem Bus auch etwas weiter weg. Die vielen Gespräche, diese Vertrautheit zwischen ihnen, für immer vorbei.

Sie stand auf, ging zurück nach nebenan, setzte sich auf das Sofa, schaute im Zimmer umher, die Bücher, die vielen CDs mit meist klassischer Musik, die Gegenstände eines Lebens im Raum verteilt. Bald würden sie verschwunden sein. Nichts würde mehr in diesen Räumen an ihn erinnern. Schließlich fasste sie sich ein Herz und öffnete den Briefumschlag. Darin befanden sich eine Musik-CD mit einer Aufnahme des Requiems von Mozart und ein mehrseitiger Brief. Dieser war akkurat verfasst, ordentlich, wie sein Verfasser, offenbar hatte er ihn schon vor einiger Zeit geschrieben. Sie überlegte kurz, ob sie ihn schon lesen sollte, aber dann fing sie einfach an und nach einigen Zeilen glaubte sie schon, Wächters Stimme zu hören.

Liebe Frau Beer,

wenn Sie diesen Brief lesen, werde ich diese Welt verlassen haben. Zu allererst möchte ich Ihnen für Ihre treuen Dienste danken, für Ihre Gesellschaft über all die Jahre, für Ihre Herzenswärme, Ihr Verständnis, dafür, dass Sie sich nie beklagt haben, wenn ich Ihnen Arbeit gemacht habe oder nicht so gut aufgelegt war. Ich habe mich immer auf Ihre Besuche gefreut, und Sie sind für mich in den Jahren hier zu einer richtigen Kameradin, ja, wie ein Teil meiner Familie geworden.

Kennen Sie das Requiem von Mozart? Ja? Bestimmt. Und wenn Sie vielleicht ein Fan dieses einzigartigen Stückes sind, dann finden Sie vielleicht auch, dass es davon eigentlich keine perfekte Aufnahme gibt. Sicher, es gibt eine Menge sehr gute, es gibt die Aufnahme aus dem Film »Amadeus«, der unzählige Preise gewann. Da spielte das Requiem auch eine wichtige Rolle, nicht nur musikalisch, auch als Teil des Dramas. Die ist schon wirkungsvoll, aber auch da nicht perfekt interpretiert. Ich habe sie alle studiert und auf die eine gewartet, die alles erklärt, die das letzte Stück Offenbarung in sich birgt, die in jeder Note mitschwingt. Ein Drama, ja, das ist dieses Requiem. Ein Vermächtnis des großen Mozart an uns alle, obwohl er es leider nur zu etwa zwei Dritteln fertigstellen konnte. Seine Schüler vollendeten es, so wie wir es heute kennen. Gewaltig, entwaffnend und auf eine unerklärliche Weise göttlich. Es dringt bis dahin ein, wo sonst Musik kaum Zugang hat. Seele, Zeit, Egoismus. Alles scheint bedeutungslos und stillzustehen, so groß ist dieses Werk.

Ich habe es oft gehört vor und nach dem Unfall, der mich in diese Situation brachte. Viele Jahre ist das her. Direkt davor durfte ich es in Wien hören. Für den fünften Dezember 1991 hatte ich zwei Karten erstehen können, für meine Frau und mich zum 25. Hochzeitstag. Es war das Konzert zum 200. Todestag Mozarts im Stephansdom. Genau dort schien diese Musik hinzugehören. Georg Solti, die Wiener Philharmoniker, der Chor der Wiener Staatsoper, Arleen Auger, Cecilia Bartoli, Vinson Cole und René Pape ließen bei mir Gänsehaut entstehen. Unvergesslich. Trotz des lateinischen Gottesdienstes, den Mozart möglicherweise selbst lieber auf Deutsch gehabt hätte, wie seine Zauberflöte, die er, der damaligen Mode trotzend, nicht auf Italienisch verfasst hatte.

Vielleicht war es der Anlass, vielleicht der Ort, vielleicht aber auch einfach die große Qualität und der Wille aller Beteiligten. Das erste Mal hatte ich das Gefühl, dass es annähernd perfekt war. Berauschend und wahrhaftig. Ich habe Ihnen eine Aufnahme des Konzerts mit in den Umschlag gesteckt.

Wir waren einige Tage zuvor mit dem Auto angereist mit einer Übernachtung in der Wachau, und am Tag nach dem Konzert genauso heimwärts gefahren. Glücklich. Erfüllt von diesen knapp zwei Stunden und unserem Aufenthalt insgesamt.

Bei Heilbronn verließen wir wegen eines Staus die Autobahn, die Landstraße führte uns den Neckar hinauf und ins Innere des Odenwalds, es waren nur noch wenige Kilometer. Ich drückte die Hand meiner Frau, wir lächelten, die Musik klang in uns nach.

Ein Auto überholte uns, obwohl eigentlich klar war, dass es knapp werden würde, denn es gab Gegenverkehr. Der Wagen zog zu früh nach rechts, obwohl ich bremste. Dann knallte es, Metall rieb laut krachend aneinander, ich hatte das Lacrimosa des Requiems im Ohr, und es wich seitdem nicht mehr aus meinem Bewusstsein, genauso wenig wie die Schreie meiner Frau auf dem Beifahrersitz, während wir uns überschlugen.

Wie Manfred Wächter zu seiner Querschnittslähmung gekommen war, hatte er zuvor nie genau erzählt. Sie hatte nur gewusst, dass es ein Unfall war. Vorsichtigen Fragen dazu war er stets ausgewichen. Nun war es ihm offenbar doch noch wichtig gewesen, ihr das zu erzählen. Aber weshalb erst jetzt? Sie las weiter und weiter, interessierte sich nicht mehr für die Gegenstände um sie herum, vergaß irgendwann wo sie war und auch, dass derjenige, der all das geschrieben hatte, tot im Nebenzimmer lag.

- 3 -

… Was war das für ein furchtbarer Traum? Erst hörte er Geräusche, entferntes Türenschlagen, Stimmen, manche wurden lauter und dann wieder leiser, andere schienen ganz in der Nähe zu sein, eine gedämpfte Unterhaltung, fast flüsternd, dann wieder Stille. War das echt? Wo war er? Er versuchte sich zu erinnern, aber es gelang ihm nicht.

Jemand berührte seine Hand. Nicht fest, eher vorsichtig, zärtlich. Er wollte erwachen, die Augen öffnen.

»Papa? Hörst du mich?«

Da war Licht rechts von ihm, da, wo die Stimme der Frau herkam, die seine Hand hielt. Er kannte diese Stimme.

»Wie geht's Dir? Ich bin's, Sabine!«

Er öffnete seine Augen ein wenig mehr und drehte seinen Kopf leicht nach rechts. Eine Infusion steckte in seinem Arm. Und dahinter saß sie, sein ganzer Stolz, seine Tochter, ihn mitfühlend betrachtend.

»Wo sind wir hier? Was ist passiert?« fragte er langsam, mühevoll jede dieser Silben zu formen. Der Mund war trocken, und sein Hals schmerzte.

»Du hattest einen Unfall mit dem Auto. Sie haben Dich operiert, ziemlich lange, aber es hat wohl ganz gut geklappt. Du bist in den Städtischen Kliniken, hier bei uns in Darmstadt.«

Er nahm die Worte wahr, und nach einem Moment begann die Musik in seinem Kopf zu klingen, *Lacrimosa dies illa*, zu Deutsch *Tränenreich ist jener Tag*. Nun wusste er, was passiert war. Und eine dunkle Ahnung stieg in ihm auf.

»Wo ist die Mama?«

»Sie ist nicht hier.«

Er überlegte eine Weile angestrengt. Dann fragte er ganz leise:

»Hat sie es überlebt?«

»Nein, Papa. Leider nicht.«

- 4 -

Am folgenden Tag erst realisierte er, dass seine Beine gefühllos waren. Die Schmerzmittel nach dem Unfall und schon bald nach seinem Erwachen nochmals Schlafmittel hatten verhindert, dass er das bemerkt hatte. Die Ärzte eröffneten ihm, dass es möglicherweise keine Heilung gab.

Später bekam er Besuch von der Polizei. Vom Unfallverursacher fehlte bislang jede Spur. Und es gab leider keine unmittelbaren Zeugen. Sie versuchten das Fahrzeug anhand von Lack- und Reifenspuren zu ermitteln, um dann über das Zulassungsverzeichnis den Halter ausfindig zu machen. Ob er, Wächter, denn Teile des Kennzeichens gelesen hätte? Oder den Fahrzeugtyp oder die Farbe erkennen konnte? Ob der Wagen eher groß oder klein war? Limousine mit Stufenheck oder hatte er ein Schrägheck? Doch seine Erinnerungen waren lückenhaft, zudem war es zum Zeitpunkt des Unfalls schon lange dunkel gewesen. Aber er meinte, dass das Auto eine Limousine mit Stufenheck war, rot lackiert, mit einem Darmstädter Kennzeichen. Er erinnerte sich, dass der Wagen schon einige Kilometer hinter ihnen hergefahren war, durch zwei Orte, ziemlich aggressiv und drängelnd. Es war ein BMW gewesen, eher ein kleinerer, aber breiter als normal, ein ziemliches Geschoss. Und da war noch irgendein Symbol im Kühlergrill gewesen. Es war wohl ein roter BMW M3 gewesen, ein ziemlich exklusives Gefährt. Das müsste vielleicht ein Anhaltspunkt sein.

Doch als Wächter Wochen später bereits in der Reha war, hatte die Polizei den Verursacher noch immer nicht ermitteln können.

Zwischenzeitlich hatte die Beerdigung seiner Frau ohne ihn stattfinden müssen.

Wenn er abends zu Hause war, dachte er darüber nach, wie er damit umgehen würde, wenn die Polizei scheitern sollte. Sein Sohn und seine Tochter, die beide noch studierten, teilten sich seine Betreuung mit wechselnden Pflegekräften.

Schließlich kam der Tag, an dem die Ermittler ihm eröffneten, dass sie keine Hoffnung mehr hätten, den Unfallverursacher zu ermitteln. Alle Fahrzeughalter waren überprüft worden. Sein Anwalt könne nun die Akte einsehen. Ohnmächtig war Wächter zurückgeblieben, später dann wütend. Lange saß er im Wohnzimmer, er hörte das Requiem auf seiner Stereo-Anlage und ihm liefen die Tränen über die Wangen.

Tränenreich ist jener Tag, an welchem auferstehen wird aus dem Staube, zum Gericht der Mensch als Schuldiger. Gewähre ihm Schonung, Gott, treuer Jesus Christus.

So hieß es im Lacrimosa. Er würde sie finden, die Person, die am Steuer gesessen hatte, und sei es nur, um ihr verzeihen zu können.

Nach einer schlaflosen Nacht rief er seinen Anwalt an. Trotz aller Müdigkeit fühlte er sich tatkräftiger, als all die Monate zuvor.

- 5 -

Seinen Rollstuhl beherrschte er inzwischen souverän. Die elektrische Version hatte er von Anfang an abgelehnt und sah das Gerät als sportliche Herausforderung. Mehr als zwei Jahre lag der Unfall nun hinter ihm, und der Privatermittler hatte inzwischen gute Fortschritte gemacht. Trotzdem war er erstaunt, dass es so lange gedauert hatte. Eigentlich kam nur noch einer der wenigen Fahrzeugbesitzer in Frage. Durch einige Ungereimtheiten war er sich sicher, dass er es war. Für einen

Prozess war die Indizienlage jedoch nicht ausreichend. Es gelang ihm nicht, sich damit abzufinden. Nacht um Nacht zerbrach er sich den Kopf, wie es möglich wäre Gerechtigkeit zu erlangen. Oder wenigstens ein wenig Wahrheit. Dem Verursacher in die Augen sehen, alles verstehen, vielleicht sogar eine Entschuldigung hören.

Seit sein Sohn das Studium beendet hatte und ihm zunehmend das Geschäftliche abnahm, versuchte er sich abzulenken mit einem neuen Projekt, das ihn zunehmend ausfüllte: Seine Stiftung für Unfallopfer hatte rasch an Fahrt aufgenommen. Von ihm zu Anfang mit einer großzügigen Summe ausgestattet, stand diese inzwischen auf eigenen Füßen, auch aufgrund einiger bedeutender Spender, er war noch immer gut vernetzt.

So kam es, dass der Stiftungsvorstand beschloss, einen Geschäftsführer einzustellen. Manfred Wächter hatte bereits einen geeigneten Kandidaten im Auge und beauftragte seinen Anwalt mit der Rekrutierung des Mannes.

Einerseits war es sehr befriedigend für ihn, dass seine Stiftung solche Fortschritte machte, andererseits erinnerten ihn die Menschen, denen durch diese geholfen werden konnte, an sein eigenes Schicksal.

Und doch wuchs mit ein wenig Abstand die Überzeugung, dass der Verkehrsunfall wenigstens noch zu etwas Gutem geführt hatte. Bis sein Anwalt ihn Anfang September 2008 besuchte.

- 6 -

Manfred Wächter verließ an diesem Tag das Seniorenheim in der Dieburger Straße, um einmal mehr den

F-Bus zum Oberwaldhaus zu nehmen. Es waren nur zwei Stationen, und der Busfahrer half ihm beim Einsteigen mit dem Rollstuhl, wenn es niemand sonst tat.

Dieses Mal würde es leider nicht sein üblicher kleiner Ausflug werden, bei dem er Musik hörte und auf den Steinbrücker Teich schaute, ein gutes Buch las, die Kinder beim Spielen und Herumtollen auf dem großen Spielplatz beobachtete, die Enten fütterte und manchmal noch etwas essen ging. Heute war der Anlass eher unangenehm. Er traf Friedrich Braun, den Geschäftsführer seiner Stiftung.

Als er den Bus verließ, sah er Braun bereits, der ihm freundlich zuwinkte. Er rollte ihm entgegen.

»Lassen Sie uns eine Bank am See nehmen, da können Sie sich hinsetzen und ich stelle mich daneben«, schlug Wächter vor. Und so saßen sie wenig später nebeneinander und blickten auf den Steinbrücker Teich, den einst Landgraf Georg der I. im 16. Jahrhundert hatte anlegen lassen. Das schmucke Fachwerkhaus der Gaststätte »Oberwaldhaus« stand in ihrem Rücken.

»Waren Sie schon einmal hier, Herr Braun?«

»Ja, aber das ist schon lange her. Ich glaube, da war der Spielplatz noch nicht so groß. Aber schön ist es immer noch!«

»Das stimmt. Ich komme hier häufiger her. Vielleicht erzähle ich Ihnen kurz etwas zu diesem Ort und komme dann zu meinem Anliegen.«

Friedrich Braun nickte zustimmend.

»Der Steinbrücker Teich wurde bereits vor rund 450 Jahren angelegt, durch das Aufstauen des Ruthsenbaches, für eine Fischzucht, die dem Hof des Landgrafen zugutekam. Aber wie so oft wurde der Teich irgendwann nicht mehr entsprechend gepflegt, und in den 1820er Jahren war er dann völlig versumpft. Erst Anfang letzten Jahrhunderts wurde er wieder hergestellt und das Oberwaldhaus erbaut. Ein Freizeitgelände ist das hier erst seit 1967.«

»Das glaubt man gar nicht, dass der See so viel älter ist als das Haus. Und auch der See wirkt auf den ersten Blick gar nicht so, als sei er angelegt worden.«

»Das ist so, aber wir lernen, wenn man sich nicht um so einen See kümmert, dann versumpft er. Und da sind wir jetzt bei unserer Stiftung.«

Friedrich Braun schaute erstaunt auf. »Inwiefern hat das mit der Stiftung zu tun?«

»Nun, schauen Sie, ich habe mir mit meinem Anwalt, Herrn Roth, Sie kennen ihn ja, in den letzten Jahren immer wieder die Zahlen und Rechnungen genau angesehen. Er steht übrigens da drüben.« Wächter winkte nach links in Richtung der Dieburger Straße und fuhr fort.

»Und die waren am Anfang völlig in Ordnung. Aber in den letzten zwei Jahren gab es da Rechnungen, die Sie für unsere Stiftung beglichen haben, die wir einfach nicht genau zuordnen konnten. Wie soll ich sagen, auf den ersten Blick schienen sie in Ordnung zu sein, auf den zweiten wieder nicht.«

Brauns Miene sah zunehmend sorgenvoll aus. »Wieso, was soll mit ihnen nicht gestimmt haben?«

»Ich denke, das wissen Sie recht präzise. Sie haben die Rechnungen bestimmten Unfallopfern zugeordnet, aber diese wussten nichts davon. Unsere Nachforschungen haben ergeben, dass die Firmen, die Sie bezahlt haben, keine

Leistung im Sinne der Rechnung erbracht haben. Allerdings haben sie beispielsweise Arbeiten an Ihrem Privathaus ausgeführt, diese aber seltsamerweise Ihnen nicht in Rechnung gestellt, um nur ein Beispiel zu nennen.«

Wächters Anwalt Roth stand inzwischen neben der Bank und hörte mit.

»Da muss ein Irrtum vorliegen, ich kann das aufklären, glauben Sie mir!«, erwiderte Braun.

»Bemühen Sie sich nicht, man irrt sich vielleicht einmal oder auch zweimal, aber nicht zwölfmal. Und da es da um durchaus bedeutsame Summen geht und ich es Ihnen, ganz persönlich, besonders übel nehme, eine Stiftung missbraucht zu haben, die nur existiert, um bedürftigen Opfern zu helfen, haben wir den Vorgang zur Anzeige gebracht.«

»Sie haben bitte was …?« Braun rang um Fassung.

»Lassen Sie uns erwachsen damit umgehen, Herr Braun. Natürlich müssen wir bei so etwas reagieren, es ist sogar unsere Pflicht.« Wächter winkte Roth herbei, der ihm einen Umschlag übergab.

»Aber Sie haben mich doch noch gar nicht dazu gehört.«

»Nach unserer Einschätzung ist das nicht mehr nötig. Und das sollten Sie akzeptieren. Hier ist Ihre außerordentliche Kündigung!« Wächter reichte Braun den Umschlag weiter, der ihn mit etwas Zögern annahm.

»Es tut mir leid, wenn da etwas schiefgelaufen ist. Geben Sie mir doch noch eine Chance, die Sache zu klären!«

»Das tun wir doch gerade. Es wird sich jetzt automatisch klären, vermute ich. Das Gericht wird das klären, Herr Braun. Sie hatten Ihre Chance, es richtig zu machen, leider haben Sie sie nicht genutzt. Lassen Sie uns gehen!«, meinte Wächter zu seinem Anwalt, und Roth schob Wächter in Richtung des Parkplatzes. Braun ging neben ihnen her, versicherte, keine böse Absicht verfolgt zu haben und erkundigte sich schließlich resignierend, ob er noch seine Sachen aus dem Büro holen dürfe, bevor er den Büroschlüssel abgeben müsse.

»Wir haben Ihre Sachen dabei, den Schlüssel können Sie mir jetzt geben, wenn Sie ihn haben. Ist das Ihr Auto?«, fragte Wächter und zeigte auf den blauen Fünfer-BMW vor ihnen.

»Ja.«

»Sehen Sie, ich habe auch einen BMW. Er stand die letzten Jahre in einer Garage und hat darauf gewartet, von Ihnen betrachtet zu werden.«

Friedrich Braun stand regungslos da und blickte auf das Auto, das einmal seines gewesen war. Wächter hatte sogar die alten Nummernschilder prägen lassen, sodass der Wagen aussah wie einst, als Braun ihn damit von der Fahrbahn gedrängt hatte.

Aus seiner Aktentasche holte Wächter den Fahrzeugbrief hervor.

»Nun, es war tatsächlich mal Ihr Auto. Offiziell haben Sie ihn zwei Tage vor dem Unfall verkauft, der mich in den Rollstuhl gebracht und meine Frau das Leben gekostet hat. Der Autohändler in Polen hat aber an Eides statt versichert, dass er den Vertrag auf Ihren Wunsch hin vordatiert hat. Tatsächlich aber haben Sie das Auto erst drei Tage nach dem Unfall verkauft. Es ist kriminaltechnisch untersucht worden und der nicht sehr professionell behobene Unfallschaden passt genau, es fanden sich darunter sogar noch Lackreste, die zu meinem damaligen Auto passen. Aber seien Sie beruhigt. Ich habe noch nicht entschieden, ob ich Sie deswegen anzeigen werde. Ursprünglich wollte ich Sie einfach kennenlernen und später entscheiden. Denn ich konnte mir nicht vorstellen, dass jemand so etwas mit Absicht tut. Ich wollte Ihnen eine Chance geben. Sie hätten sich bewähren können, Ihre Schuld abtragen. Ich habe Sie beobachtet und erhofft, eine Art Reue oder Demut zu finden. Anfangs schien das so zu sein. Ich hatte mir vorgenommen, fair zu urteilen. Glauben Sie mir, ich habe es versucht. Und nun das. Sie veruntreuen das Geld der Stiftung, jenes Geld, das Menschen helfen soll, die durch Leute wie Sie in Not geraten.«

Friedrich Braun blickte ungläubig zu seinem ehemaligen Auto, dann wieder zu Manfred Wächter. Noch immer hielt er den Brief mit der außerordentlichen Kündigung in der Hand. Von seinem anfangs selbstbewussten Auftreten war nichts mehr übrig. Er schien regelrecht in sich zusammengesackt zu sein. Seine Augenlider zuckten nervös, der Blick war rastlos, seine Hände rieb er unruhig aneinander.

Er räusperte sich und sagte dann leise: »Entschuldigung. Entschuldigen Sie.«

Die Stimme zitterte ein wenig, die Augen hatten etwas Flehentliches.

Wächter nickte und sah hinüber zu seinem Anwalt, der etwas entfernt stand, die Hände vor sich verschränkt.

»Nun, was das arbeitsrechtliche Verfahren und die von Ihnen begangene Untreue betrifft, werden Sie sicher bald etwas hören. Wie erwähnt, die Anzeige ist erstattet.

Was den Unfall betrifft, habe ich noch keine Entscheidung getroffen. Guten Tag, Herr Braun!«

- 7 -

Mein Gott, dachte Elfriede Beer und ließ den Brief kurz sinken. Sie überlegte, wie sie sich gefühlt hätte in einem solchen Moment. Ob sie eine Befriedigung oder Erleichterung gefühlt hätte, jemanden, der einem so etwas angetan hat, dranzukriegen, wegen was auch immer.

Aber das konnte doch noch nicht alles gewesen sein. Sie wendete die Seite und las weiter.

Nachdem ich mich abgewendet hatte, bewegte ich meinen Rollstuhl zur Bushaltestelle. Ich setzte meinen Kopfhörer auf und hörte ein Klavierkonzert, während ich überlegte, ob ich gerade alles richtig gemacht hatte. Ich sah Friedrich Braun hinterher, wie er mit seinem Auto auf die Straße einbog und stadtauswärts in Richtung Dieburg fuhr, als mir jemand in den F-Bus half. An der Haltestelle Regerweg verließ ich den Bus und rollte zurück nach Hause.

Am nächsten Morgen rief mich mein Anwalt an und wies mich auf einen Artikel im Darmstädter Echo hin. Auf der Straße nach Dieburg hatte es am Tag zuvor einen Unfall gegeben. Ein Fünfer-BMW war mit höchster Geschwindigkeit von der Straße abgekommen, wobei der Fahrer tödliche Verletzungen erlitten hatte. Es war Friedrich Braun, und wie ich später erfahren habe, muss er wohl schneller als 200 km/h gewesen sein und hatte keinerlei Bremsspuren hinterlassen.

Das alles liegt nun über zehn Jahre zurück, und es hat mich nicht mehr losgelassen. Die Ruhe, die ich hoffte dadurch zu finden, dass ich den Fahrer ausfindig gemacht hatte, ist niemals eingekehrt. Im Gegenteil.

Auch als mein Privatermittler damals das Auto aufspürte und wir das Gutachten hatten, war mein Anwalt der Meinung, dass alles letztlich nur Indizien seien, die für eine Verurteilung nicht ausreichen würden. Es fiel mir schwer, das zu akzeptieren. Also ließ ich Friedrich Braun weiter überwachen. Er arbeitete bei einer Bank im Investmentbereich und verdiente recht gut. Dann teilte mir mein Ermittler mit, Braun sei entlassen worden, wie viele zu dieser Zeit in der Branche. In der Nacht darauf kam mir die Idee, Braun sollte vielleicht irgendwo arbeiten, wo ich ihn besser beobachten könnte, ja vielleicht sogar kennenlernen würde, um mir selbst ein Urteil zu bilden. Um ihm vielleicht verzeihen zu können oder ihn für das, was er getan hatte, zahlen zu lassen. Der Ermittler berichtete ihm abends in einem Lokal von der freien Stelle bei der Stiftung. Und wissen Sie, die Stelle hatte es zuvor gar nicht gegeben. Und tatsächlich, er bewarb sich. Ich konnte mein Glück kaum fassen. Im Nachhinein würde ich sagen, dass es eigentlich der Moment war, in dem ich eine Linie überschritten hatte, die wohl besser unpassiert geblieben wäre. Aber ich konnte der Gelegenheit nicht widerstehen. Mein Anwalt und der Ermittler wussten davon, in der Stiftung niemand. Friedrich Braun wiederum wusste nicht, dass ich in dem Auto gesessen hatte, dass er damals gerammt hatte, die Namen der Geschädigten waren ihm laut der Akten der Polizei nicht genannt worden.

Seitdem frage ich mich noch mehr als damals, unmittelbar nach dem letzten Gespräch mit ihm, ob ich richtig gehandelt hatte. Es gab Tage, an denen ich mir eingeredet habe, dass die

Gerechtigkeit gesiegt hätte, und andere, an denen ich mich schuldig fühlte, ihn in den Tod getrieben zu haben.

Im Grunde gab es für all das keine Lösung, die ich als einen echten Ausweg betrachtete. Insofern hat es auch nichts mit den Begriffen Schuld und Sühne zu tun, weil diese im Nachhinein verschwimmen und letztlich nichts bleibt, als eine Verkettung von Schicksalen, unglücklichen Umständen, die zu Verlust und Schmerz führen. Was hätte ich tun sollen? Hätten Sie es anders gemacht? Das müssen Sie nun allein und für sich beantworten, ich kann Ihnen dabei nicht mehr helfen. Nicht hier, nicht in dieser Welt. Leider, denn Ihr Urteil hätte mich wirklich interessiert. Ich hatte nur nicht den Mut, es Ihnen früher zu erzählen, weil ich unser aus meiner Sicht so gutes Verhältnis nicht beschädigen wollte. Ich werde die Schachpartien mit Ihnen sehr vermissen.

Zeit zu gehen. Sie haben alles gelesen. Urteilen Sie selbst. War das Unrecht? Wahrscheinlich schon. Eines Tages, bevor Sie zu Ihrer Arbeit kommen, werde ich gegangen sein. Ich werde Ihnen eine kleine Anerkennung zukommen lassen. Sie waren mir eine unendlich große Hilfe und das soll gebührend entlohnt sein.

Mögen Sie Mozart? Ich verdanke ihm viele wunderbare Momente. Vielleicht treffe ich ihn bald. Aber zuerst werde ich meine Frau in die Arme schließen, wenn man mich lässt. Wir wissen alle nicht, was auf uns wartet.

Deshalb rate ich Ihnen, liebe Frau Beer, genießen Sie das Leben, und lassen Sie sich nicht betrüben.

Ihr Manfred Wächter

Sie ließ den Brief auf ihren Schoß sinken und blickte langsam auf. Es würde eine Weile dauern, die Bedeutung dessen, was sie da gelesen hatte, richtig einzuordnen.

Sie betrachtete die CD, las das Begleitheft zu dem Konzert, das Manfred Wächter einen Tag vor dem Unfall besucht hatte. Sie spürte, dass sie diese Musik jetzt hören sollte, um zu begreifen, und so stand sie auf und legte sie ein.

Sie wählte das *Lacrimosa*, das er erwähnt hatte. Als die ersten Töne erklangen, saß sie wieder auf dem Sofa und lehnte sich zurück.

Er hatte recht. Diese Musik hatte etwas Göttliches. Sie würde Manfred Wächter nie vergessen.

Lacrimosa dies illa,	*Tränenreich ist jener Tag,*
qua resurget ex favilla	*an welchem auferstehen wird*
	aus dem Staube,
judicandus homo reus.	*zum Gericht der Mensch*
	als Schuldiger.
Huic ergo parce, Deus.	*Gewähre ihm Schonung, Gott,*
Pie Jesu Domine,	*treuer Jesus Christus.*
dona eis requiem.	*Schenke ihm Ruhe.*
Amen.	*Amen.*

Susanne Hanika

Darmstadt zu Fuß

Seit Corona und Homeoffice und den fünf Kilos mehr auf den Hüften habe ich eine neue Mittags-Routine: Eine Stunde joggen auf der Rosenhöhe, dem weitläufigen Park im Osten von Darmstadt, der von meiner Wohnung aus gut zu erreichen ist. Und bis jetzt kann mich nicht einmal ein perverser Mörder davon abhalten, diese neue Gewohnheit aufrechtzuerhalten.

Wäre auch zu schade, denn der Park ist wunderschön, von Mai bis November blühen hier mehr als zehntausend Rosen, in über zweihundert Arten, wie ich im Internet gelesen habe. Es gibt Stauden, Blumen und exotische Bäume mit so klangvollen Namen wie Blauglockenbaum.

Doch die Zeit der Rosen ist vorbei, unter meinen Füßen raschelt das Laub. Zugegeben, seit die zwei toten Frauen gefunden wurden, habe ich bei Nebel oft keine Lust hier zu laufen – auch wenn ich mir schlecht vorstellen kann, dass ein Typ, der zweimal hier gemordet hat, es noch einmal wagt. Aber der Nebel zwischen den Bäumen ist verschwunden, die Sonne lässt das Laub gelb und orange leuchten.

Meine Runde ist immer dieselbe. Wie ich mit leichtem Amüsement feststelle, gibt es eine Reihe von Leuten hier im Park, deren Gewohnheiten ähnlich starr sind.

Ich kann die Uhrzeit nach ihnen stellen. Inzwischen habe ich ihnen allen Namen gegeben.

Der Kranichmann, der immer mitten auf einer Wiese Tai-Chi macht. Das alte Mütterchen auf der Parkbank, das so tut, als würde es keine Vögel füttern. Die Mutter mit den Zwillingen, die ich »Igelfrau« nenne, weil ihre Jungs eine Zeit lang Pullis mit Igel drauf getragen haben. Der Fritz mit dem Spitz, dessen Hund bei jedem Busch stehen bleibt. Im »traurigen« Teil des Parks wie ich ihn nenne, dort, wo man zu den Gräbern und dem Mausoleum kommt, sehe ich immer Mister Mausoleum, der einzige, mit dem ich hin und wieder quatsche.

Mister Mausoleum hat ein unbestimmtes Alter und sitzt immer auf dem Bänkchen am Prinz-Ludwig-Weg, der zum Neuen Mausoleum führt. Ich hätte ihn niemals angesprochen, wenn er es nicht getan hätte.

Ist das Ihr Schlüssel, hatte er vor vielleicht einem Dreivierteljahr wissen wollen. Er hatte mir einen Schlüsselbund mit einer grünen Plüschschildkröte vor die Nase gehalten, und ich hatte nein gesagt, während ich mich auf die Oberschenkel abstützte und versuchte nicht zu klingen wie eine Dampflok. Er roch wie mein Großvater nach Spike-Seife und erinnerte mich auch ein wenig an ihn, vielleicht weil er so klein und gebeugt und zerbrechlich wirkte, und auch so traurig, so als würde die Nähe des Mausoleums auf ihn abfärben. Ich stelle mir immer vor, er wäre ein ehemaliger Geschichtslehrer, denn er erzählt mir jedes Mal etwas über den Park. Manchmal auch mehrmals hintereinander das Gleiche. So etwas wie: Im Neuen Mausoleum ruhen die Eltern von Großherzog Ernst Ludwig, Ludwig IV. und Alice, sowie seine Geschwister Marie und Friedrich Wilhelm. Die als Kinder starben. Er verwendet auch so Wörter wie »Augenstern.« Elisabeth, die Tochter von Ernst Ludwig, war dessen »Augenstern«, und ihr Grab ist mit einem Engel geschmückt.

Irgendwann habe ich bemerkt, dass er nur den Stadtführer »Darmstadt zu Fuß« auswendig gelernt hat und anscheinend ständig vergisst, was er wem schon erzählt hat. Diese kleinen Pläuschchen sind Tradition geworden, immer nur drei, vier Minuten, bis ich merke, dass mir kalt wird. Dann laufe ich weiter, auch wenn er noch weiter etwas über die Linie der Darmstadt-Hessens murmelt.

Heute ist ein seltsam stiller Oktobertag, und all die Menschen, denen ich sonst begegne, scheinen trotz des tollen Wetters zu Hause geblieben zu sein. Keine Igelfrau. Kein Kranichmann auf einem Bein stehend mitten auf der Wiese. Der Park ist leergefegt. Ich werde langsamer, als ich sehe, dass auch das Bänkchen von Mister Mausoleum leer ist. Etwas beunruhigt trabe ich ein wenig weiter. Nach der nächsten Kurve bleibe ich erschrocken stehen. Das stumme Blinken vom Blaulicht von mehreren Polizeifahrzeugen und einem Rettungswagen beim Neuen Mausoleum lassen mich anhalten.

Etwas abseits stehen sie alle, die Igelfrau, der Kranichmann, Mister Mausoleum und auch Fritz mit Spitz.

»Eine Tote«, informiert mich die Igelfrau mit aufgeregter Stimme. »Mitte zwanzig, blond, schlank, Joggingoutfit …« Sie schnappt nach Luft. »Wir dachten, Sie wären es.«

Ich schüttele den Kopf. Sie hat eine ganz andere Stimme, als ich mir das vorgestellt habe, etwas schrill. Und der Kranichmann sieht deutlich jünger aus, wenn man direkt vor ihm steht. Er muss asiatische Wurzeln haben. Und als er etwas sagt, denke ich, er würde chinesisch sprechen, aber vermutlich hat er nur einen starken Akzent. Mr. Mausoleum berührt mich an der Hand und murmelt: »Gott sei Dank nicht Sie!«

Fritz mit Spitz sieht grün um die Nase aus.

»Er hat sie gefunden!«, plappert die Igelfrau aufgeregt weiter und zeigt auf Fritz.

»Der Hund«, verbessert Fritz sie. Seine Stimme ist belegt, als hätte er einen Frosch im Hals. Vielleicht ist er auch einer Ohnmacht nahe.

»Schon die dritte Frau!«, lässt die Igelfrau niemanden zu Wort kommen. »Die ersten zwei sind alle erwürgt worden, wahrscheinlich mit einem Gürtel. Hier auf Rosenhöhe. Ich werde auf keinen Fall hier weiter spazieren gehen. Jedenfalls nicht, solange der Fall nicht geklärt ist.«

Ohne zu antworten, sehe ich hinüber zum Mausoleum, die Bäume schirmen den Blick zu der Leiche ab. Ein Krankenwagen steht direkt davor, einer der Sanitäter raucht. Der Leichenwagen fährt vor, die Polizisten kommen hinter dem Gebäude hervor und unterhalten sich mit den Sanitätern.

»Ermordet am helllichten Tag, wie die anderen zwei auch!«

Ich habe die Berichterstattung natürlich ebenfalls verfolgt. Ein Profiler hat den Täter als männlich, zwischen 35 und 70 Jahre mit einem Hang zum Fetischismus beschrieben, der mit seinen perversen Handlungen Wünsche nach körperlicher Nähe mit der unzugänglichen Mutter illusorisch erfüllt. Man ist auf der Suche nach einem Mann mit durchschnittlicher Biografie und einer gestörten inneren Welt. Schon damals habe ich mich gefragt, wie hilfreich solche Aussagen waren. Im Grunde kann doch jeder hier maximal gestört sein und trotzdem eine durchschnittliche Biografie haben.

Wir schweigen alle, als der Leichenwagen an uns vorbeifährt.

Ich erinnere mich an den Ausdruck »echte, unkontrollierbare Perversion«, und denke daran, dass jetzt schon drei junge Frauen tot sind.

»Das gibt es doch nicht, dass der Mörder nicht schon längst …«, schnappt die Igelfrau nach Luft.

»Wahrscheinlich kennen wir ihn«, platzt es aus mir heraus und alle wenden sich mir zu.

»Wie meinen Sie denn das?«, will der Kranichmann wissen und starrt mich an. Er spricht die Silben aus, als wären sie chinesische Worte.

Ich merke, wie der Schweiß auf meiner Haut kalt wird. »Naja. Weil wir so oft hier sind. Da fällt einem doch vieles auf, und ich nehme mal an, wir haben ihn alle schon einmal gesehen.«

Oder wie wahrscheinlich ist es, dass wir, die wir jeden Tag hier sind, ihn nicht ein einziges Mal zu Gesicht bekommen haben, wo er doch offensichtlich tagsüber mordet? Wahrscheinlich schlendert er ganz unbefangen auf den Wegen herum! Ich richte meinen Blick auf Mister Mausoleum, weil mich der Kranichmann plötzlich so seltsam mustert. Nicht Sie natürlich, will ich hinzufügen, aber die Igelfrau beginnt in rasender Geschwindigkeit aufzuzählen, dass sie vor Kurzem so einen Dicken gesehen hätte mit so toten Augen, und so einen Ausländer, der kein Wort Deutsch gesprochen hätte …

Das Blaulicht der Polizeiwägen erlischt, wir sehen zu, wie erst der Rettungswagen losfährt, dann der Notarzt und direkt dahinter ein Streifenwagen.

»Sie haben einen Verdacht«, nickt mir Mister Mausoleum aufmunternd zu. »Interessant. Das sollten Sie unbedingt der Polizei erzählen.

Was heißt hier schon Verdacht? Der Typ ist mir zum ersten Mal vor etwa drei Wochen beim Löwentor aufgefallen. Ein Typ um die vierzig, mit dunklen dichten Haaren und glattrasiertem Gesicht. Er hatte sich das Eingangsportal zur Rosenhöhe angesehen, so als wäre jeder einzelne Löwe auf den sechs Säulen absolut bemerkenswert. Aus dem Stadtführer, den ich mir vor ein paar Wochen gekauft habe, weiß ich, dass die Darmstädter sie auch »Die niesenden Igel« nennen. Ich hatte den Mann sofort wieder vergessen, als ich weiter in die wunderschöne Allee hineingejoggt war. Am nächsten Tag hatte ich ihn am Kunstwerk »Der Dichter als flüchtiger Erdengast« gesehen: der Lyriker Karl Krolow, der auf der Rosenhöhe über Jahrzehnte gelebt hatte. Auch da hatte ich mich nicht besonders gewundert. Öfter standen hier Touristen und schlenderten dann weiter zu dem Teehäuschen, in dem vielleicht die Großherzogin Wilhelmine manchmal ihren Tee zu sich genommen hatte. Vor ein paar Tagen hatte ich ihn dann beim neuen Mausoleum gesehen. Rechts davon lagen die Gräber unter freiem Himmel, bedeckt vom goldenen Herbstlaub. Eine tragische Geschichte, die gesamte Familie von

Ernst Ludwig war hier bestattet, die im November 1937 durch einen Flugzeugabsturz ums Leben kam. Seitdem nannte ich diesen verdächtigen Kerl Ernst-Ludwig, weil er sich anscheinend für die Linie Hessen-Darmstadt so sehr interessiert, dass er sich ständig hier aufhält!

Ich kann ihn nicht wirklich beschreiben, da ich ihm noch nie ins Gesicht gesehen habe. Vielleicht weil er immer intensiv irgendein Bauwerk oder Grab ansieht, als gäbe es nichts anderes.

Hinter mir knackt etwas im Gebüsch, und ich drehe mich um, aber es raschelt nur das Laub im herbstlichen Wind. Dann sehe ich wieder den Kranichmann an, der etwas hilflos seine Hände knetet. Als wäre er nervös.

»Ich werde morgen nicht kommen«, stößt die Igelfrau hervor, fixiert dabei aber ihre Sprösslinge, die ein paar Meter entfernt in die Hocke gegangen sind, um dort mit Steinchen zu spielen. »Und wenn ich Ihnen einen Rat geben darf …«

Ich sehe von ihr zu Mister Mausoleum.

Einen Rat gibt sie mir nicht mehr, denn der eine Junge hat dem anderen irgendetwas auf den Kopf geschlagen, und der schreit jetzt in einer Lautstärke, die eine normale Unterhaltung unmöglich macht. Mister Mausoleum sieht so aus, als würde er gerne noch etwas sagen, aber da sich der Kranichmann eilig verkrümelt, und der Spitz seinen Fritz in die andere Richtung zerrt, hebe ich nur grüßend die Hand und renne weiter.

Ich gebe mir selbst einen Rat, nämlich mir ab jetzt eine andere Joggingroute zu suchen. Der Gedanke macht mich traurig. Nie wieder am Grab des »Augensterns« mit seinem prachtvollen steinernen Engel vorbeilaufen, in den Schatten der hohen Bäume eintauchen oder in der flirrenden Hitze an den prächtigen Rosen vorbeitraben …

Ich wähle die Runde rechts am Mausoleum vorbei. Auf die Gräber im Freien habe ich keine Lust und biege auf den Keyserlingweg ein. Ich bin atemlos, nicht, weil ich zu schnell laufe, sondern weil mir irgendwie klar wird, dass ich der Polizei einen ernsthaften Verdächtigen zu bieten habe.

Kurz bevor ich bei der Skulptur Taubenschwarm ankomme, habe ich einen Entschluss gefasst. Ich werde zum Mausoleum zurücklaufen, um mit der Polizei zu sprechen.

Gleichzeitig fällt mir der Mann auf.

Ich bin mir nicht sicher, wer es ist, aber in meiner Paranoia denke ich natürlich an Ernst-Ludwig. Und auch wenn er ganz normal aussieht, muss ich an die Beschreibung des Profilers denken. Klarer Fall. Ernst-Ludwig ist zwischen 35 und 70 Jahre alt, und sieht nach verdammt normaler Biografie aus. Inwieweit er ein gestörtes Verhältnis zu seiner Mutter hat, kann niemand wissen. Ich laufe weiter und verbiete mir, mich umzudrehen, mich irgendwie von meinen Ängsten beeinflussen zu lassen. Wie wahrscheinlich ist es denn, dass ein Mörder noch am selben Tag hier herumeiert und die nächste Joggerin aufs Korn nimmt? Höchstens, er hat das mit meinem Verdacht mitgekriegt. Hatte es nicht im Gebüsch geknackt, als wir uns vor dem Mausoleum unterhalten hatten? Aber hier bin ich in Sicherheit. Der Park ist voller Leute.

Vorsichtig sehe ich mich um.

Das ist Ernst-Ludwig, ich bin mir hundertprozentig sicher. Er tut zwar gerade so, als würde er sich für Rosenbüsche im Herbst interessieren, aber daran zweifele ich! Ich sehe mich nach jemandem um, der hier in der Nähe ist, aber anscheinend haben alle, die ich kenne, den Park verlassen. Selbst das alte Mütterchen, das immer so tut, als würde es auf gar keinen Fall Tauben füttern, ist nicht da. Ich versuche so zu laufen, als hätte ich ihn nicht bemerkt. Er sieht auf jeden Fall aus, als wäre er topfit, und als würde er mich mit einem Sprint superleicht einholen können. Wieso habe ich meinen Verdacht nicht gleich den anderen anvertraut? Oder bin sofort zur Polizei gegangen? Ich laufe Richtung Kräutergarten und biege wieder in den Ludwig-Engel-Weg ein.

Auch der ist komplett ausgestorben, weit und breit keine Person, und Ernst Ludwig scheint es plötzlich auch sehr eilig zu haben, von hier wegzukommen und folgt mir. Jetzt gebe ich wirklich Gas. Ich lege einen Sprint ein, zurück in den Keyserlingweg, zurück Richtung Mausoleum. Inzwischen können sich meine Sprints echt sehen lassen! Als er mich nicht einholt, sondern plötzlich verschwunden ist, wird mir fast schwindelig vor Erleichterung. Als ich wieder an die Stelle komme, wo ich mich von den anderen getrennt habe, finde ich alles verwaist vor. Die Polizei ist auch schon weg! Verblüfft drehe ich mich einmal im Kreis, mein Herzschlag hämmert in meiner Brust. Aber auch Ernst Ludwig ist nirgends zu sehen.

Erleichtert atme ich einmal tief durch.

»Hallo?«, ruft jemand etwas entfernt. Als ich mich umdrehe, sehe ich Mister Mausoleum bei einem Baum stehen.

»Könnten Sie mir helfen?«, fragt er.

»Na klar«, nicke ich, irgendwie erleichtert. »Was machen Sie denn da?«

»Ich dachte, ich hätte einen Hilferuf gehört«, erläutert er, während ich auf ihn zustapfe. »Da musste ich an Sie denken. Dass vielleicht … ich weiß. Richtig paranoid.«

Er sagt das Wort so langsam, als wäre er sich nicht sicher, ob er es richtig ausspricht und lächelt verlegen.

»Ich muss meinen Schlüssel dort hinten fallen gelassen haben. Und ich bin so schlecht zu Fuß …«

Ich hake mich bei ihm ein, tauche unter den Ästen der Buche hindurch ins Dämmerlicht zwischen den Bäumen. Wie oft war ich mit meinem Großvater so gegangen. Der hatte jedenfalls nicht so einen Bizeps gehabt wie Mister Mausoleum, stelle ich fest. Als ich seine Hand auf meinem Arm ansehe, bemerke ich etwas Giftgrünes in seiner Jackentasche, das aussieht wie ein Schlüsselanhänger in Form einer Plüschschildkröte. Und plötzlich kombiniere ich noch einiges mehr. Dass er stärker ist, als er aussieht. Dass von unsicherem Gang nicht die Rede sein kann.

Ich hake mich bei ihm aus und versuche eine gewisse Distanz zwischen ihn und mich zu bringen, weil mir plötzlich auffällt, dass auch auf Mister Mausoleum die recht weit gefasste Beschreibung des Profilers zutrifft. Und außerdem damit die Frage geklärt wäre, wie es möglich war, eine junge Frau an einem belebten Tag in ein dichtes Gebüsch zu locken. Nämlich wenn man aussieht, als könne man kein Wässerchen trüben.

Scheiße.

»Wo meinen Sie denn, dass Sie den Schlüssel verloren haben?«, frage ich ihn und sehe mich in Wirklichkeit nach dem geeigneten Fluchtweg um.

Bevor ich mich zu ihm drehen kann, spüre ich einen Luftzug und etwas Braunes schwingt über meinen Kopf. Bevor ich es verhindern kann, liegt etwas eng an meinem Hals. Ich bekomme keine Luft mehr.

»Und du hattest also schon einen Verdacht?«, fragt Mister Mausoleum mit freundlicher Stimme.

Verdacht?, denke ich, während ich versuche, meine Finger zwischen den Gürtel und meinen Hals zu schieben und das Leder von meinem Kehlkopf wegzuzerren.

Aber doch nicht dich, alter Mann! Ich hatte dabei an Ernst-Ludwig gedacht! Ein junger, vitaler Mensch, der genügend Kraft hat … meine Gedanken fangen an zu stottern, anscheinend hat auch Mr. Mausoleum genügend Kraft!

»Dachte ich mir schon, dass du zurückkommst, um mit der Polizei zu sprechen«, verrät er mir, während ich nach Luft ringend um mich schlage.

Für so einen alten tattrigen Mann hat er wirklich ordentlich Kraft! »Frage mich nur, wieso du so blöd warst, nicht gleich hinzugehen?«

Antworten kann ich nicht, ich merke, wie mich langsam die Kräfte verlassen, und mein Gezappel nichts bewirkt.

Ganz plötzlich kann ich wieder Luft holen. Es hört sich an, als würde ich durch einen alten rostigen Schlauch stotternd und röhrend Sauerstoff ansaugen. Ich kippe nach vorne wie ein nasser Sack, und mein Gesicht gräbt sich ins feuchte Laub. Zusätzlich zum Luftmangel scheine ich das Gehör verloren zu haben.

Als ich mich aufrapple und noch immer konzentriert Luft einsauge, sehe ich, wie vor mir der Kranichmann Mister Mausoleum festhält. Vor mir ist auch Ernst-Ludwig in die Hocke gegangen. Endlich sehe ich sein Gesicht, er wirkt nett.

Er bewegt seine Lippen, aber ich höre nichts.

Aber das »Hessische Polizei, Dienstausweis« auf dem Kärtchen, das er mir zeigt, kann ich lesen.

Ernst-Ludwig, danke, denke ich, auch wenn du Sven Bauer heißt.

Klaus Berndl

Du bist das

Das Spiel war vorbei. Ein müdes 2:2 im Frühherbst, nach dem es nichts zu feiern gab, aber auch nichts zu wüten. Die Mannschaft hatte getan, was sie konnte; die Spieler hatten das Spielfeld zügig verlassen und auch die Fans waren schon auf dem Heimweg. Die Sonne war hinter der alten Tribüne versunken. Nicht mehr lange, dann würden die Farben verblassen und sich verdunkeln, die Schatten sich vergrößern und miteinander verschmelzen. Die drei Tribünen waren leer und auch im Halboval der alten Ränge hockte niemand mehr. An ihren Enden lagerte das Baumaterial; dessen Schatten streckten sich schon.

Draußen, hinter dem Stadion setzte Henok die Fußspitze, die weiße Kappe seiner Converse in den Drahtzaun, stieg hinauf, schwang sich hinüber und sprang. Ratschend riss der Saum seiner Jacke, und von seinem eigenen Schwung wurde er in das Stahlgeflecht zurückgeschleudert, wie von der Polizei, wie zu Hause, damals: Ein grelles Licht tauchte vor seinen Augen auf, und ein schattenschwarzer Kopf näherte sich ihm – größer und größer – zu gucken, ob er noch lebte … er presste die Lider mit Kraft zu, riss sie wieder auf: Beruhige dich doch, es ist alles gut, alles vorbei, du bist in Sicherheit, du bist in Deutschland.

Und gleich bist du reich.

Er stieg noch einmal in den Zaun, hakte die Jacke heraus: der Bund war links abgerissen, das Reißverschlussende hing lose, der Saum war offen. Primark-Qualität. Scheiß drauf, sagten sie hier, dachte er: Nicht mehr lange, und er würde reich sein. Es brauchte nur noch ein kleines bisschen Mut. Er schob die Hände in die Jackentaschen, ballte die Linke zur Faust auf dem Bauch, umfasste die Waffe mit der Rechten.

Da lief ein letzter Läufer, schwarz im Abendschein, außen auf dem Spielfeldrand. Das musste er sein: Das war er. Das war dieser Selam. Kam auf ihn zu, im lockeren Trab.

* * *

Selam lief: Einatmen, aus. Fuß, Fuß, vor, vor. Zu laufen fühlte sich gut an, schon immer, schon damals, dort, schon früher. Fuß, Fuß, ein, aus. Er spürte seine Stärke, er spürte sie aus sich hinausdrängen. Aus seinen Knien, Waden, Füßen, Fäusten. Seinen Schultern, Ellbogen. Seinem fauchenden Mund: Drache! Aus, aus, vor, vor. Im Laufen fühlte er sich zu Hause, in sich. In seiner Brust so sicher wie in einem Panzer. Seine Arme waren seine Waffen. Seine Beine. Fuß, Fuß, vor, vor. Doch hier war die Ebene offen – ein Spielfeld – und wer eine Waffe hatte, der hatte ihn auch. Schneller als er gucken konnte. Sich ducken konnte. Schneller als er rankommen konnte, zurückschlagen konnte. Fliehen konnte, weglaufen. Wie damals. Er schloss die Augen, er öffnete sie wieder. Das hier war ein Stadion, Böllenfallen-, Böllenfalltor, das Bölle, eine Stätte des Friedens, des friedlichen Wettbewerbs. Hier gab es keine Gewalt. Doch nichts war heilig – wo jemand war, dem nichts heilig war. Nichts war sicher, nirgends. Niemand.

Da stand jemand. Am Spielfeldrand. Da, am Ende des Halbovals der alten Tribüne. Wo die Bretter lagen, vor der Baustelle: Da stand er. Das musste er sein. Der, wegen dem er noch hier war. Wegen dem er noch lief, einsame Runden zog, am späten Abend, lange nach dem Spiel, einem Spiel, bei dem er bloß Reserve gewesen war, nicht zum Einsatz gekommen war: Ein friedliches Spiel, fast ein Freundschaftsspiel, bei dem es keine Verletzung gegeben hatte, kein Foul, keine Gewalt. Selten genug.

Und da stand der jetzt. Das musste er sein, der ihm die Nachricht geschickt hatte, per Telegram. Ein dürrer Kerl mit hängenden Schultern. Abgerissene Jacke, abgeschabte Jeans, und den weißen Punkt der Converse an den Knöcheln erkannte er auf Entfernung. Schlaksig. Und so einer wollte ihm Angst machen? Er trabte auf ihn zu, die Fäuste geballt. Und der Dürre erstarrte schon, bevor er in Rufweite war.

* * *

Selam hüpfte ein wenig vor ihm auf und ab. Dann stand er, breitbeinig. Schnaufte er. Drache. »Du bist das«, sagte er, auf Deutsch.

Henok antwortete auf Tigrinya: »Du bist Selam?«

Und so antwortete Selam ebenfalls in der Sprache der Vergangenheit: »Ja.«

»Bist du nicht«, sagte Henok.

»Bin ich doch.«

»Ich weiß, dass du nicht Selam bist.«

»Willst'n Autogramm?«

»Hab' ich schon. Von Selam.«

In Selam stieg die Hitze hoch. »Halt die Fresse«, sagte er.

»Halt du sie doch.« Henok schob die Hände in die Jackentaschen. Selam zog die Fäuste hoch, trappelte ein wenig auf der Stelle.

Henok reckte das Kinn: »Her mit dem Geld.«

»Nix da.«

»Wenn ich schweigen soll …«

»Red' doch! Meinst du, das interessiert jemanden? Hier?« Selam breitete die Arme aus, drehte sich trippelnd im Kreis, lief einen kleinen Bogen, kam wieder zurück, trappelte auf der Stelle, die Hände auf Achselhöhe gezogen. Niemand zu sehen, niemand war hier mehr: menschenleer alle vier Stadionseiten, alle vier Himmelsrichtungen. Die Bäume über den Rängen waren schon schwarz, gezackte Drachenrücken, als lauerten riesige Untiere dort draußen, außerhalb der Welt des Sports. Der Himmel über ihnen graute ins Schwarz. Nur auf der alten Tribüne waren noch ein paar Lichter, Notlichter, doch kein Mensch war mehr zu sehen, kein Schatten.

»Ich bin bei den Lilien, Kader«, er lupfte das Wappen an seiner Brust, »Du kannst mir gar nichts.« Er trippelte.

Henok zuckte mit den Schultern, drehte sich um, machte einen Schritt. Sofort war Selam neben ihm, vor ihm, versperrte ihm den Weg. Henok blieb stehen. Er sagte: »Du hast Selam umgebracht.«

»Quatsch.«

»Woher hast du dann seinen Namen? Seinen Ausweis?«

»Der war schon tot«, sagte Selam, ohne zu überlegen, und er dachte: Als er ihn gefunden hatte. Auf der Müllkippe. Damals, dort. Unter der libyschen Sonne. Tausend Fliegen. Und zwei Beine, nackt, eine Leiche, unter Müllsäcken begraben, ein Gesicht, kaum mehr vorhanden, eine Hand, verbrannt, doch etwas Flaches, Festes, hinten im Stoff der Jacke – aufgeschlitzt – ein Ausweis, und gar nicht mal unähnlich, das Bild, ausreichend ähnlich sogar, und ein Visum. Ein einmaliger Glücksfall, eine Chance, wie sie nie wieder kommt! Und er war gelaufen, wie er noch nie in seinem Leben gelaufen war. Damals, dort.

»Ich bring dich um«, sagte Henok.

»Schaffst' doch gar nicht.«

Henoks Rechte schnellte vor, traf ihn tief im Bauch, die Linke unter dem Kinn. Selam stolperte zurück: überrascht, und überraschter noch, dass Henok nicht nachsetzte. Dann hätte er ihn gehabt – dachte er – doch so hatte Selam ihn: Hechtete vor, den Kopf in seinen Bauch, und schon stürzte der, saß er auf seiner Brust, und dann die Fäuste, rechts, links, und wie Henok zappelte, so rutschte die Waffe aus seiner Jackentasche, grau im Gras, unsichtbar und unbemerkt.

»Du hältst dein Maul«, sagte Selam.

»Nein.«

Noch eine Rechte. Ein leises Knacken war zu hören, wie von einem Knochen. Henok wimmerte.

Selam fuhr ihn an: »Du schweigst.«

»Niemals.«

Noch eine von rechts.

Henok sagte: »Ich bring dich um.«

Fast musste Selam lachen; er schnaufte.

Henok fuhr ihn an: »Na los, mach schon!« Dachte: Bring mich um.

Und das war es auch, was Selam dachte: ihn umbringen. Aber wie konnte er das tun? Ihn zerschlagen? Sein Gesicht. Wie der, damals. Sah der hier fast schon aus. Doch das hier, das Blut, das war er selbst gewesen, eben. Das hatte er selbst getan. Doch töten? Einen Menschen umbringen?

Hier am Rande des Rasens?

Im Stadion? Auf einem Fußballplatz?

Im Bölle?

Er, Selam?

* * *

Ein Lichtstrahl schwebte über den Rasen, schwankte wie im Wellengang, tanzte, traf die beiden, wanderte weiter, kehrte zurück und blieb an ihnen hängen. Jetzt sahen sie einander endlich: Der dürre Henok, zerschlagen, die Nase schief, und Selam, der Kräftige, der Übermächtige. Da, Blut auf Henoks blauer Jacke; es färbte den Stoff schwarz. Da, der Reißverschluss, und da, da glänzte Metall neben Selams Knie. Eine Pistole! Die Wut schoss Selam in den Kopf: Was wollte der eigentlich, Geld oder sein Leben? Oder beides? Was sollte dieses »Ich bring dich um«? Schon legte er die Hand auf die Waffe, schob er sie in seinen Hosenbund. Zog er das Shirt drüber.

»Was is'n das hier«, nuschelte der Platzwart. Kam heran. Er war der Schatten hinter dem blendenden Licht. Bullig und breit.

»Nix«, Selam stand auf, reichte Henok die Hand. Der ließ sich hochziehen. Der Platzwart musterte die beiden. Man hörte das Schmunzeln in seiner Stimme: »Etwa Brüder?«

»Von Selam«, sagte Henok. Er fasste sich ins Gesicht, an die Nase, legte die Fingerspitzen oben an die Stirn, zwischen den Brauen.

Selam blinzelte, schwieg aber. Henok schwieg auch. Der Platzwart leuchtete ihm ins Gesicht; Henok senkte den Kopf, verschattete die Augen mit der Hand.

»Was passiert?«, fragte der Platzwart ihn.

Henok schüttelte den Kopf, murmelte, »hingefallen, blöd«, und er deutete hinter sich, auf das Baumaterial.

Der Platzwart schüttelte nur den Kopf. »Brauchst'n Pflaster.« Etwas hilflos klang das. Auch Henok schüttelte wieder den Kopf. Der Platzwart wartete noch einen Augenblick, dann leuchtete er Selam ins Gesicht. »Umkleide gleich zu«, brummte er.

»Komme«, sagte Selam, rührte sich jedoch nicht.

Der Platzwart ließ die Lampe wippen, den Lichtkegel seitlich abwandern, über den Rasen streichen, über das Baumaterial. Schattenschlangen krochen aus den Materialhaufen, umwanden einander, verknoteten sich und lösten sich im Schwarz auf. Der Platzwart drehte sich um, und jetzt sprach er über die Schulter: »Verschwindet. Gleich alles dicht hier.« Und das Licht pendelte hinter seinem Schatten weg. Sie sahen ihm beide hinterher.

* * *

Über der neuen Südtribüne stand ein halber Mond. Ein paar erste Sterne blinzelten. Der einsame Lichtstrahl wippte über den Rasen, und es dauerte lange, bis er links der alten Westtribüne verschwunden war und erloschen. Erst dann sahen sie einander wieder an. Grau im Schwarz.

»Du bist Selams Bruder?«, fragte Selam.

»Sein …«, begann Henok. Er stockte, holte Luft: Doch, ja, er war jetzt Deutscher, und ja, hier war es legal: Und es war egal, was dieser Kerl da dachte. Den er nie wieder sehen würde. Er sagte: »Sein Freund.«

»Sein Freund«, wiederholte Selam.

»Freund, im Sinne von …«, begann Henok.

»Verstehe schon«, sagte Selam. Das war es also: Es stand ihm wieder vor Augen, wie der Leichnam dagelegen hatte. Das war es, warum die Beine nackt gewesen waren. Warum … das Geschlecht zertreten gewesen war. Fliegenumschwirrt. Unter der grellen Sonne, in die Mülldämpfe gehüllt.

Henok fasste in seine Tasche. Leer. Er sah zu Boden. Er blickte um sich, sah über den Rasen, bis hinten zum Baumaterial: Verloren? Dort? Suchen, dort? Oder schon am Zaun? Verloren? Hier war nichts. Er sah zu diesem …

Selam zog die Waffe aus dem Bund, hielt sie ihm hin, den Lauf auf sich gerichtet. »Los, knall mich ab.«

Henok sah ihn an.

»Dafür bist du doch gekommen.«

Henok schüttelte den Kopf.

Selam stieß ihm den Pistolengriff an die Brust. Henok nahm die Waffe, ließ sie in seine Tasche gleiten. Sie fiel unten wieder raus. Er bückte sich, fummelte sie in die andere Tasche. »Wir wollten gemeinsam raus«, sagte Henok, »wir …«, begann er nochmal, schluckte, konnte nicht weitersprechen.

Selam wusste nicht, was tun. Er wusste nicht, wohin mit seinen Händen. »Hab ihn gefunden«, sagte er. »Damals. Im Müll.«

Henok gab ein seltsames Geräusch von sich; kein Laut war das, kein Wort.

Selam wollte ihn schon umarmen; er machte einen Schritt auf ihn zu, hob den Arm, bezwang sich aber. Ich darf das nicht tun, dachte er, und er dachte: Ich darf es ihm nicht erzählen. Wie sein Selam da gelegen hatte. Und wie er ihn gefunden hatte. Er dachte: Ich kann ihm nur sagen … und sah ihm offen ins Gesicht: »Hinten in der Jacke … war …«, begann er; Henok nickte schon.

Henok flüsterte: »So abgesprochen.«

Selam nickte.

»Wie, wie ist er …«, begann Henok.

Gestorben, dachte Selam. Nein, nichts erzählen. Nichts von dem verkrusteten Blut, von dem bleichgeschwollenen Fleisch, von dem modrigen Glanz. Von dem … nein. Er schüttelte den Kopf. »Weiß nicht. Hab'n nur gefunden.«

Henok nickte schwer. Er ließ den Kopf hängen.

Selam stand vor ihm.

Henok stand da und ließ den Kopf hängen.

Selam stand da.

In der Ferne ein Lachen.

Henok stand da.

Selam stand da.

Henok hob den Kopf, zeigte das zerschlagene Gesicht.

Selam sah weg. Auf den Rasen sah er, auf die alte Tribüne, wo jetzt gar kein Licht mehr war. Nur im Durchgang zu den Kabinen hing noch ein Schimmer. Er musste hin. Er wollte. Er wollte weg hier. Von dem. Er musste es sagen. Er wollte es ihm geben. Den Ausweis, das Bild. Und Geld, sein Geld. Sein Leben. Ausgleichen, ein wenig. Wenigstens: helfen.

»Warte draußen auf mich«, sagte er. Und wo, da? Wo waren sie ungestört? Alles war hier Baustelle, unübersichtlich. Überall konnte jemand sein, war jemand. Und in der Sporthalle vorne, manchmal war da noch Licht, konnte auch dort noch jemand sein, kommen oder gehen. »Parkplatz«, sagte er. »Einfahrt Parkplatz.« Da fiel niemand auf. Und unter den Bäumen konnten sie dann … sprechen … und stadteinwärts gehen.

Henok reagierte nicht.

Selam sagte: »Bin gleich da.«

Henok nickte.

Selam ging, und schon fiel er in einen leichten Trab; das war wie eine Erlösung: laufen, Luft! Und die Weite des Stadions, des Rasens, des offenen Raumes! Das war wie eine Befreiung. Er trabte zur Tribüne und tauchte unten durch den Tunnel.

* * *

Wenig später stand er, die Sporttasche in der Hand, vor der Tür. Sah sich um: War der hier – schon? Er ging um die Turnhalle, auf den Parkplatz: War der hier irgendwo? Hinter einem Auto – da stand noch eins, da noch zwei, ein viertes – oder hinter einem Baum? Die Schatten waren zu schlank. Nein, hier war er nicht. Selam spitzte die Lippen.

Wenig später stand er an der Einfahrt, Nieder-Ramstädter Straße. Die Tasche neben sich, wippte er auf einer Wurzel. Sah hinter sich – niemand – sah auf die Straße. Die Laternen leuchteten. Die Schatten verschmolzen, lösten sich voneinander, trennten sich, formten sich zu Gestalten, die gingen, joggten, radelten – die zersägt wurden von Autoscheinwerfern – und sich wieder zusammenfügten und ineinander aufgingen. Kein … nirgends. Wie hieß der eigentlich? War nicht da. Selam spitzte die Lippen, lächelte für sich. Er fasste nach seiner Tasche. Aber er wollte ihm doch eigentlich helfen. Er drehte sich noch einmal um.

Wie hieß der? Er sah sich um. Pfiff durch die Zähne. Wo war der? Er müsste ihn jetzt rufen. »He«, flüsterte er. Die Bäume standen in Reihe; er trat einen Schritt zurück: Die Schatten waren zu schlank. Da war niemand. Auch auf dem Parkplatz. »He«, sagte er. Wie lange sollte er suchen? Rufen? Wie hieß der eigentlich? Er rief, lauter jetzt und gleichzeitig leise: »Heee-e!«

Eine Straßenbahn rappelte vorbei, die Blätter fingen ihr Licht. Es blieb der Schatten, das tiefe Schwarz auf der anderen Straßenseite: Was, wenn der da … jetzt … stand? Lauerte, mit der Waffe? Er setzte die Tasche wieder ab, ging in die Einfahrt, stellte sich in die Mitte: Nicht zu verfehlen, von nirgendwo her. Sollte der also schießen: Jetzt! Besser jetzt als irgendwann. Wenn der ihn einmal gefunden hatte, würde er ihn wieder finden. Wenn der ihn treffen wollte, dann besser gleich, und richtig. Wenn er hier nicht sicher war, war er nirgends mehr sicher, nie mehr. Wenn ihm hier also nichts geschah … Er breitete die Arme aus.

Hinter ihm hupte ein Auto, Scheinwerfer griffen nach seinen Beinen. Er ging zur Seite, und langsam glitt der Wagen an ihm vorbei. Bog ab und war weg.

Damals, diese eine Chance, so leichthändig ergriffen, war schwer geworden, über die Zeit, war zum Betrug gewachsen, zur Last und zur Gefahr. Wenn der ihn hatte finden können, konnte ihm jeder draufkommen.

»Heeee-eee!«

Nein, es sollte so sein, wie er es anfangs gewollt hatte. Ihm helfen. Als Freund. Selam fasste nach seinem Geldbeutel: Nicht viel dabei. Aber stadteinwärts standen Automaten. Er hatte genug, er würde ihm helfen: dem. Wie hieß der überhaupt?

Er holte tief Luft, brüllte: »Haaallooooo!«

Und dann konnte er vielleicht sogar wieder seinen eigenen Namen tragen? Wieder er selbst sein? Dann war alles vorbei, dann konnte er … richtig … loslegen?

»Hallooooooo!«

Doch niemand kam, kein Schatten löste sich aus den anderen und kam zu ihm.

Irgendwann ging er dann, tauchte er in die Dunkelheit ein, und sein Schatten verschmolz mit allen anderen.

Gisa Klönne

Reiher, Weiher, Tod

»Den Reiher müsse Se fragen! Der sieht und hört alles hier, Tag und Nacht, rund ums Jahr …«

»Das mag ja sein, aber der Reiher kann nicht mit mir sprechen. Sie hingegen …«

»Der Woog war eigentlich mal en Löschteich, is Ihne des bewusst? Deshalb liegt der ja auch sozusagen mitten in der City. Aber 1820 war Schluss: Seitdem is hier Badebetrieb und Halligalli und die Viecher …«

»Herr Emig. Ich befrage Sie hier als Zeuge. Sie waren nach der Lebensgefährtin des Opfers der Zweite am Tatort, Sie haben hier dreißig Jahre lang als Bademeister gearbeitet und kennen deshalb hier …«

»Wie gesagt, ich bin genau genomme der Falsche und des Mädel genauso, denn wenn der Reiher sein Schnabel uffsperre tät, was der zu erzähle wüsst …«

»Ich befrage jetzt aber Sie! Sie wohnen in der Beckstraße 35 und haben ausgesagt, dass Sie nachts oft eine Runde um den See drehen und dabei gehört haben, dass …«

»Oberkommissar sind Sie also, ja? Trotz Ihrer Jugend. Da müsse Se ja eigentlisch scho ebbes könne.«

»Probieren Sie's aus.« Mirko Lehnert schiebt sich ein Fisherman's zwischen die Zähne. Ein leichtes Spiel sei diese Zeugenbefragung, hatte er gedacht. Aber jetzt ziept sein kleiner Zeh, den er sich vor fünf Jahren beim

Taekwondo geschreddert hatte, und das ist, wie er aus Erfahrung weiß, kein gutes Zeichen.

Der alte Bademeister wirft ihm einen undeutbaren Blick zu und guckt dann doch wieder zu der hölzernen Badeplattform, die in etwa mittig zwischen der historischen Sprungturmanlage im Westen und dem Leichenfundort am gegenüberliegenden Ufer des Sees vertäut ist. Im Sommer herrscht darauf Hochbetrieb, von beiden Seiten schwimmen die Badegäste dorthin, um sich zu sonnen. An einem nasskalten Novembersamstag hockt dort jedoch nur ein Fischreiher und glotzt zu ihnen herüber. Oder vielleicht schaut er auch nur Georg Emig an, der seine Aufmerksamkeit nach einem stummen Gedankenaustausch mit ihm schließlich mit sichtbarem Widerwillen erneut Mirko Lehnert zuwendet.

»Die Insel da driwwe hole mer bei Saisonende normalerweise aus'm Wasser, aber diesmal wolle se unbedingt des neue Holz teste …«

»Kommen wir zu Ihrer Aussage, Herr Emig.«

»Tropenholz, wisse se, awwer wenn se mich frage …«

»Ihre Zeugenaussage, Herr Emig! Die interessiert mich.«

»Zeugenaussage.« Der alte Bademeister macht schmale Augen und konferiert ein weiteres Mal stumm mit dem Reiher.

Mirko Lehnert manövriert das Pfefferminz von seiner linken in die rechte Wange. Es gibt in seinem Job bessere und schlechtere Tage, und dieser hier schiebt sich mit jeder Sekunde auf seiner persönlichen Negativliste weiter nach oben. Sein Verlobungswochenende mit Janina sollte das eigentlich werden. Nur irgendein scheißblöder Reflex ließ ihn nach drei Stunden Schlaf ans Diensthandy gehen. Oder sein Ehrgeiz. Oder der Restalkohol. Vermutlich alles zusammen. Und also muss er jetzt bei fünf Grad im Nieselregen diesem skurrilen Möchtegern-Vogelflüsterer eine brauchbare Zeugenaussage entlocken. Und das möglichst zügig, denn der Regen nimmt zu, und hinter ihm in der Damensammelumkleide des Familienbadtrakts schluchzt sich die hochschwangere Freundin des Opfers die Seele aus dem Leib. Ihr geliebter Jonas habe schwimmen gehen wollen, hat Nelly Hoffmann ausgesagt, seine übliche Runde am Abend. Eigentlich trainierten sie immer zusammen, das Winterschwimmen sei supergut fürs Immunsystem, man müsse nur gleich im September beginnen, dann würde der Körper sich an die allmählich sinkenden Temperaturen gewöhnen. Aber im achten Monat müsse sie doch manchmal aussetzen. Deshalb sei sie früh schlafen gegangen, und als sie gegen fünf Uhr bemerkte, dass Jonas nicht zurückgekehrt war, habe sie ihn gesucht und direkt gefunden: In Badehose auf der Uferwiese des Woogs. Tot und schon kalt sei Jonas gewesen.

Schwimmen im Winter. Draußen. Ohne Neopren. Erlaubt ist das nicht, nicht im Woog jedenfalls, aber ein Mordmotiv ganz bestimmt auch nicht. Und dennoch ist Jonas Steuer weder ertrunken, noch einer Herzattacke erlegen, sondern ohne Zweifel erdrosselt worden. Die Spurenlage hingegen ist eine Katastrophe. Nicht nur wegen des Regens, sondern auch, weil sowohl Nelly Hoffmann als auch Georg Emig bis zum Eintreffen der Polizei den Tatort zertrampelt haben.

Der Reiher spreizt seine Flügel, lässt sie nicht aus den Augen. Georg Emig nickt ihm zu und wendet sich mit sichtbarem Widerwillen wieder zu Mirko Lehnert. »Habbe Se's immer so eilig mit Ihre Verhöre? Wolle Se net die Zusammehänge verstehe?«

»Absolut. Unbedingt will ich das. Aber es geht hier um Mord, und Sie …«

»Direkt auf die Zwölf, ja?«

»Wenn Sie das so ausdrücken wollen.«

»Klare Kante und Ordnung?«

Er kennt solche Typen. Oh ja, er kennt sie. Direkt auf die Zwölf. Ohne Gnade. Wer sich eine Blöße gibt, hat verloren.

»Ich kann Sie auch mitnehmen, Herr Emig, wenn Sie das bevorzugen.«

»Oha, jetzt wird's ernst, ja?«

Mirko Lehnert rührt sich nicht. Wartet.

Georg Emig gibt nach, markiert ein Strammstehen und tippt mit der Rechten an die Krempe seines ledernen Schlapphuts. »Schorsch, kannst mich Schorsch nenne. Des sage hier alle.«

»Schorsch. Gut. Von mir aus auch das. Also, Schorsch, Sie hören Nelly Hoffmann schreien und wollen ihr helfen …«

»Mitten in der Vogelschutzzone!«

»Jetzt lassen Sie die Vögel mal außen vor.«

»Wolle Se jetzt höre, was ich Ihnen zu sage hab, oder net?«

»Ja, absolut, aber nicht Ihre Vogelbeobachtungen, sondern ….«

»Des geht aber net, weil: des hängt doch alles zusamme.«

»Herr Emig, ich …«

»Schorsch.«

»Schorsch.«

»Ja, bitte?«

»Sie haben gesagt, dass Sie nicht wie Nelly Hoffmann und das Opfer von der Landgraf-Georg-Straße aus über den Zaun geklettert sind, sondern das Gelände durch den Eingang des Inselbads betreten haben, weil Sie noch einen Schlüssel besitzen.«

»Ein Generalschlüssel is des.«

»Ein Generalschlüssel. Aha. Obwohl Sie seit letztem Jahr pensioniert sind.«

»Klappt ja sonst net hier.«

»Wie bitte?«

»Dreißig Jahr und dann Tschüss, alles Gute, Schorsch, genieß den Ruhestand, von wegen! Kaum is Saison, schellt mein Telefon, ob ich net aushelfe könnt.« Georg Emig schickt den wasserblauen Blick ein weiteres Mal zu der hölzernen Plattform. »Die brauche mich noch. Allesamt. Is ja überall chronische Personalnot und der potentielle Nachwuchs lernt net mehr vernünftig schwimme, sondern glotzt nur ins Handy. 450 Euro im Monat gibt's für meinen Einsatz, also von Mai bis September. Aber ich arbeite durch, auch im Winter.«

»Aber dann ist der Woog doch geschlossen?«

»Un was bitte is des da driwwe für'n Zirkus?«

»Herr Emig.«

»Schorsch!«

»Dort drüben findet die kriminaltechnische Untersuchung des Tatorts statt. Eine absolute Ausnahme.«

»Des is mir schon klar, aber des ist ja letztlich nur – wie sagt ma so schee – nur die Spitze des Eisbergs.«

»Wie meinen Sie das denn?«

»Des is Ihne net klar?«

»Erklären Sie's mir bitte.«

Sheriffs haben sie solche Typen wie Georg Emig früher genannt. Weil die nichts weiter zu tun hatten, als sie zu drangsalieren. Mit seinem Schlapphut, dem Trainingsanzug und den Adiletten wirkt dieser Georg-nenn-mich-Schorsch-Emig wie eine überzeichnete Karikatur dieser Jugendalbträume. Wie der Igel in dieser Fabel sind die gewesen: Immer einen Tick schneller als der wetzende Hase und nie kalte Füße.

Der Wind frischt auf und bläst nasskalt vom Ostbahnhof her. Der Reiher legt den Kopf schief und zieht eines seiner Beine ins Gefieder.

»Des stresst den«, erklärt Georg Emig. In seiner Hutkrempe hat sich das Wasser gesammelt, tropft als Rinnsal auf seine linke Schulter, aber das scheint ihn nicht zu stören. Mirko Lehnert wünscht sich, er hätte die dickere Jacke angezogen, auch wenn die am Ärmel ein Loch hat. Und lange Unterhosen, von ihm aus auch die mit den Dinosauriern, die ihm Janina letztes Jahr in den Nikolausstiefel gepackt hat, weil sie die so witzig fand. Nelly Hoffmann ist ein ähnlicher Frauentyp wie Janina. Zupackend. Uneitel. Eine Frau zum Pferdestehlen, wie sie rar sind. Er wünscht sich, er hätte das Diensthandy klingeln lassen, wünscht sich, er hätte wenigstens einen anderen Job übernommen, als diesem Bademeister eine brauchbare Zeugenaussage zu entlocken. Was stimmt nicht mit dem? Begreift der den Ernst der Lage nicht, will er ihn nicht begreifen, will der ihn verschaukeln?

»Die Leute denken, als Bademeister stehste nur so in der Gegend rum, pflegst deinen Teint und guckst zu, wie die Leute sich verlustieren«, legt der wieder los. »Aber so is des net, schon gar net in einem Naturbadegewässer wie dem Woog. Hier musste net nur die Badegäste im Auge behalten, sondern auch die Viecher. Und dabei haste die ganze Zeit die Vereine im Nacken: Die Woogsfreunde veranstalten zum An- und Abschwimmen zweimal im Jahr einen Riesenradau mit Blasmusik, Kaffee und Kuchen. Die Schlammbeißer waren Jahrzehnte lang ein Männer-Schwimmclub, aber weil die Herren der Schöpfung einer nach dem andern den Löffel abgeben, habbe die flugs die Satzung geändert und Ladies uffgenomme, die allesamt putzmunter sind und zu viel Zeit haben. Und dann ist da noch der Anglerverein und will alle naslang die Fische zählen und die Teichmuscheln wiegen und hinzu komme Beschwerden von de Leit, dass des Wasser zu trüb sei, oder weil sie was gestoche hat uff der Wiese und …«

»Der Mord! Davon sprechen wir. Wie das gewesen ist heute Morgen.«

»Aber des versuch ich Ihne doch die ganze Zeit zu erklären.«

»Aber Sie …«

»Ich bin hier sozusagen der Regisseur, Herr Oberkommissar. Damit alles sei Ordnung behält. Des is in Ihrem Metier doch net anders.«

Die Polizeitaucher treffen ein und machen sich nach einer ersten Lagebesprechung mit den Kriminaltechnikern bereit für ihren Einsatz, obwohl keineswegs klar ist, was genau sie überhaupt suchen. Sie fischen im Trüben – selten schien Mirko Lehnert dieses Sprichwort so treffend. Bislang ist der gehörnte Exfreund von Nelly Hoffmann der einzige Verdächtige mit einem halbwegs plausiblen Motiv. Doch die Kollegen erreichen ihn nicht, und Nelly schwört, das sei auch nicht nötig, weil ihr Mike ein total lieber Kerl sei. Jahrelang hatten Mike, sie und der nun tote Jonas zusammen trainiert, alle drei sind sie passionierte Allwetter-Freiwasserschwimmer. Bis Nelly schwanger wurde und das nicht von Mike, sondern von Jonas.

»Die Woogsfreunde waren eigentlich mal eine Bürgerinitiative, kein Schwimmclub«, doziert der Bademeister ungerührt weiter. »1973 haben die sich gegründet, weil so'n paar Großkopferte die Schnapsidee hatten, aus dem Woog ein Schwimmleistungszentrum zu mache und dazu in den historischen Sprungbecken beheizbare Schwimmwannen einzulassen. Das war ja zum Glück schnell vom Tisch, stattdesse sinse ja in de Nordpark gezoge, aber die Woogsfreunde …«

»Herr Emig.«

»Schorsch!«

»Schorsch. 1973 tut jetzt wirklich nichts zur Sache.«

»Woher wolle Sie das denn wisse, wenn Sie mich net ausredde lasse?«

Mirko Lehnert holt Luft, atmet aus, zählt bis drei. Der Regen wird stärker, fette Tropfen zerplatzen im Bleigrau.

»Also gut, Schorsch, ich höre.«

»Beheizbare Becke! Des müsse Se sich mal vorstelle, was das bedeutet hätt für die Fisch un die Vögel …«

Der erste Taucher lässt sich in den See fallen und verschwindet, einen Schwarm Luftblasen hinter sich herziehend. Der Woog hat eine Fläche von 56.000 Quadratmetern, ist jedoch im Schnitt nur zwei Meter tief. Wie lange dauert es, die zu durchsuchen? Mirko Lehnert wirft noch ein Fisherman's ein und zerrt die Kapuze seiner Jacke aus dem Kragen. Sie ist zu dünn und schon klamm, auf Georg Emigs Jacke hingegen perlt der Regen einfach ab, und dem Reiher scheint dieses Sauwetter sogar zu gefallen, der breitet die Flügel aus und segelt eine Ehrenrunde um die Plattform. Ein belegtes Brötchen wäre jetzt fein. Mit Fleischwurst und Senf. Von ihm aus auch mit Hering. Und dazu ein Kaffee im XL-Format mit viel Zucker. In Ermangelung einer Alternative zerbeißt Mirko Lehnert das Pfefferminzdragee, mit mehr Nachdruck als nötig.

»Des is net gesund«, sagt Georg Schorsch Emig, ohne den Blick von seinem gefiederten Freund zu wenden, der seinerseits Kurs auf die Steinrutschbahn nimmt.

»Was ist nicht gesund?«

»Wenn Se die Bonbons zerbeiße. Also der Zucker is schlecht für die Zähne!«

»Da haben Sie recht.« Mirko Lehnert schluckt die Splitter herunter und hält seine Gesichtszüge eisern unter Kontrolle. Babyface nennen sie ihn im Präsidium, genau wie einst in der Schule. Schön ist das nicht, doch in Vernehmungen ist seine Unschuldslammnummer durchaus effizient. Nur diese läuft eindeutig aus dem Ruder.

»Apropos gesund: Corona war schee hier«, intoniert Georg-nenn-mich-Schorsch-Emig prompt. »Also im Sommer 2020 zumindest, direkt nach dem ersten Lockdown.«

»Aha. Und warum?«

Die Frage gefällt Georg Emig. Er nickt beinahe väterlich, lächelt. »Weil da Ordnung war. Ruhe! Die Eintrittskarten gab's nur vorab im Internet für drei Zeitfenster, zwische denne die Leit sich entscheide musste! Maximal 250 Gäste gleichzeitig durften für maximal drei Stunden schwimmen. Die ganze Hochsaison durch! Und zwischen den Badezeiten war je eine Stunde lang zu. Herrlich war das – grad für die Viecher. Und die Leute so dankbar. Und freundlich. Diszipliniert und auf Abstand.«

»Und im zweiten Coronasommer war das anders?«

Ein noch breiteres Lächeln ist Mirko Lehnerts Lohn für diese Frage. »Sie fange an mitzudenke, Herr Oberkommissar, bravo! Sie gefalle mir immer besser. In der Tat: Seit dem zweite Coronajahr laufe die Leit total aus dem Ruder. Immer nur Spaß, Spiele, Party und bloß keine Regeln.« Der Bademeister hält inne und mustert ihn. »Des müsste Sie doch auch kenne, odder?«

Mirko Lehnert nickt. In der Tat, ja, das kennt er. Zu viel Krisenmodus tut niemandem gut, und ein sehr eindrückliches Beispiel dafür plustert sich vor seiner Nase auf und zeigt schon wieder auf den Reiher. »Für den hier und seine Kollegen von der Kormoran-, Enten- und Tauchhuhn-Fraktion war der Lockdown ein Fest«, doziert er. »Ist ja artenreich unser Woog. Ein echtes Stadtbiotop. Die Leit störe da eigentlich nur. Schleien habben wir da drin, wo Ihr Taucher jetzt gründeln, Rotfedern, Bitterlinge und Moderlieschen. Karpfen und Hechte. Sogar einen Rappen habbe se hier mal rausgezoge. 2016 war des, als se hier alles leergefischt habbe, wegen der Entschlammung.« Er breitet die Arme aus.

»So ein Kawenzmann, wohnt eigentlich in der Donau. Den muss hier jemand ausgesetzt habbe, illegal natürlich, denn aus dem Darmbach kam der sicher net angeschwomme. Sechstausend Teichmuscheln habbe se damals übrigens auch rausgeholt. Alle von Hand und gezählt und gewoge.«

Mirko Lehnert nickt, nickt wie ein Wackeldackel, so kommt es ihm vor. Er muss aufhören damit. Sofort. Augenblicklich. Muss die Gesprächsführung an sich reißen und Autorität zeigen. Aber wie, bitte, wie nur?

Der Bademeister mustert ihn. »Entschlammung! Was des ein Stress war für unsere Viecher! Erst lasse se denne des Wasser ab, dann koffern se den Schlamm ab. Eine 70-Zentimeter-Schicht, insgesamt achttausend Tonnen. Also ich mein: Schön und gut, danach war die Wasserqualität werklisch besser, aber was bitte macht ein Fischreiher ohne Wasser und Fische?«

Reihergeier wacht am Weiher. Der Restalkohol muss das sein, der Mirko Lehnert diesen Reim ins Gehirn spuckt. Die Übermüdung. Vor allem aber diese Befragung, die immer absurder wird und doch auf etwas zusteuert, das wichtig sein kann, womöglich sogar entscheidend, er muss nur dieses eine entscheidende Detail in diesem Redefluss fassen und nicht mehr loslassen, obwohl er nicht den leisesten Schimmer hat, was genau dieses etwas denn sein soll.

Der Taucher kommt wieder hoch, schüttelt den Kopf, bespricht sich mit seinem Kollegen im Begleitboot.

»Des wird so nix«, konstatiert Georg Emig sehr sachlich. »Die Sicht im Woog is trotz der Entschlammung gleich null, des liegt an den Trüb- und Schwebstoffe.«

»Mag sein, aber wir haben da keine Alternative, es sei denn, das, was Sie heute Nacht gesehen haben, würde uns …«

»Winterschwimmen! Mer sin doch net in Sibirien! So was gab's früher im Woog net. Wenn überhaupt irgendwo in Darmstadt, dann an der Grube. Aber seit Corona …«

»Nur noch Party und Spiele.«

»Exakt! Letzte Woche erst hab ich kurz vor Mitternacht einen erwischt, wie er üwwer den Zaun is um hier zu kiffe.«

»Tatsächlich, und dann?«

»Na, was glaube Sie denn? So geht das nicht, das hab ich dem deutlich gemacht, das hat er am Ende auch eingesehen. Da hat's ihm dann leidgetan, dass er die Viecher gestört hat.«

Die Viecher schon wieder. Mirko Lehnerts Zeh meldet sich mit neuem Nachdruck, und in seinem Magen beginnt etwas sehr ungut zu rumoren, was nicht an den Fisherman's liegt, jedenfalls nicht hauptsächlich. Oder spinnt er jetzt völlig? Er weiß es nicht, also versucht er es mit einem schuljungenartigen Lächeln.

»So, wie Sie mir das erzählen, Schorsch, klingt das, als ob der Mann von letzter Woche ein anderer war, als der Tote da drüben.«

»Jep.«

»Tatsächlich, ja? Können Sie diesen Mann beschreiben? Kennen Sie seinen Namen?«

»Tut mir leid, aber den wollt' er mir net verraten.«

Der Reiher nimmt Kurs auf den Tatort, dreht ab, zieht einen unschlüssigen Halbkreis, landet flügelschlagend auf dem Geländer der Rutsche, hebt direkt wieder ab, fliegt zurück auf die hölzerne Plattform.

»Der is müd«, kommentiert Georg-nenn-mich-Schorsch-Emig fachkundig. »Der will heim. Des is schließlich sein Zuhause da driwwe.«

»Der Tatort ist sein Zuhause?«

»Nix Tatort – die Vogelschutzzone!«

»Sie meinen …«

»Isch mein, irgendwann muss doch mal Schluss sein! Also dass die Leit mitte in der Nacht schwimme gehn und die Viecher wecke, is des eine, aber wenn die dann noch Drogen konsumieren oder mitten im Vogelschutzstreifen ihre Zweikämpfe ausfechten, ist definitiv Schicht im Schacht!«

»Moment mal, was erzählen Sie mir da, Herr Emig, wieso Zweikämpfe, das würde ja …«

»Schorsch, bitte!«

»Schorsch, ja natürlich. Also wenn ich Sie richtig verstehe, Schorsch, korrigieren Sie somit Ihre ursprüngliche Aussage, und das heißt, Sie sind nicht von Nelly Hoffmanns Geschrei zum Tatort gerufen worden, sondern waren schon vorher da. Sie haben die Tat beobachtet und …«

»Na ja, net in Gänze, weil bis ich vom Schuppen zurück war, war der Angreifer ja schon fertig. Nur gebracht hat's ihm nix. Weil ich hatt ja des Ruder geholt.«

»Das Ruder?«

»Ein präziser Schlag uff de Kopf und Ende Gelände.«

»Wie bitte, was? Sie meinen, Sie haben den Täter …?«

Der Bademeister lächelt und zeigt auf die hölzerne Plattform, von der sein gefiederter Kumpel soeben wieder abhebt. »Da drunter, da klemmt der!«

Er träumt das, ganz sicher. Das kann nur ein Scherz sein. Doch nun, da sie wissen, wo sie zu suchen haben, dauert es nicht lange, bis die Taucher den sorgfältig vertäuten Leichnam von Nellys Exfreund Mike Schultheiß entdeckt haben.

Warum hat der Bademeister nur Jonas' Mörder verschwinden lassen, und nicht auch Jonas? Weil Nelly Hoffmann dazwischenkam, deshalb, denkt Mirko Lehnert und im selben Moment fällt ihm noch eine Frage ein, die er am liebsten gleich wieder vergessen will. Aber weil er nun einmal gewissenhaft ist und Prinzipien hat – darin sind sich dieser Reiherschorsch und er tatsächlich ähnlich – behält er sein Babyface bei und legt die Hand auf den Oberarm seines Gegenübers, sanft, beinahe nachlässig, als seien sie beste Freunde.

»Und der Kiffer von letzter Woche«, fragt er. »Wo ist der?« Fragt es zum Wasser hin, zum Reiher, ins ungefähr Nassgraue, als sei ihm die Antwort nicht wichtig.

Schweigen folgt. Stille. Der Reiher gleitet mit unhörbarem Flügelschlag über das Wasser.

»Also gut«, sagt Georg Schorsch Emig mit einem Seufzer. »Damit unser Freund hier bald wieder sei Ruh hat, verrat ich's: Im Becken unter dem Sprungturm liegt der. Schön mit Stein um den Hals.«

»Weil es da tiefer ist.«

»3,90 Meter.«

»Aber das ist doch Wahnsinn, ich meine, warum …?«

»Ach warum, ewig warum? Des hab ich Ihne doch gerade erklärt! Lang und breit. Immer wieder! Aber jetzt ist's auch mal gut, junger Freund, des war Hilfe genug, die ich Ihne gegebbe hab, den Rest fragen Sie bitte wen anders. Den Reiher am besten. Is ja eh sein Revier hier. Und die Kandidaten vom letzte Jahr – die müsse Se bitteschön selbst finden.«

Sabina Altermatt

Er

Ich hätte nicht gedacht, dass alles so kommen wird. Du denkst, es wird besser. Du denkst, es muss besser werden. Und dann hast du zu viel Angst, um zu gehen.

Ich hatte Angst, meinem Vater davon zu erzählen. Ich hatte Angst, er schickt mich aus dem Haus. Ich habe mich nicht getraut, es irgendjemandem zu erzählen. Weil ich mich geschämt habe.

Meine Eltern haben erst davon erfahren, als ich vor Gericht ging. Nach vielen Jahren. Meine Mutter meinte, du hättest es sagen sollen, wir hätten dich beschützt.

Ich konnte nichts richtig machen. Alles, was ich gemacht habe, war falsch. Die anderen waren immer besser. Das hat er mir so lange gesagt, bis ich es geglaubt habe. Ich wusste, dass ich nicht dumm bin. Aber am Schluss habe ich es geglaubt. Ich bin zu blöd zum Sitzen, zum Laufen, zum Reden, zum Kochen.

Auch heute noch muss ich jeden Tag kämpfen, mir seine Wörter aus dem Kopf klopfen. Bei der kleinsten Unsicherheit höre ich ihn sagen, dass ich es nicht kann. Hat er recht? Bin ich für alles zu doof?

Er hat den Kindern gesagt, Mama ist Alkoholikerin. Ich habe am Abend ab und zu ein Glas Wein getrunken.

Kommt, ich bringe euch ins Bett, Mama weiß nicht mehr, was sie redet, sie ist total betrunken.

Er hat den Kindern gesagt, Mama hat Sex mit anderen Männern, Mama fickt herum.

Er hat den Kindern gesagt, Mama macht unsere Familie kaputt.

Einmal durfte ich meinen Sohn nicht wie jeden Tag vom Kindergarten abholen. Er hatte mir den Schlüssel weggenommen und die Wohnungstüre abgeschlossen. Vom Küchenfenster aus sah ich meinen Sohn weinend nach Hause kommen.

Mama, wieso hast du mich nicht abgeholt?

Sie wollte dich nicht holen, sagte er. So ist sie eben. Eine Schlampe.

Die Würde des Menschen ist unantastbar.
Grundrechte, Artikel 1

Ich hatte kein Telefon, kein Geld. Das hat er mir weggenommen.

Ich konnte nicht selbst einkaufen gehen. Entweder sind wir zusammen gegangen, oder ich musste ihn anflehen, dass er Geld dalässt, damit ich für die Kinder Essen kaufen kann. Wir haben monatelang nur Pasta gegessen. Obwohl er gut verdient hat. Er hat sich beklagt, dass wir zu viel Milch trinken würden. Für mich selbst habe ich nie etwas gekauft. Alle Kleider habe ich von meiner Mutter oder von meinen Geschwistern.

Manchmal ließ er Geld zu Hause.

Schau, da ist das Geld!

Aber ich durfte es nicht nehmen. Er hat jeden Abend kontrolliert, ob das Geld noch da ist.

Das Eigentum wird gewährleistet.
Grundrechte, Artikel 14

Ich habe die Polizei angerufen. Sie sind gekommen, ein Mann und eine Frau. Der Mann hat in der Küche mit ihm gesprochen, die Frau war mit mir im Wohnzimmer. Sie sagten, sie könnten nichts machen.

Wir können lediglich mit Ihrem Mann sprechen.

Beim zweiten Mal haben sie gesagt, packen Sie Ihre Sachen und gehen Sie!

Wohin, das haben sie nicht gesagt.

Die Würde des Menschen zu achten und zu schützen
ist Verpflichtung aller staatlichen Gewalt.
Grundrechte, Artikel 1

Ich habe mit allen zu sprechen versucht. Ich soll ruhig sein, nicht übertreiben. So einer kann er gar nicht sein. Schwierigkeiten in der Ehe seien normal.

Man muss den Menschen so annehmen, wie er ist. Es akzeptieren, das Beste daraus machen. Probier's noch mal, gib euch nochmals eine Chance. Kämpfe! Nur schon wegen der Kinder. Ein anderer wird auch nicht besser sein.

Es war schwierig, es den anderen zu erklären. Er hat alles immer so dargestellt, dass es nicht logisch tönt, was ich sage.

Er sagte zu meinem Vater, ich kann deiner Tochter gar nichts machen. Ich bin die ganze Zeit am Arbeiten, ich bin gar nicht zu Hause.

Wie kann er dir drohen, wenn er gar nicht zu Hause ist?

Man konnte es drehen und wenden, wie man wollte. Schuld war immer ich. Auch meine Mutter sagte, es passt alles gar nicht zusammen.

Er hat alle davon überzeugt, dass ich lüge. Selbst meine eigene Familie.

Er wusste genau, was er machen kann und was die Konsequenzen sind. Wenn wir Streit hatten und ich sauer wurde und geflucht habe, hat er mich mit seinem Handy aufgenommen. Was er davor zu mir sagte, fehlt auf der Aufnahme. Er hat immer dafür gesorgt, dass er sauber rauskommt. Gegen so einen Menschen hast du keine Chance. Du bist immer schuldig, egal, was du gemacht hast. Es glaubt dir kein Mensch. Dafür hat er gesorgt, dass mir niemand glaubt.

Meine Arbeitgeberin wollte mir helfen. Aber sie konnte mich nicht mehr kontaktieren, als ich nicht mehr da gearbeitet habe. E-Mails gehen über ihn, er hat das Telefon und den Briefkastenschlüssel.

Ich hatte keine Möglichkeit, ins Frauenhaus zu gehen. Er ist jede Stunde nach Hause gekommen. Ich hatte kein Geld fürs Taxi, kein Telefon.

Eine Anzeige machen kam für mich nicht infrage. Zur Polizei gehen und dann wieder nach Hause? Und er bekommt die Anzeige? Was würde er machen, wenn er die sieht? Was soll ich machen, wenn er mich schlägt? Ich kann nicht einfach gehen. Du kannst nicht Anzeige machen, und es passiert dir nichts.

Ehe und Familie stehen unter dem besonderen Schutz der staatlichen Ordnung. Jede Mutter hat Anspruch auf den Schutz und die Fürsorge der Gemeinschaft.
Grundrechte, Artikel 6

Schon beim Gedanken, ich muss wieder in die Wohnung zurück, wurde ich zittrig, mir wurde schwindlig. Ich bin auf der Treppe zusammengebrochen, hatte keine Kraft mehr, hinaufzugehen. Ich wollte nicht mehr in diese Wohnung zurück. Was erwartet mich, wenn er nach Hause kommt? Ist er sauer? Schlägt er mich? Schlägt er mich vor den Kindern?

Dabei ist die Wohnung mein Zuhause. Unser Zuhause.

Die Wohnung ist unverletzlich.
Grundrechte, Artikel 13

Ich durfte nicht mehr aus dem Haus, nicht mehr zu meiner Familie, auf den Spielplatz.

Ich durfte keinen Kontakt zu anderen Frauen haben, weil er dachte, dass ich mit ihnen Pläne schmiede, um abzuhauen.

Ich durfte keinen Kontakt zu anderen Männern haben, weil er dachte, dass es sexuell wird.

Ich durfte weder mit Frauen noch mit Männern sprechen. Auch nicht mit den Eltern der Schulkameraden meiner Kinder.

Ich durfte keine Kolleginnen und Freunde haben. Entweder hat er gesagt, ich müsse den Kontakt abbrechen oder er hat mich bei ihnen schlecht gemacht, sodass sie nichts mehr mit mir zu tun haben wollten. Zu meiner besten Freundin musste ich den Kontakt abbrechen. Er hat gesagt, ich würde sie nur besuchen, weil ich hinter ihrem Mann her sei.

Er hat entschieden, wann ich zu meiner Familie gehen darf. Ich durfte nicht zum wöchentlichen Treffen mit meinen Schwestern oder zu Geburtstagspartys.

Er hat entschieden, was ich darf und was nicht.

Du bist selbst schuld, dass du nicht gehen darfst. Hättest du getan, was ich gesagt habe. Hättest du auf mich gehört.

Er hat GPS auf meinem Handy installiert, als ich am Anfang noch eines hatte. Damit er jederzeit weiß, wo ich bin.

Wenn er zuhause war, hat er immer wissen wollen, wo ich bin, aus Angst, ich könnte ihn verlassen. Er hat gesagt, wenn du abhaust, bringe ich die Kinder um.

Er musste nicht zuhause sein, um mir zu drohen. Es hat gereicht, wenn er mich anrief. Er hat alle zwanzig Minuten angerufen und wollte wissen, wo ich bin. Wenn ich sofort abgenommen habe, hat er gesagt, du bist die ganze Zeit an deinem Handy. Wenn ich zu spät abgenommen habe, wollte er wissen, wo ich gewesen war, was ich gemacht habe. Ich musste eine Zwischenlösung finden: ja nicht zu früh abnehmen, aber auch nicht zu lange läuten lassen.

Gegen Schluss ist er zu Hause geblieben, um mich kontrollieren zu können. Er hat deshalb den Job verloren.

Ich bleibe zu Hause, damit ich sehen kann, was du treibst.

Ich habe mich geschämt, dass er die Kontrolle über mich hatte.

Die Freiheit der Person ist unverletzlich.
Grundrechte, Artikel 2

Er hat gesagt, ich bringe dich um, aber anders, psychisch.

Bereits mehrmals wollte ich mich umbringen. Trotz der Kinder, die ich über alles liebe. Ich hatte keine Kraft mehr. Er hat mich fertiggemacht.

Er hat mich jede Nacht geweckt und mir ins Ohr geflüstert, du bist dumm, du bist blöd, du wirst machen, was ich sage. Ein Jahr lang habe ich keine Nacht durchgeschlafen. Wenn er nicht zu Hause war, hat er mich angerufen. Wenn ich aufgelegt habe, hat er wieder angerufen. Ich durfte nicht auflegen, bis er es erlaubte. Er hat mich nicht mehr schlafen lassen. Er hat selbst nicht geschlafen, nur um mich zu quälen.

Je mehr ich gesagt habe, umso mehr hat er mich nicht schlafen lassen und versucht, seine Gedanken wieder in meinen Kopf zu setzen.

Wir bringen dich zum Arzt, du bist nicht mehr ganz wach da oben. Du siehst nicht mehr klar. Du bist krank. Psychisch krank.

Er nahm mir das Lachen. Ich war nicht mehr ich. Ich hatte keine Kraft mehr, um mit den Kindern zu spielen. Ich machte nur noch das Nötigste: kochen, aufräumen. Damit die Kinder das Notwendigste hatten. Am liebsten wäre ich von morgens bis abends im Bett geblieben.

Jeder hat das Recht auf die freie Entfaltung seiner Persönlichkeit.
Grundrechte, Artikel 2

Er hat mich weggestoßen, in der Wohnung eingesperrt. Er hat mich festgehalten, mir den Mund zugedrückt.

Diesen Frühling hat er mich zum ersten Mal so verletzt, dass man es sieht. Sonst hat er mich immer an den Haaren gepackt, damit ich keine Beweise habe.

Er sagte, geh nur zur Polizei, du hast keine Chance. Ich schlage dich nicht. Ich habe dich nur an den Haaren gepackt. Das ist nicht schlagen.

Obwohl ich geblutet habe.

Er hat mich festgehalten, am Hals gepackt, aber nur so lange, dass es keine Flecken gab. Darauf hat er immer geachtet, dass es keine Flecken gibt. Damit ich niemandem sagen kann, mein Mann hat mich geschlagen.

Letzten Winter sahen die Kinder das erste Mal, dass ihr Vater mich schlägt. Er hat mich über eine Stunde an den Haaren gepackt. Ich konnte sie nachher nicht mehr kämmen. So sehr hat es wehgetan. Die Kinder haben geweint. Ich konnte nicht zu ihnen, weil er mich festhielt. Mein ältester Sohn hat die ganze Zeit gesagt, er möchte sterben, er möchte nicht mehr leben. Das ist das Schlimmste. Das zu hören und nicht zu deinen Kindern gehen zu können und sie in den Arm nehmen. Ich verzeihe ihm nie, dass er das vor den Kindern gemacht hat.

Er sagte, Mama ist selber schuld. Sie hätte nur auf mich hören müssen. Sie hat es so weit gebracht, dass ich sie schlage.

Er hat mich schon vor der Heirat zu Sex gezwungen.

Nachdem ich mich von ihm trennen wollte, habe ich nicht mehr mit ihm schlafen wollen. Er hat mich geküsst, obwohl ich den Mund geschlossen hatte und mich überall angefasst, wie es ihm gepasst hat.

Er hat gesagt: Ich hätte dir gezeigt, dass ich Sex haben und alles mit dir machen kann, was ich will, du bist meine Frau. Aber ich weiß, du kannst mich dafür anzeigen.

Ich bin froh, dass ihm das in den Sinn gekommen ist. Mir selbst wäre es nicht in den Sinn gekommen. In diesem Moment hast du einfach nur Angst. Da kommt dir nicht in den Sinn, du könntest ihn anzeigen.

Jeder hat das Recht auf Leben und körperliche Unversehrtheit.
Grundrechte, Artikel 2

Er hat immer gedroht, du wirst schon sehen, was mit dir passiert. Wehe, du gehst aus dem Hause, wehe, du gehst einen Kaffee trinken, du wirst schon sehen, was mit dir passiert. Ich bin der Mann. Ich habe nein gesagt und fertig.

Er hat gesagt, du wirst das denken, was ich dir sage. Ich sage dir, was richtig und was falsch ist.

Alle Menschen sind vor dem Gesetz gleich. Männer und Frauen sind gleichberechtigt.
Grundrechte, Artikel 3

Am Schluss habe ich nichts mehr gesagt, mich nicht mehr gewehrt. Ich habe ihn reden lassen, machen lassen, was er will. Ich war einfach ruhig, ich hatte keine Kraft mehr.

Selbst da hat er gesagt, du machst es mit Absicht. Du bist schuld. Du provozierst mich, dass ich dich schlage.

Wenn ich ruhig war, hieß das, er hat recht. Wenn ich sauer wurde, hieß es, du wirst nur sauer, weil ich recht habe. Ich konnte machen, was ich wollte. Es war immer falsch.

Jeder hat das Recht, seine Meinung frei zu äußern.
Grundrechte, Artikel 5

Er ist ein Psychopath. Immer zehn Schritte voraus. Er wusste genau, was er machte. Niemand sah, dass er mir gedroht hat, wie er mich geschlagen, wie er mich unterdrückt, wie er mir die Kraft und den Lebenswillen genommen hat.

Er verlor jedoch zunehmend die Kontrolle über sich und machte mir sichtbare Blessuren. Oder er hat mich vor anderen verletzt. Das hatte er immer vermieden. Damit niemand sieht, dass es wahr ist, was ich sage. Er hat immer den liebevollen und respektvollen Mann und Vater gespielt. Vor den anderen.

Ich frage mich nach so vielen Jahren, wieso? Was habe ich falsch gemacht im Leben? Wieso habe ich das verdient? Es kommt immer wieder diese Frage: wieso, wieso, wieso?

Aber es gibt kein wieso. Und auch keine Antwort darauf. Er ist einfach so, wie er ist. Er hat kein Recht gehabt, mir das Leben wegzunehmen, mich dazu zu bringen, dass ich nicht mehr leben möchte.

Das wurde mir klar, als ich am Mathildenplatz auf den Bus wartete. Da ist diese Arkade der Grundrechte. Alles steht da. Mit weißer Schrift. All diese Rechte. Die gelten auch für mich. Eine Woche später habe ich ihn angezeigt.

Vor Gericht hat er nur gelacht, als meine Anwältin schilderte, was er mir angetan hat. Da merkte ich, dass ich auf dem richtigen Weg bin. Und dass ich nichts falsch gemacht habe.

They only hit until you cry
And after that you don't ask why
You just don't argue anymore

Suzanne Vega, My name is Luka

Der Text basiert auf einem Interview mit einer von häuslicher Gewalt betroffenen Frau.

Ivar Leon Menger

Die Kontaktanzeige

Magret F. Tiedemann (73), von ihrer Rommé-Freundin liebevoll Gretchen genannt, saß auf einer Parkbank vor dem Flamingogehege und studierte die Überschrift der Kontaktanzeige im Darmstädter Echo. *Jung gebliebener Rentner sucht Dame für alles, was zu zweit mehr Spaß macht*. Sie rückte sich die Brille auf der Nase zurecht. Vor genau neun Tagen hatte sie auf die Chiffre-Anzeige geantwortet, in der ein humorvoller Witwer (68, Nichtraucher, tierlieb) um eine Herzensdame warb. Gretchen hatte die Annonce gleich mehrmals gelesen, bis sie sich ganz sicher war, dass er der Mann sein könnte, den sie schon so lange suchte.

Noch am selben Tag hatte sie ihm einen Brief geschrieben. Für ein erstes Kennenlernen schlug sie das Darmstädter Vivarium vor, weil sie Tiere ebenfalls gernhatte. Gretchen hatte feinstes Büttenpapier genutzt und mit ihrem Montblanc-Füller geschrieben, um ihn mit Klasse und Stil zu überraschen. Alte Schule. Schließlich hatte Wolfgang Hirsch in seiner Annonce davon gesprochen, dass er über ein hohes Vermögen verfüge und eine finanziell Gleichgestellte suchen würde. Auf den ersten Eindruck schien er kein Hochstapler zu sein, denn das Antwortschreiben kam nicht nur mit rotem Wachssiegel (das Familienwappen war ein Hirsch), sondern war auch – laut Poststempel – in

Kronberg abgeschickt worden. Die Stadt der Reichen und Schönen im Speckgürtel Frankfurts, das wusste jedes Kind.

Nervös betrachtete Gretchen den Minutenzeiger ihrer schmalen Dugena-Silberuhr am Handgelenk, die ihr ihr verstorbener Mann zum dreißigsten Geburtstag geschenkt hatte. Es war kurz vor vier. Jeden Moment würde ihre Verabredung auftauchen. Ihr Blick wanderte auf die Titelseite der Darmstädter Tageszeitung. Großes Polizeiaufgebot, ein Toter auf dem Karolinenplatz. Mord am helllichten Tag, vor den Augen der Museumsbesucher! Gab es denn keinen Anstand mehr?

Sie klappte das Echo zu, stopfte es in ihre Umhängetasche und holte den roten Lippenstift heraus, sowie ihren kleinen Taschenspiegel, und zog sich die Lippen nach, kontrollierte den Sitz ihrer neuen Perücke. Sie wollte nicht riskieren, dass er die Flucht ergriff, wenn er sie von weitem sah. Gretchen wusste um die Magie des ersten Eindrucks. Seit ihrer Zeit in der Tanzschule Bäulke hatte sie gelernt, dass der erste Auftritt der Wichtigste war. Damals konnte sie sich vor den Avancen junger Männer kaum retten. Beim Tanzen hatte sie ihre beste Freundin Christa kennengelernt, die der damaligen Schauspielschönheit Karin Dor zum Verwechseln ähnlich sah. Mit Christa war sie seit über sechsundfünfzig Jahren eng befreundet gewesen, gemeinsam fuhren sie zu Tanzpartys nach Goddelau. Sie heirateten ihre Männer, spielten Tennis am Woog, beerdigten ihre Männer, spielten Boule auf der Mathildenhöhe. Später kam Rommé und Bridge dazu. Sie verbrachten fast täglich ihre Freizeit zusammen.

Bis Christa einen neuen Mann kennenlernte. Schon bald hatten die ehemals besten Freundinnen keinen Kontakt mehr. Gretchen vermisste Christa. Doch ein Wiedersehen gab es nicht mehr. Tragischerweise kam ihre Freundin während einer Kreuzfahrt ums Leben. Sie war unglücklich über Bord gefallen. Die Polizei schloss Suizid aus, da ihr zweiter Ehemann keinen Abschiedsbrief in der Kabine gefunden hatte.

Gretchens Augen wurden feucht. Noch immer saß der Schmerz tief. Die Trauer hatte ihre Spuren hinterlassen. Genauso wie die Einsamkeit. Doch heute war sie hier, um wieder neuen Lebensmut zu finden. Nach all den Jahren des Verlusts. Bitte, lieber Gott, lass mich heute Glück haben, dachte sie und faltete die Hände.

Wolfgang Hirsch würde ihrer betrübten Seele endlich Frieden geben.

Er wusste, dass er keine Minute zu spät eintreffen durfte. Regel Nummer eins für ein erfolgreiches Treffen mit einer Frau: Pünktlichkeit. Seine Rolex verriet ihm, dass er noch genau fünfzig Sekunden Zeit hatte, sehr gut. Regel Nummer zwei: Blumen. Nicht zu üppig, aber auch kein Miniatur-Bund, den Enkel für ihre Omis im Garten pflücken. Gerade handlich genug, dass die Herzensdame ihn entspannt tragen kann. Den obligatorischen Sommerstrauß mit Gerbera und Lilien hatte er selbstverständlich nicht an der Tankstelle, sondern in einer Darmstädter Friedhofsgärtnerei besorgt. Wie passend.

Und die letzte, allerwichtigste Regel: das Äußere. Ja, Wolfgang hatte sich in Schale geworfen und sein Aussehen (wie so oft) verändert. Er wusste, dass er eine gute Partie war. Der piekfeine Nadelstreifenanzug war maßangefertigt, seinen Schnäuzer hatte er abrasiert und seine Nase zierte nun eine schwarze Designerbrille, die sein Gesicht markant veränderte. Schließlich war der erste Eindruck alles. Die meisten alleinstehenden Damen, die er traf, standen gewöhnlich noch immer auf die gute, alte Schule.

Manchmal machten es ihm die alten Schachteln wirklich leicht.

Kichernd schielte er hinter dem Riesenschildkröten-Bau hervor. Wie vereinbart saß Magret F. Tiedemann auf der Parkbank vor den Flamingos, die Hände wie zum Gebet auf dem Schoß gefaltet. Sie hatte sich herausgeputzt, war frisch blondiert, das erkannte Wolfgang auf den ersten Blick. Ein gutes Zeichen. Denn es zeigte ihre Verzweiflung. Ihre Einsamkeit war stärker, als er angenommen hatte.

Rechts neben ihm im Glaskasten bewegte sich etwas. Er drehte sich zum Fenster um und beobachte den Fennek, den kleinen Wüstenfuchs, der zusammengerollt vor einem beigefarbenen Stein lag. Welch eine Verschwendung, dachte er. Dieses Viech wäre ein besserer Kragen für seine Winterjacke, als hier als Kinderbespaßung im Vivarium zu vegetieren. Ja doch, sicher. Wolfgang liebte Tiere. Das war nicht gelogen. Er liebte sie sogar sehr. Besonders, wenn sie auf dem Teller eines Sterne-Restaurants lagen.

Er trat aus dem Schatten hervor. Mit zackigem Schritt ging er auf Magret zu, überholte eine Mutter mit Kinderwagen. Irgendwo kreischte ein Tier.

»Guten Tag«, sagte er höflich und setzte ein verführerisches Lächeln auf. »Gehe ich recht in der Annahme, dass Sie Frau Tiedemann sind? Meine Verabredung?«

Sie blickte zu ihm auf, lächelte schüchtern. »Chiffre … 4287?«

Er grinste. »Korrekt.«

»Tiedemann, ja, das bin ich«, sagte sie. »Magret … Gretchen. Hallo.«

»Angenehm, Hirsch. Wolfgang Hirsch aus Kronberg im Taunus. Der Tierliebhaber, Baujahr vierundfünfzig … Sie können aber auch gern Wolfi zu mir sagen.« Er lachte und überreichte ihr den Blumenstrauß. »Ich hoffe, Sie mögen Lilien?«

»Ich bin Darmstädterin, was denken Sie denn?«, sagte sie und musste über ihren eigenen Witz schmunzeln. »Das ist sehr aufmerksam, besten Dank.« Magret stand auf, strich sich den Rock glatt und nahm den Blumenstrauß entgegen. »Möchten Sie vielleicht ein Stück spazieren gehen?« Sie deutete hinter sich zu den Vogelvolieren. »Zu den Papageien?«

»Sehr gern.«

Der erste Schritt war getan, das Eis gebrochen. Wolfgang war sehr zufrieden mit sich. Er konnte sehen, dass sie ihn attraktiv fand. Kein Wunder, schließlich war er ganze fünf Jahre jünger als sie. Das war schon immer sein erfolgreichstes Verkaufsargument gewesen. Er reichte ihr den Arm und führte sie zu den Käfigen.

Ihr Herz schlug bis zum Hals. Zum Glück hatte sie keinen Schrittmacher, dachte Gretchen, das Ding würde ansonsten jeden Moment einen Kurzschluss kriegen. Wolfgang Hirsch sah ausgesprochen gut aus. Und darüber hinaus hatte er Manieren. Sie konnte sich gut vorstellen, dass er in seinem Leben schon viele Frauen um den Finger gewickelt hatte.

»Bitte entschuldigen Sie, aber Sie kommen mir irgendwie bekannt vor«, sagte er aus heiterem Himmel, während sie einem kleinen Vasapagagei zusah, wie er sich das braunschwarze Gefieder putzte.

»Wie bitte?« Sie drehte sich verdutzt zu ihm um.

»Ich habe das Gefühl, wir kennen uns.« Und das war keine Floskel, keine billige Anmache und auch nicht gelogen. Wolfgang war sich sicher, dass er ihr feingeschnittenes Gesicht schon irgendwo einmal gesehen hatte. Wenn er sich bloß daran erinnern könnte, wo. Er hatte ein fotografisches Gedächtnis. Das musste er auch haben, rein beruflich.

»Eiskunstlauf?«, entgegnete Magret knapp. Ein schüchternes Lächeln auf den Lippen. »Interessieren Sie sich dafür? … Ist aber schon ewig her.«

»Schlittschuhlaufen?« Damit hatte er nicht gerechnet. »Hm, sind Sie etwa eine Berühmtheit?«

»Hessische Meisterin«, sagte sie verlegen und schlenderte Richtung Tapirhaus weiter. »Siebenundsechzig. Und deutsche Meisterin im Paarlauf, wurde sogar im Fernsehen übertragen«, ergänzte sie nicht ohne Stolz. »So habe ich damals meinen Mann kennengelernt. Helmut saß auf der Ehrentribüne.«

»Der Glückliche …« Wolfgang nickte anerkennend.

»Er war im Vorstand einer Frankfurter Privatbank und lebte zu dieser Zeit noch in Sachsenhausen. Doch ich konnte ihn davon überzeugen, zu mir in die Heinerstadt zu ziehen. Wir wohnten viele Jahre glücklich auf der Rosenhöhe. Leider ist er viel zu früh verstorben.« Sie musste schlucken, sprach leise zu sich selbst. »Verdammter Krebs.«

Im Vorstand einer Privatbank?

Volltreffer, dachte Wolfgang. Aber er sagte stattdessen: »Mein Beileid.«

»Vielen Dank, Herr Hirsch.«

»Wolfgang.«

»Danke, Wolfgang.«

Er hatte sein nächstes, perfektes Opfer gefunden. Jetzt musste er die ganze Sache nur noch sanft angehen. Denn Magret F. Tiedemann schien nicht ganz so leichtgläubig wie seine letzten Ehefrauen. Zum Glück hatte er schon so manche schwere Nuss geknackt. Schon bald, vielleicht in wenigen Monaten, könnte er den Platz an ihrer Seite einnehmen und sie mit ein paar altbewährten Tricks zu einer Hochzeit überreden. Um sie danach unauffällig …

Vor ihnen stolzierte ein freilaufender Pfau über den Weg. Wolfgang könnte vor Freude heulen. Wieder einmal hatte er den richtigen Riecher bewiesen. Gretchen wohnte auf der Rosenhöhe – eines der teuersten Wohnviertel Darmstadts. Selbstverständlich hatte er ihre Adresse schon vorab über die Google Maps Satellitenansicht überprüft und die Jugendstilvilla mit dem gigantischen Grundstück sofort als potenziellen Gewinn erkannt.

»Ähm, Wolfgang, dürfte ich Sie etwas fragen?«

»Alles, was Sie wollen.« Sie schien das Thema wechseln zu wollen. Gut.

»Haben sich eigentlich viele alleinstehende Damen bei Ihnen gemeldet?«, fragte Gretchen und hängte sich bei ihm unter. Sie schlenderten an den Totenkopfäffchen vorbei. Um sie herum wurde gegurrt, gescharrt, gegackert und geflattert. Es roch nach Eselmist.

Er lachte. »Nun, es ist mir fast ein bisschen unangenehm, Gretchen. Aber ja, in der Tat. Meine Kontaktanzeige muss viele einsame Herzen angesprochen haben.«

»Ihre Zeilen war auch wirklich wunderbar«, sagte sie scheu. »Und so humorvoll. Mit so viel Einfühlungsvermögen. Man hatte gleich das Gefühl, da schreibt eine vertraute Seele.«

»Finden Sie?«, fragte er etwas *zu* überrascht. (Denn natürlich wusste er um den Erfolg seiner Kontaktanzeige. Sie war das Ergebnis jahrelanger Praxistests und Studien. Mit diesem Finaltext hatte er letztendlich schon drei Witwen gewinnbringend zum Traualtar gelotst. Warum sollte er die Anzeige jemals ändern?)

»Oh ja! Es gibt nur noch selten Männer, die mit Sprache umzugehen wissen«, sagte Gretchen voller Begeisterung und öffnete das Tor zum Kontaktgehege.

Er hatte gar nicht bemerkt, wie weit sie schon gelaufen waren. Wieder so ein gutes Zeichen, dachte er. Es zeigte, dass die Chemie zwischen ihnen passte.

»Was haben Sie eigentlich beruflich gemacht?«, fragte sie.

Er zögerte. Sollte er vom Protokoll abweichen? Jetzt, wo er erfahren hatte, dass Magret F. Tiedemann eine berühmte Eiskunstläuferin war? Er könnte ihr eine passende Sportlerkarriere vorgaukeln, doch in diesem Bereich war er nicht genug vorbereitet. Also blieb er doch lieber bei seinem einstudierten Lebenslauf. Ein tasmanisches Bennett-Känguru hüpfte ihm vor die Beine, er stolperte fast. »Ich … ähm, ich war Künstler.«

Gretchen blieb überrascht stehen. »Etwa freischaffend?«

Er beobachtete das pelzige Känguru und bekam plötzlich Lust auf einen Besuch im *Farmerhaus*-Restaurant in Groß-Umstadt. Krokodil hatte er schon lange nicht mehr. Er drehte sich zu Gretchen um und zuckte mit den Schultern. »Ich weiß, ich weiß. Das ist jetzt wahrscheinlich nicht das, was Sie sich gewünscht haben, richtig? Schließlich habe ich geschrieben, dass ich über ein gewisses Geldkontingent verfüge ...«

»Nein, nein, nein«, bemühte sich Magret, die Stimmung zu retten. Es durfte nicht so klingen, als wäre sie auf sein Geld scharf. »Ich habe nur noch nie einen echten Künstler kennengelernt. Das ist so aufregend!«

»Ach«, sagte er und machte eine abwertende Wischbewegung mit der Hand. »Das klingt romantischer als es ist. Natürlich habe ich meine Freiheit genossen. Ich war mal hier, mal dort. Habe mich einfach dort niedergelassen, wohin mich der Wind getrieben hat.« Das war der Teil der Geschichte, den er am meisten liebte. Dieses verloren geglaubte 68er-Gefühl, das die meisten seiner Klientinnen zum Träumen brachte.

»Ich habe in meiner Jugend auch gemalt«, sagte Gretchen. »Wie gern hätte ich auch Kunst studiert.« Sie seufzte. »Aber das war uns ja damals nicht vergönnt. Das waren eben anderen Zeiten.«

»Ja, andere Zeiten«, stimmte er ihr zu. Er wusste, wie wichtig es war, den Verständnisvollen zu spielen. Und währenddessen ein klein bisschen anzugeben. »Kennen Sie zufällig die Skulpturengruppe auf dem Dach des Landgerichts? Am Mathildenplatz?«

»Ich habe davon gehört.«

»Die Skulptur ist von mir«, sagte er trocken. »Ich bildhauere auch.«

»Ach, wirklich?«, sagte sie, obwohl sie genau wusste, dass *Justitia* vom bekannten Bildhauer Ariel Auslender entworfen wurde. Aber sie wollte ihn nicht aus dem Konzept bringen. »Und damit verdient man tatsächlich so viel Geld?«

Wolfgang lächelte und überlegte kurz, ob er ihr das Märchen vom Lotto-Millionengewinn erzählen oder gleich die ganz große Nummer durchziehen sollte. Er entschied sich für Pauken und Trompeten. »Nun ja, ich habe einiges geerbt, verstehen Sie?« Er flüsterte ihr ins Ohr. »Viel Geld, verdammt viel Geld.«

Schön wär's, dachte er.

»Aha.«

»Also, sagen wir mal so – ich habe ausgesorgt.« Gleich würde diese Magret staunen. »Mein alter Herr hatte eine bekannte Brauerei im Odenwald, die er an einen großen niederländischen Bierkonzern verkauft hat.« So langsam kam er in Fahrt, spulte sein Programm wie gewohnt ab. »So konnte ich in New York studieren, freie Kunst. Auf der *Academy of Art*.«

»Was für ein verrückter Zufall!«, sagte Gretchen überrascht und klatschte in die Hände. Dann zog sie die Aluminiumtür zum Terrarien- und Aquariumhaus auf und stürmte hinein. »Meine Tochter lebt auch in New York!«

»Wirklich?« Wolfgang Hirsch lief es eiskalt den Rücken hinab. Das lag allerdings weniger an der Klimaanlage des Vorraumes, sondern an der Zufälligkeit seiner Geschichte. Warum musste ihre blöde Tochter in New York leben? Dort kannte er sich natürlich überhaupt nicht aus – ganz im Gegenteil. Er hatte die Stadt nur ein bisschen gegoogelt. Wenn sie jetzt darüber sprechen wollte, dann war er aufgeschmissen … Mist!

Hinter ihnen knallte die Tür in den Rahmen.

»Ja, aber nur ganz, ganz kurz …«, stammelte er und folgte ihr durch einen Vorhang aus dünnen, schwarzen Plastikstreifen, die von der Decke herabhingen. »Schon nach wenigen Wochen hatte ich genug von der Großstadt.« Kühle, feuchte Luft legte sich wie ein nasser Waschlappen über sein Gesicht.

Ihnen kam ein Vater mit Kinderwagen entgegen und verschwand durch den Vorhang. Wolfgang wartete, bis sie allein im Raum waren, dann wechselte er das Thema: »Das heißt also, Sie leben ganz ohne Gesellschaft? Wenn Ihre Tochter in Amerika ist?«

»Ich habe einen Enkelsohn«, erklärte Gretchen und ging zu einer Sitzbank, die vor einem riesigen Aquarium stand, und setzte sich. »Lars, ein so lieber Junge. Er kommt mich wöchentlich besuchen.«

Verdammte Scheiße!, dachte Wolfgang und sagte: »Oh, wie schön.«

»Lars ist Pfleger.«

»Ein ehrenwerter Beruf«, sagte er und ließ sich genervt neben Gretchen auf die Bank fallen. Dieser blöde Enkel hatte ihm gerade noch gefehlt. Der würde ihm bestimmt auf den Zahn fühlen. Enkel waren gar nicht gut. Wortlos starrte er in den Glasbehälter vor ihnen. Die goldschillernden Fische darin bewegten sich keinen Millimeter. Ganz so, als wären sie ausgestopft.

»Sind das etwa Piranhas?«, fragte Gretchen entsetzt. Scheinbar hatte sie die Fische erst jetzt erkannt.

»Ich … ich glaube schon«, entgegnete er und witterte augenblicklich seine Chance. Behutsam legte er den Arm um ihre Schulter. Sie ließ es geschehen. »Sie müssen keine Angst haben, Gretchen. An meiner Seite sind Sie immer in sicheren Händen.«

Gretchen begann zu frösteln, ihre Stimme brach. »So wie bei Christa?«

»Wie … wie bitte?«

»Christa Wagner.«

Er zog seinen Arm zurück und blickte sie irritiert an. »Welche … Christa?«

»Natürlich, wie dumm von mir«, entgegnete sie. Ihre Stimmung hatte sich verändert. »Ich meinte natürlich Christa *Hirsch*. Sie hatte ja ein zweites Mal geheiratet.«

Obwohl es in der Terrariumhalle fast stockfinster war, konnte sie erahnen, dass die Farbe aus seinem Gesicht gewichen war.

»Unsere geheime Hochzeit, aber …«, hauchte Wolfgang Hirsch schwach. Sein Atem ging schneller. Dann wurde seine Stimme wieder fester. »Auf Burg Frankenstein? Langsam erinnere ich mich wieder … Waren Sie das etwa? … Tauchten einfach uneingeladen auf und beleidigten mich und meine Frau!«

»Ich war nie Eiskunstläuferin«, sagte Gretchen kühl und riss sich die blonde Perücke vom Kopf. Darunter kam eine graue Kurzhaarfrisur zum Vorschein. »Aber dafür weiß ich genau, was Sie sind, Herr Hirsch. Ein Heiratsschwindler und Mörder!«

»S-SSSie?!«, stotterte er, als er sie erkannte. »Natürlich! Deshalb kamen Sie mir so bekannt vor! Von wegen Schlittschuh! Was … was fällt Ihnen ein?«

Magret griff in ihre Umhängetasche und zog mehrere Zeitungsseiten heraus. »Sie haben Christa während Ihrer Hochzeitsreise über Bord geworfen, um an ihr Erbe zu kommen!«

»Das … das ist doch lächerlich«, sagte er und riss ihr die Papiere aus der Hand. Ihr entging nicht, dass er zitterte, während er die verschiedenen Tageszeitungen mit den Kontaktanzeigen durchblätterte.

»Sie benutzen immer dieselbe Chiffre-Annonce, in jeder Zeitung! Nicht nur in Darmstadt, sondern auch in Wiesbaden, Mainz, Stuttgart, Saarbrücken. Ich habe deutschlandweit recherchiert und …«

»Völlig absurd!«, unterbrach er sie barsch und lachte. »Das ist doch kein Beweis!«

»Und was ist hiermit?«, fragte sie und wedelte triumphierend mit einem kleinen Schlüssel vor seiner Nase herum.

»Ja, und? Was ist damit?«

»In diesem Schließfach sind alle Beweise, die ich die letzten Jahre über Sie gesammelt habe.« Ihre Augen verengten sich zu schmalen Schlitzen. Auf ihre runzlige Stirn gesellten sich weitere Falten. »Christa war meine beste Freundin. Ich habe jedes einzelne Detail über Ihre Morde herausgefunden und werde noch heute damit zur Polizei gehen!« Sie funkelte ihn mutig an. »Da bekommen Sie lebenslang!«

Er starrte sie wortlos an. Dann wanderte sein Blick auf den kleinen Schlüssel in ihrer Hand. Was auch immer diese Frau über ihn in Erfahrung gebracht haben sollte – wie konnte sie nur so naiv sein, nicht sofort damit zur Polizei gegangen zu sein? Das Lachen kam tief aus seinem Bauch. So viel Dummheit. Er kriegte sich fast nicht mehr ein. Augenblicklich gackerte er wie bei diesem Lach-Yoga, das er im ZDF gesehen hatte. Sie blickte ihn irritiert an. Wie eine treudoofe Kuh.

Dann entriss er ihr mit einer schnellen Bewegung den Schlüssel.

»Neeein!«

»Und jetzt?« Grinsend ballte er die Hand zur Faust und hielt sie über den Kopf. Er konnte ihr die Verzweiflung ansehen. Er schüttelte den Kopf über die gutgläubige Rentnerin und stopfte den Schlüssel in die Hosentasche. Jetzt musste er die Dame nur noch loswerden. Und zwar schnellstens. Kurz überlegte er, ob er sie einfach hier und jetzt erwürgen sollte. Keine schlechte Idee, der Raum war stockfinster und menschenleer. Er beugte sich zu Gretchen vor, streckte die Hände nach ihrem Hals aus, als er plötzlich ein helles Rascheln hinter sich hörte.

Abrupt drehte Wolfgang sich um und sah, dass jemand den dunklen Raum betreten hatte. Mist! Der Plastikvorhang wankte noch hin und her, als er die Silhouette des schlaksigen Mannes mit zotteligen, langen Haaren erkannte. In der rechten Hand einen Putzeimer, in der linken einen Besen. Ein Mitarbeiter des Vivariums. Der junge Mann schlurfte näher und summte ein Lied. Er hatte Kopfhörer auf den Ohren. Wolfgang Hirsch deutete mit dem Finger auf Gretchen und zischte: »Kein Wort, verstanden?«

»Oh, hab Sie gar nicht gesehen«, erschrak sich der dürre Mitarbeiter im grünen Arbeitsoverall und schob die Kopfhörer von den Ohren. »Wollte nicht stören … Bin gleich wieder weg!«

»Nein, nein, alles gut«, entgegnete Wolfgang freundlich, hob die Hand und legte sie dann auf Gretchens Knie ab. Er spürte ihre Anspannung unter den Fingern und drückte kurz zu. Magret schüttelte sich. Sie hatte die Warnung verstanden.

Der Mitarbeiter stellte Wischmopp und Eimer vorm Piranha-Becken ab und lehnte sich lässig gegen die Aquariumsscheibe.

»Und?«, sagte er und drehte sich zu der alten Dame um. »Hat er den Schlüssel an sich genommen?«

Magret nickte.

»Hab ich mir doch gedacht«, sagte Langhaar, beugte sich nach unten und griff in den Putzeimer hinein. »Mehr müssen wir nicht wissen, Oma. Das reicht als Beweis.« Er zog eine Betäubungswaffe heraus und zielte damit auf Wolfgang, der wie eingefroren auf der Bank saß, die Augen weit aufgerissen – stur auf die Injektionspistole gerichtet.

»Darf ich Ihnen meinen Enkel vorstellen? Das ist Lars«, erklärte Gretchen. »Wie gesagt, er ist Pfleger.«

»Nun ja, Tierpfleger«, ergänzte der junge Mann.

Wolfgang Hirsch war so perplex, dass er gar nicht realisierte, wie sich der Betäubungspfeil in seinen Hals bohrte. Es brannte kurz unter der Haut, dann wurde ihm schwindelig. Bevor er zusammenbrach, hörte er noch die Worte des jungen Mannes über sich: »Bei einer Sache hat dein Schwindler tatsächlich die Wahrheit gesagt: Es gibt Dinge, die machen zu zweit einfach mehr Spaß.« Lars grinste, dann beugte er sich zu Wolfgang hinunter: »Glauben Sie mir, Herr Hirsch. Heute Abend werden sich unsere Tiere besonders freuen …«

Am nächsten Nachmittag saß Magret F. Tiedemann wieder im Vivarium. Auf derselben Holzbank im Terrarienhaus. Vor den Piranhas, die so bewegungslos im Wasser verharrten, als wäre nie etwas passiert. Verträumt starrte die alte Dame auf den kleinen Fingerknochen, der versteckt zwischen den grünen Farnen auf dem Boden des Aquariums lag. Wenn sie es nicht besser wüsste, könnte man meinen, es wäre ein Ast.

Gretchen schmunzelte selig. Wolfgang Hirsch hatte ihrer betrübten Seele endlich Frieden gegeben. Auch sie konnte eine Leiche für immer verschwinden lassen. Dafür brauchte sie keine Kreuzfahrt. Wolfgang war ja schließlich Tierliebhaber. Also sollten auch alle Tiere etwas von ihm haben.

Nur schade, dass sie die Schaufütterung bei den Geiern verpasst hatte.

Michaela Pelz

Die Begegnung

Heute

Das Haus hatte Färber von Anfang an gefallen, obwohl er in seinem Leben schon sehr viele Unterkünfte gesehen hatte. In Luxushotels hatte er genächtigt, in denen schwere Vorhänge den Blick auf einen Promenadenplatz freigaben und die akkurat eingeschlagenen Daunendecken so federleicht waren, dass ein Kind sie mit dem kleinen Finger anheben konnte. Zumindest ließ ihn das seine Erinnerung glauben – jetzt, wo selbst die leichte Baumwolldecke, die man ihm ohne viel Aufhebens gebracht hatte, zentnerschwer schien. Auch in üblen Kaschemmen hatte er schon geschlafen, auf Matratzen, bei denen man sich ungern die Frage stellte, wer sie bereits mit welcher Körperflüssigkeit imprägniert hatte. Wenn man denn Schlaf fand, angesichts der papierdünnen Wände, die ein Schnarchen nebenan niemals zu einem leisen Sägen herabdimmten.

Hier hingegen passte alles. Die Ausstattung war weder zu gediegen, noch zu schlicht. Buche – stabil, hell und freundlich. Wobei: Im Endeffekt spielte das keine große Rolle, schließlich wollte er hier ja nicht für alle Ewigkeit festsitzen.

Wenn schon die Unterbringung nicht schlecht war, so gab es an der Gesellschaft noch viel weniger auszusetzen. Bereits an seinem ersten Abend hatten sie sich kennengelernt, er und Marion. Ganz kurz war ihm durch den Kopf geschossen, sie auf einen Drink einzuladen, doch weil er die Befürchtung hatte, sie würde das nicht annehmen, ließ er es bleiben. Stattdessen plauderten sie bei Wasser und Kaffee, jeder auf eigene Rechnung.

Obwohl sie nicht zum freundschaftlichen »Du« übergegangen waren, hatte er schon bald das Gefühl, einer alten Bekannten gegenüberzusitzen. Die unprätentiöse und unkomplizierte Art der nicht mehr ganz jungen Frau hatte Färber sofort für sie eingenommen. Sie schienen denselben Humor zu teilen, auch waren sie offenbar etwa gleichaltrig, zumindest konnte sie sowohl mit einem Otto-Zitat als auch mit kleinen Monty Python-Referenzen etwas anfangen. Fast folgerichtig, dass sich das Gespräch irgendwann auch einer Zeit zuwandte, als die wirklich entscheidenden Fragen des Lebens in etwa lauteten: »Wrangler oder Levi's? Baileys oder Apfelkorn? Camel Filters oder Marlboro – natürlich die Roten?«

Damals

»Sag mal, Färber, bist du so brav oder tust du nur so?« spottete der etwas zu breite, aber die entscheidende Nuance größere Typ aus der Parallelklasse, dieser Roland Jäger, den alle nur »R.J.« nannten. »Ar Dschei« schien sein Spitzname zu gefallen, der nicht zufällig an den Protagonisten einer beliebten Serie erinnerte. Wie dieser war er: Egozentrisch, manipulativ, ein Großkotz vor dem Herrn, den seine zwar finanzstarken, aber bildungsarmen Eltern vor allem aus einem Grund auf diese Schule mit ihrer bald 350 Jahre alten Geschichte geschickt hatten: Um Eindruck zu schinden mit ihrem Latein und Griechisch parlierenden Filius.

Der wiederum hatte keinerlei Respekt – nicht vor Menschen und auch nicht vor den altehrwürdigen Monumenten der unmittelbaren Umgebung. Nicht vor den wenigen, noch verbliebenen Grabmälern des ehemaligen Friedhofs. Nicht vor der Ruine der Stadtkapelle – im Gegenteil machte er sich doch einen Spaß daraus, seine Gauloises ausgerechnet dort zu deponieren, in einem Spalt, der im Mauerwerk des kleinen Türdurchlasses links vom Grabkreuz entstanden war. Und nun hatte sich R.J. vorgenommen, die »Seherin« zu verschönern. Ausgerechnet er, Färber, sollte der Steinskulptur Prilblumen auf die Brüste kleben. Das ging zu weit, das würde er nicht tun.

Heute

Wenn man mit völlig fremden Personen spricht – wie zu jenen Zeiten, als es für die Dauer einer Zugfahrt zu spontanen, zuweilen außerordentlich intimen Gesprächen kam – so liegt der ganz besondere Reiz in der Jungfräulichkeit, mit der die Beteiligten in diese Unterhaltung hineingehen. Man kennt sich nicht, es gibt keine Vorurteile oder Vorverurteilungen, idealerweise nicht einmal Erwartungen, sondern nur Austausch. Von Informationen, vielleicht sogar Emotionen, Persönlichem – aber, ohne zu persönlich zu werden.

So lief es auch bei ihm und Marion. Das Interesse war spürbar, der Respekt auch – ganz egal, ob es um Leben, Tod oder die Liebe ging, also jene Quintessenz des Menschlichen, über die es sich wirklich zu sprechen und nachzudenken lohnt. Sie hatten über dies und jenes geplaudert, auch Anekdoten aus der beruflichen Vergangenheit ausgetauscht, natürlich nur den respektablen Teil. Schließlich waren sie, warum auch immer, auf die Themen Schuld und Sühne, Rache und Vergebung sowie die Sache mit den unerfüllten Wünschen und unerledigten Aufgaben gekommen.

»Manchmal stelle ich mir die Frage«, hatte sie gesagt, »was ich im Leben wirklich bereue. Und dann denke ich: Es sind die verpassten Gelegenheiten. All die Male, an denen ich zu bequem, zu zögerlich, vielleicht auch einfach zu feige war, das zu tun, wonach mir wirklich der Sinn stand. Bis es unwiederbringlich zu spät war.«

Damals

Drei Gramm. Erbärmliche drei Gramm Gras – nicht mal von bester Qualität. Aber gut genug, um dafür von dieser »altehrwürdigen« Schule zu fliegen. Wie hässlich, wenn dir ein auf schönstem Büttenpapier geschmierter, anonymer Brief an den Direx die Zukunft verbaut. Kein Abitur, der Traum vom Studium passé. Stattdessen erst Gelegenheitsjobs, dann durch Zufall doch noch die eine große Chance, bei denen »da oben« mitzuspielen. Das hatte natürlich seinen Preis. Doch wie wusste schon Brecht: »Erst kommt das Fressen, dann kommt die Moral«.

Heute

Der Weg mit dem Rollator über das holprige Kopfsteinpflaster fiel dem Mann erkennbar schwer. »Scheiß-Krankheit!« Viel einfacher wäre es gewesen, die beiden jungen Studenten, mit denen er in die »Waffel-Oase« gekommen war, den Rollstuhl schieben zu lassen, der im Kofferraum ihres Kombis für all jene bereitlag, die sie im Rahmen ihres Sozialprojekts durch Darmstadt kutschierten. Doch nach einem Cappuccino und einer köstlichen Herzwaffel mit Stracciatella-Eis auf der lauschigen Terrasse des Lokals hatte er ihnen glaubhaft versichert, durchaus in der Lage zu sein, für ein Verdauungs-Viertelstündchen allein seine Kreise zu ziehen. Zu Fuß. Hier am Kapell-Platz, dieser kleinen Grünanlage, mit der ihn – wie er mit zittriger Altmännerstimme erzählte – so viele wunderbare Erinnerungen verbänden.

»Da vorne ist die alte Eiche, hinter der habe ich zum ersten Mal das Mädchen von der Berufsschule geküsst. Wie hieß sie noch gleich …? Und ein Stückchen weiter steht die Statue der barbusigen Seherin. Die Arme, im Krieg beschädigt, und dann haben wir ihr noch an Fastnacht ein albernes Hütchen aufgesetzt.« Färber hatte ein wenig gekichert, als er davon erzählte und die beiden hatten aus Höflichkeit mitgelacht. Dennoch waren sie sichtlich erleichtert, den Nostalgiker mit seinem Wägelchen vom grünen Hinterhof-Freisitz abziehen zu sehen und sich selbst stattdessen in den vorderen Gastraum zu begeben, der aussah, wie man sich ein amerikanisches Diner vorstellt. Zumal sich just in diesem Moment eine ganze Traube hörbar ausgelassener Oberstufenschülerinnen näherte.

Damals

So hemmungslos und lauthals hatte sie auch gelacht! Bettina, genau, Bettina war der Name gewesen – die Freundinnen riefen sie »Tina«. Welche Ausbildung sie damals gemacht hatte, wollte ihm beim besten Willen nicht mehr einfallen. Woran er sich allerdings nur zu gut erinnerte, waren die wilden, dunklen Locken und ihr selbstbewusstes Auftreten. Kein Blatt hatte sie vor den Mund mit den vollen Lippen genommen, jedem Paroli geboten. Bis zu jenem Abend, als R.J. und seine Freunde sie in der etwas versteckt liegenden Ecke neben den Kirchenmauern betrunken gemacht hatten, bevor sie sie vergewaltigten.

Heute

Langsam setzte er sich in Bewegung. Wer genau hinsah, konnte hinter der gebeugten Haltung des ausgemergelten Mannes noch Spuren des früher sportlich durchtrainierten Körpers erkennen. Sein Blick fiel auf die Plättchen des Mosaikpflasterwegs; rötlich, schiefergrau und ockerfarben. Was für ein wunderschönes Bild! Daran änderten nicht einmal die großen Teerbatzen etwas, mit denen man hier und da lieblos die Löcher geflickt hatte. Mühsam war es dennoch, auf einem solchen Untergrund den Billig-Gehwagen auf Spur zu halten. Aber das machte nichts, im Gegenteil – es war ihm ganz recht, sich auf etwas anderes als die Vergangenheit konzentrieren zu müssen.

Trotzdem konnte er nicht umhin, beim Anblick seiner Umgebung das Gedankenkarussell loslaufen zu lassen. Rechts die Europa-Eiche, 1950 gepflanzt von den Vertretern der Partnerstädte. Alkmaar, Chesterfield, Troyes. Dort war er zwar niemals gewesen, doch hatten ihn seine Aufträge an so manchen Ort in Holland, England, Frankreich und weitere Länder inner- und außerhalb Europas geführt.

Von hier aus konnte man sie schon sehen, die Ruine der alten Saalkirche. Wie hatte es damals der Geschichtslehrer formuliert? »1838 erbaut, bei einem Luftangriff im Jahr 1944 wie der Rest der Innenstadt größtenteils zerstört, 1954 zum Mahnmal für die Opfer des Zweiten Weltkriegs umgestaltet.« Durch die meterhohen Aussparungen in dieser typisch gotischen Form hatte der Wind immer ordentlich gepfiffen, daran konnte er sich gut erinnern.

Durch das raschelnde Laub kam nun ein kleiner Junge mit einem lauten Jauchzer den kleinen Hügel heruntergerannt. So unbeschwert, so voller Lebensfreude war er selbst nie gewesen – auch hatte er es nie so eilig gehabt, nach Hause zu kommen. Die Mutter alleinerziehend, immer beschäftigt, das Geld trotz aller Überstunden immer zu knapp. Alle Hoffnung hatte sie auf seine Schulkarriere gesetzt – studieren sollte er, am besten Medizin. Als Arzt den Menschen helfen. Woraus ja nichts geworden war.

Klar, natürlich hätte er anderswo einen zweiten Anlauf nehmen können. Aber er war so voller Wut, voller Enttäuschung, durch und durch frustriert gewesen. Darum war ihm die Sache mit dem Wehrdienst gerade recht gekommen, wer hätte gedacht, dass er sich so talentiert an der Waffe erweisen würde? Mit der Disziplin hatte er es allerdings nicht so. Deswegen ließ er sich am Ende der fünfzehn Monate erst einmal treiben. Ein paar Monate Aushilfsfahrer hier, ein paar Wochen Steine schleppen dort. Bis er dann seinen Ex-Kameraden Sergio, den alten Delinquenten, wiedergetroffen und sein Leben diese unerwartete Wendung genommen hatte. Gut, eine Familie hatte er sich zwar versagt, wollte niemanden in seinen gefährlichen Alltag mit hineinziehen. Doch Zerstreuung gab es genug, Das Geld für ein ordentliches finanzielles Polster auch. Bis ihm die Erkrankung in die Quere gekommen war. Aber, wie hatte Sergio immer gesagt? »Pazienza! Lebbe geht weider!« Na ja.

Er schob sein Gefährt weiter in Richtung der Bäume, die am Ende des Weges in Reih und Glied standen, fast so wie oben auf der Mathildenhöhe. Das wäre zweifelsohne auch ein wunderschöner Ort gewesen für das, was er vorhatte, doch den Anstieg hätte er definitiv nicht mehr gepackt. Er schaute auf die Uhr. 14:55 Uhr. Linker Hand tauchte nun zwischen dichtem Efeu die Seherin auf. Färber kam ins Straucheln, schaffte es kaum, die Herrschaft über die sich in alle Richtungen schaukelnden Räder des Rollators zu behalten und ein Hinfallen zu vermeiden. Erst kurz vor der Treppe kam er zum Stehen, stützte sich mit leisem Keuchen schwer auf die schwarzen Plastikgriffe.

Ein athletisch gebauter Endfünfziger im Smart Casual Look eilte hinzu. »Kann ich Ihnen helfen?« Verdammt, warum sah der Typ immer noch so gut aus? Schließlich waren sie praktisch gleichaltrig. Offenbar hatte man sein Gesicht auf dem Plakat für die Kommunalwahlen nicht einmal retuschieren müssen.

»Ich will Sie nicht aufhalten«, wehrte Färber bescheiden ab.

»Kein Thema. Wissen Sie, als Immobilienmakler bin ich Herr über meine eigene Zeit«, erklärte der Mann mit der Gelfrisur, bevor er hinzufügte: »Wohin wollen Sie denn? Nach oben, zu dem Dings von dem Duttenhoefer? Die Bronze ist ja ziemlich berühmt.«

»In der Tat wollte ich mir den »leidenden Mann« ein wenig genauer ansehen, aber mit dem Gehwagen …«

»Och, den trag ich Ihnen schnell nach oben«, lächelte der freundliche Samariter großspurig, während er das Gefährt in einer fließenden Bewegung schon an den beiden seitlichen Metallholmen packte und schwungvoll die sieben Stufen nach oben beförderte. Als er bemerkte, dass er im Begriff stand, sich mit irgendetwas die Hände schmutzig zu machen, war es bereits zu spät.

Färber hatte sich mittlerweile am Geländer nach oben gezogen. Die feinen Lederhandschuhe gaben ihm dabei guten Halt. Nun zog er ein großes, kariertes Stofftaschentuch aus seinem altmodischen Herrenhandtäschchen. »Hier – völlig unbenutzt! Es tut mir furchtbar leid, dass Sie ausgerechnet diese dreckige Stelle erwischt haben.« Ganz automatisch ergriff der Geschäftsmann das Tuch und fuhr sich damit über die Hände. Zwar hatte es dank der messerscharfen Bügelfalten einen frisch gewaschenen Eindruck gemacht, aber irgendwie fühlte es sich doch seltsam ölig an. Egal, dachte er, während ihn gleichzeitig ein unerwarteter Hustenanfall schüttelte.

»Wollen wir noch ein paar Schritte gehen? Offenbar kennen Sie sich hier gut aus, können mir vielleicht etwas über die Geschichte dieser Kapelle erzählen«, sagte Färber und schob den Rollator erstaunlich behände über den Weg mit den gesprungenen Platten Richtung Grabkreuz. Weil sein Gesprächspartner nicht unhöflich sein wollte, schloss er sich ihm an, zumal ihn eine plötzliche Übelkeit überfiel, weshalb er mit der Rückfahrt ins Büro lieber noch ein paar Minuten warten wollte. Die Innenausstattung des Porsche war schließlich teuer gewesen.

Rechts neben der großen Tafel (»Sie ruhen in Frieden«), die zu Ehren der Toten dort angebracht worden war, befand sich noch immer der Durchlass, um an die vor Blicken einigermaßen geschützte Rückseite zu gelangen. Die Zigarettenstummel ließen vermuten, dass sich dort nach wie vor Minderjährige zu nicht durchwegs legalen Aktivitäten trafen. Wer wollte es ihnen verdenken?! Solange es einvernehmlich geschah …

Der Mann im Anzug spürte, wie ihm das Atmen schwerfiel. Wie seltsam und unangenehm! Die laufende Nase, die verschwommene Sicht, dieses starke Schwitzen, obwohl er erst vorhin bei Tamara noch geduscht hatte. Zu mehr Gedanken kam er nicht, bevor die Muskelkrämpfe ihm jeglichen Halt raubten und er mit einem Schmerzensschrei direkt neben dem von Hagebutten überwucherten Mäuerchen zu Boden ging. »Bye-bye, R.J. Du Arschloch! Jeder kriegt, was er verdient.«

Wie praktisch, dieser leicht abschüssige, aber stufenlose Fußweg Richtung Mühlstraße auf der anderen Seite der Kapelle! Und wie absonderlich Menschen mit einem komplett berechenbaren Tagesablauf doch waren: Jeden Dienstag von 12:30 Uhr bis kurz vor drei eine »bewegte Mittagspause« mit der dreißig Jahre jüngeren Freundin, das Auto immer im selben Parkverbot abgestellt, dorthin den stets gleichen Weg durch den Park gewählt.

Und während das anschwellende Geräusch eines Martinshorns das Nahen eines Rettungswagens anzeigte, vergewisserte sich Färber, dass das Tuch mit dem VX wieder luftdicht verstaut war. Dieses unschlagbar tödliche Kontaktgift hatte ja mutmaßlich schon dem Halbbruder des nordkoreanischen Staatschefs den Tod gebracht. Die Bezugsquellen des guten alten Sergio waren doch immer zuverlässig.

»Schon zurück, Herr Färber? Offenbar hatten Sie einen schönen Tag! Der Ausflug hat Ihnen wohl gutgetan, zumindest sehen Sie so aus.« Wie immer klang die Stimme der Dame freundlich und zugewandt.

»Das kann man wohl so sagen, ich habe noch eine dringende Angelegenheit erledigen können, die mir schon lange auf der Seele brannte.«

»Ach, das freut mich aber! Dann haben Ihnen unsere Gespräche offenbar doch noch einen kleinen Schubs in die richtige Richtung gegeben! Es ist halt einfach ein gutes Gefühl, wenn man sich ein für alle Mal von unangenehmen Altlasten befreit, finden Sie nicht auch?!« Sie strahlte förmlich. Heute Nacht würde sie bestimmt gut schlafen.

»Definitiv«, antwortete er mit einem leisen Lächeln. Und während er seine Tür sanft ins Schloss fallen ließ, hörte er, wie sie beim Betreten des Nebenzimmers sagte: »Hallo, mein Name ist Marion Pfister und ich habe Zeit für Sie. Ich bin Ihre Hospizbegleiterin.«

Almuth Heuner

Stoßtrupp Kaviar

Von Anfang an soll ich erzählen? Nun, im Grunde – ach so, erst die Formalien. Name Sieweking, Manuel, Oberleutnant, PK 150653-S-4372 7. Kasino-Offizier der Frankenstein-Kaserne, Darmstadt-Eberstadt. Ich bin zuständig für den Einkauf der Offizierheimgesellschaft. Also der Fachhochschule des Heeres hier. Ich weiß, dass Sie das wissen, aber es ist ja jetzt fürs Protokoll. Ja, ich habe verstanden, dass Sie als mein Vorgesetzter, also Inspektionschef der IV. Inspektion, diese Anhörung führen. Was bin ich denn, Zeuge oder Beschuldigter? Hm …

Ich soll also Stellung nehmen zu der Explosion hinterm Offizierheim, dem Fischgestank und wie das alles mit der amerikanischen Leiche in dem russischen Restaurant zusammenhängt. Das war direkt nach dem letzten Herbstball in der Kaserne, der gleichzeitig mit der Halloween-Feier auf Burg Frankenstein stattfand. Weil sich die in der Nähe stationierten US-Streitkräfte endlich auf ihrer Lieblings-Gruselburg auch angemessen gruseln wollten, haben die das in diesem Jahr erstmals organisiert und richtig groß aufgezogen. Ja, in den vorigen Jahren war da oben auch immer was los zu Halloween, aber die Amis können das einfach besser, ist ja auch ihr eigener Feiertag, und vielleicht hofften sie auch, dass Elvis wiederkehren würde. Und wir, ich meine die Frankenstein-Kaserne, haben sie deshalb vorher zum festlichen Dinner eingeladen, das war dann unser diesjähriger Herbstball. Jedenfalls für die oberen Dienstgrade.

Aber im Grunde fing es mit dem Kaviar an. Der Eddi, also Stabsunteroffizier Eduard Schmal, auch genannt Speckbacke, ist der Koch vom Kasino, wie Sie ja wissen, und der hatte Kontakt zu diesem russischen Restaurant in Eberstadt, und die konnten uns Kaviar besorgen, und zwar gegen Lebensmittel und Frischwaren aus der Kantine des Depots. War für beide Seiten ein prima Tauschhandel. Nein, das sind keine echten Russen, die sind schon vor Jahren aus Kasachstan – egal, die konnten uns alle paar Wochen vierzig Dosen echten russischen Kaviar beschaffen, und das kam bei den Offizieren immer gut an. Da nahm jeder gern mal eine Dose, war ja schön billig. Wenn Eddi einkaufen fuhr, und das machte er in diesen Fällen immer selbst, dann hatte er auf dem Anhänger seines Lastwagens eine Feldküche und so eine Tropenkiste dabei, die war innen schön mit Styropor isoliert. Beim Restaurant fuhr er dann als Letztes vorbei, packte die Dosen in die Kiste, obendrauf eine Lage Vanilleeis, damit es schön kühl blieb und damit es, falls mal jemand versehentlich die Kiste öffnen sollte, nicht gleich auffiel.

Die Amis, pardon, die Offiziere der US-Kaserne waren vor allem deshalb zu uns eingeladen, weil die Herren nach dem Dinner hoch zur Burg und sich das Treiben dort mal ansehen wollten. Und Eddi wollte ihnen natürlich was Besonderes bieten. Pfannkuchen mit Kaviar sieht ja auch ein bisschen gruselig aus, und so was kriegen die Amis bestimmt nicht oft. Dafür brauchte Eddi auch nur so ein, zwei Dosen, sodass wir die restliche Lieferung wie üblich verscherbeln konnten.

So weit, so gut. Eddi holt also die Lieferung und stellt die Kiste wie immer in seine Kühlung. Was wir da noch nicht wussten – was sagen Sie, wer ist »wir«? Ach so, wer daran noch beteiligt war? Wie gesagt, der Eddi, dann der Mickmann von den Pios – ja, Oberfeldwebel Michael Mann, Zugführer im Pionierbataillon Bensheim, ich erklär gleich noch, wieso der dabei sein musste –, der Samuel und ich. Samuel wer? Stabsunteroffizier Haberl. Der schreibt immer die Dienstpläne für die Torwache und hat dafür gesorgt, dass meist ich da eingeteilt war, weil das die Gefahr – ich bitte Sie, es kommt doch schon mal vor, dass die Torkontrolle eine Ladung überprüft. Nein, nicht aus Langeweile. Die stauben gern mal was ab.

Der Mickmann hat uns nämlich diese Tropenkisten besorgt, die gehören ja eigentlich nicht zur normalen Ausrüstung. Und ich bin natürlich dabei, weil Eddi, der Mickmann und ich uns schon aus der Schule kennen. Wir machen alles zusammen, was geht, ob »Rockpalast-Nacht« gucken oder »Star Wars«, um die Häuser ziehen oder Mädchen … Sie verstehen, was ich meine.

Okay, also vorgestern war dieses Halloween-Dinner mit den Amis befohlen. Weil da so viele Leute dran teilnahmen, fand es nicht im OffzHeim, sondern in der Kantine statt. Wir hatten vorher eine frische Ladung Kaviar organisiert, lief alles wie immer. Eddi musste dann die Küche beaufsichtigen. Der Samuel musste die Amis mit bespaßen, weil er gut Englisch kann, und da hab ich zugesehen, dass er beim Dinner neben mir saß. Der Mickmann wohnt ja eigentlich in Bensheim; da müssen Sie ihn schon selbst fragen, wie der sich zu unserem Offiziersdinner abkommandiert hat.

Es gab ja nicht nur Pfannkuchen mit Kaviar, die waren eigentlich nur die Vorspeise. Danach kam Hirschbraten – selbst geschossen im Odenwald – mit Waldpilzen und Kartoffelklößen, auf die Klöße sind die Amis ja immer scharf, weil die das für typisch deutsch – ich weiß, Sie kennen das Menü. Entschuldigung, hatte kurz vergessen, dass Sie auch dabei waren. Dann wissen Sie ja auch, wie es nach dem grünen und roten Monsterwackelpudding-Dessert weiterging. Da gab ein Schnaps den anderen, und weil die Amis nicht so viel vertragen, waren die ziemlich schnell ganz schön schicker. Der Aufbruch zur Burg Frankenstein gestaltete sich dann auch etwas chaotisch, weil auch die Fahrer der Amis zugelangt hatten und wir ein paar von unseren Leuten stellen sollten, um sie alle raufzukutschieren. War nicht leicht, wen zu finden, der noch nüchtern genug war, auch wenn der Mannschafts-Herbstball hauptsächlich aus Saufen unter Abnudeln von »Hotel California« und »Dancing Queen« bestand. Und während all dem gingen eben ein paar der Amis verschütt. Weil die mal pi-, also eine Toilette gesucht haben oder frische Luft schnappen wollten, was weiß ich. Jedenfalls schwärmten wir alle aus, um die wieder einzusammeln.

Ich schwärmte in den Kühlraum, weil ich sicherstellen wollte, dass niemand den restlichen Kaviar dort fand. Wieso? Klar, eine oder zwei Dosen Kaviar wären nicht aufgefallen, aber eine ganze Palette Pfunddosen vielleicht schon. Stellte ja einen ziemlichen Wert dar, da hätte Eddi Probleme gekriegt, diese Menge zu erklären. Und richtig, da stand dieser Ami genau davor und kratzte sich am Kopf. Ich hab mir überlegt – also wahrscheinlich nicht so gründlich, das ging ja alles so schnell –, dass ich ihm eine überbrate und ihn nach draußen schaffe, und wenn er wieder zu sich kommt, würde ich ihm sagen, dass er sich das alles nur eingebildet hätte. War ja schließlich Halloween, da gehen die Geister um … Wenn er also was von dem Haufen Kaviar erzählte, hätte ihm niemand geglaubt. Schnappte mir also eine Dose und donnerte sie ihm an den Kopf.

Der Kerl war aber zäher als gedacht, griff ebenfalls nach einer Dose und wollte sie mir auf den Kopf hauen. So eine Pfunddose Kaviar aus Metall hat schon ordentlich Wumms. Das haben wir dann ein paarmal so gemacht, und dann ging ich zu Boden und weiß erst mal nichts mehr.

Als ich wieder gucken konnte, standen Eddi und der Mickmann über mir und wollten wissen, was passiert war. Konnte ich nun nicht sagen.

»Jedenfalls ist er tot«, jammerte Eddi. »Kacke, alte, verdammte!«

»Ruhe jetzt«, befahl der Mickmann. »Lasst mich nachdenken.«

Mir verschwamm noch immer alles vor Augen, aber den toten Ami konnte ich da liegen sehen. Er war wohl ausgerutscht und hatte sich den Kopf an einer Dose eingeschlagen. Alles war voll Blut, nicht nur seins, auch von mir war was dabei. Eddi murrte, dass er die Sauerei selbst aufwischen musste.

»Die dürfen den auf keinen Fall hier finden«, meinte der Mickmann dann. »Toter Ami auf russischem Kaviar in deutscher Kaserne, das geht jetzt mal gar nicht, wir haben schließlich Kalten Krieg. Die dürfen den überhaupt nie finden …«

Ja, und dann ging die Randale erst richtig los, weil sie diesen einen Ami-Offizier nicht finden konnten. Auf dem ganzen Gelände wurden die Flutlichter eingeschaltet, Leute rannten hin und her, es war wie beim Winterschlussverkauf. Alle Gebäude sollten gründlich durchsucht werden.

»Scheiße«, sagte ich. »Was machen wir jetzt?«

»Die Leiche muss schleunigst weg«, sagte Samuel. »Dann denken die sicher, dass der sich im besoffenen Kopp abgesetzt hat, und wenn sie ihn nie finden, schon gar nicht hier, dann sind wir raus aus der Sache.«

Der Mickmann hatte da eine Idee. Sehen Sie, deswegen ist es gut, wenn der bei einer Sache dabei ist, dem fällt immer was ein, egal wie verfahren die Lage aussieht. »Erst mal tun wir ihn in eine Kiste und stellen die in den Kühlraum. Den soll ja Eddi selbst durchsuchen, da wird er die Kiste wohl mal übersehen … Wenn dann die Kfz-Abstellhalle gegenüber fertig durchsucht ist, räumen wir beide Kisten dorthin, also die mit der Leiche und die mit dem restlichen Kaviar, den sie ja auch nicht unbedingt finden sollen. Da fallen sie nicht auf, weil noch die anderen Kisten dort stehen. Und morgen rücke ich ja sowieso mit meinem Zug an, wegen dem Tennisplatz.«

Jetzt sagen Sie nicht, Sie hätten noch nie von dem Tennisplatz gehört! Hinterm OffzHeim ist doch diese kleine Lichtung in dem Fichtenwäldchen – genau, der Tennisplatz hat eigentlich überhaupt nichts mit dem Kaviar zu tun! Jedenfalls sollte auf der Lichtung ein Tennisplatz angelegt werden. Und weil die Lichtung nicht groß genug war, mussten ein paar Fichten gefällt werden.

Nachdem wir also den Kaviar und die Leiche jeweils verstaut hatten – die wir arg zusammenfalten mussten, aber glücklicherweise war der Ami eher schmächtig –, meldete der Eddi die angeblich erfolglose Durchsuchung seiner Küche und der Kühlung. Zu dem Zeitpunkt war allgemein wieder etwas Ruhe eingekehrt, und Samuel, der Mickmann und ich traten zur Kistenverlegung an. »Eins, zwei«, zählte der Mickmann. Eddi und ich hievten die eine hoch, der Mickmann und Samuel die andere. »Im Gleichschritt …« Kisten rüber in die Kfz-Abstellhalle, war ja quasi nur über die Straße. Wir haben das ganz offen gemacht, so als hätten wir völlig legal das zu tun, was wir da taten. In der Halle schoben wir die Kisten zwischen die anderen. Ja, der Kaviar war wieder gut isoliert und unter Vanilleeis – nee, unter Erbsen diesmal.

Am nächsten Morgen erschien der Mickmann mit seinem Pio-Zug samt Planierraupe und machte sich über das Wäldchen her. Nicht das ganze, natürlich, ich sagte ja schon, dass nur die eine Ecke noch freigeräumt werden musste für den Tennisplatz. Wer die Idee dafür hatte? … hm … also … Ja, eigentlich war das wohl mein Vorschlag gewesen, und die anderen aus der OffzHeim-Gesellschaft waren sofort total dafür, hebt doch gleich ganz anders das Niveau, wenn wir da auch einen eigenen Tennisplatz … Außerdem waren wir das ewige Skatspiel leid, was anderes gab's ja nicht in der Freizeit. Und wenn Mickmanns Pios schon mal dabei waren, würden sie auch was freiräumen für ein paar Kinderspielgeräte und einen Grillplatz.

Mickmanns Pios fällten also ratzfatz die Fichten und räumten das Areal mit der Planierraupe, packten das ganze Holz weg und lockerten den Boden. Als ich da mal vorbeikam, dachte ich schon, dass es ziemlich auffällig war, wie tief der Boden aufgegraben wurde, aber anscheinend hat keiner was gemerkt, jedenfalls hat niemand was dazu gesagt.

Vielleicht sollte ich noch erklären, dass das Wäldchen ziemlich licht war und die Bäume noch recht jung, falls Sie sich den Teil des Geländes noch nie so genau angesehen haben. Sie wissen ja, dass im Krieg die Kaserne heftig zerbombt wurde, weil die Briten auch wussten, dass hier ein Depot war. Heeres-MUNA, zig Erdbunker mit Munition und allem. In der Darmstädter Brandnacht im September '44 und vor allem im März '45 hatte die Royal Air Force auch die MUNA, also die jetzige Frankenstein-Kaserne, fast dem Erdboden gleichgemacht. Nein, die Erdbunker sind jetzt alle geräumt, brauchen wir nicht mehr. Genau, und weil die Bäume erst nach dem Krieg wieder wachsen konnten, ist der Wald eben noch nicht so dicht. Und voller Blindgänger … aber dazu komme ich noch.

Warum ich von dem Gegrabe erzähle? Na, wir wollten doch die Leichenkiste da verschwinden lassen, also unter dem zukünftigen Tennisplatz. Nein, natürlich nur die Leiche ohne Kiste, sonst wär die ja im Leben nie verwest.

Pünktlich um eins sieben null null haben die Pios Feierabend gemacht und sind abgerückt. Ihr Gerät haben sie dagelassen.

Wir hatten uns keine Gedanken darüber gemacht, wie genau das mit der Leiche vonstattengehen sollte, aber auch da war der Mickmann schon schneller gewesen. »Ich hab hier ein bisschen tiefer ausheben lassen, weil da angeblich noch zu viel Wurzelwerk im Boden war«, sagte er und zeigte uns ein hübsches Loch. Dann hatte er das ganze schwere Gerät so parken lassen, dass das Loch von den Gebäuden aus kaum einsehbar war. »Ein bisschen müssen wir leider noch graben, und das im Dunkeln«, gestand der Mickmann noch.

Wir anderen seufzten tief und fügten uns in unser Schicksal.

Um null zwei null null lag die Kaserne in tiefster Ruhe und Reglosigkeit. Der Mickmann hatte sich über Nacht kurz mal zu uns verlegt. Er, Samuel, Eddi und ich pirschten also wieder zur Kfz-Abstellhalle und tasteten nach unserer Leichenkiste. Licht machen konnten wir ja nicht, nur mit so einer ganz kleinen und abgeschirmten Taschenlampe. Eddis Privat-Pkw parkte auch dort – ja, er weiß, dass er das nicht soll –, Kiste rein und ab hinters OffzHeim. Dann trugen wir sie zum Loch und buddelten dort noch ein bisschen tiefer.

Plötzlich ging im OffzHeim das Licht an, und Leute liefen da herum. Von unserem Loch hinter der Planierraupe aus war nicht zu erkennen, was da los war, aber bevor die uns entdeckten, schoben wir kurzerhand die ganze Kiste, ohne sie vorher auszupacken, an die tiefste Stelle. Erde drüber – »Nicht festklopfen!«, zischte der Mickmann, »das ist zu laut, und außerdem war es vorher auch nicht festgeklopft« –, fertig. Als wir uns dann wegschlichen, ebbte das Tamtam im OffzHeim ab, und kurz darauf war wieder alles dunkel und totenstill.

Am nächsten Morgen schickte der Mickmann einen Lkw mit allen Tropenkisten, versteckt unter anderem Gerümpel, weg – sicherheitshalber. Kaviar würde es vorläufig nicht geben, wir wollten erst mal Gras über die Sache wachsen lassen. Dann begannen seine Pios damit, die Unterlage für den Tennisplatz zu verlegen. Jetzt wurde der Boden ordentlich festgestampft, aber wie! Das vibrierte bis zum OffzHeim, dass die Scheiben klirrten.

Gegen Mittag brachte ein heftiger Windstoß den ersten Schauer. Die Pios stellten sich am OffzHeim unter. Samuel und ich gesellten uns wie von ungefähr dazu – schließlich wollten wir unser Loch nicht aus den Augen lassen, bis es sicher zugedeckt war.

Dann kam völlig außer Atem der Mickmann angehetzt. »So eine Scheiße!«, zischte er Samuel und mir zu. »Die Russen haben die Bullen gerufen!«

»Wieso das denn?«, wollte ich wissen.

Er wand sich ein wenig. »Ich dachte, es wäre am besten, wenn der Kaviar erst mal wieder bei denen lagert«, flüsterte er. »Aber beim Auspacken haben sie offenbar was ganz anderes gefunden …«

Samuel riss die Augen auf. »Nein!«

»Doch.«

»Hätte nicht gedacht, dass die dann gleich die Bullen rufen«, sagte ich.

»Bei 'ner Leiche anscheinend schon«, knurrte der Mickmann.

Ja, so kam es zu der Anzeige, weil die Russen das nicht auf sich sitzen lassen wollten. Totschlag? Nein, das war doch eindeutig fahrlässige Körperverletzung. Ich wollte den Ami überhaupt nicht umbringen, das war doch auch gar nicht nötig! Und ich hab ihn bestimmt nicht geschubst. Ja, mir ist klar, dass unsere anschließenden Aktivitäten mit Leiche verstecken und so nicht gut aussehen. Aber können wir da nicht irgendwas machen?

Zum Beispiel mit Kaviar … Ach, der wurde schon beschlagnahmt? Von wem denn? Schon gut, Sie haben recht, es geht mich wirklich nichts an.

Ich nehme an, über diesen ganzen Tauschhandel werden wir auch noch mal reden müssen. Da bin ich aber nicht der Einzige, der an so was beteiligt war! Sehen Sie sich doch an den anderen Standorten mal um!

Ja, jetzt komme ich zum Schluss.

Wir standen also wie gelähmt und starrten auf das Kaviargrab. Jetzt fiel auch dem Mickmann nichts mehr ein.

Der Wind trug ein paar Blätter herbei und wirbelte sie auf die umgegrabene Stelle. Einen Moment später segelte noch ein einzelnes Blatt zu Boden.

Dort, wo es niedergegangen war, wölbte sich auf einmal die Erde wie in Zeitlupe nach oben. Erde, Steine und Sand schossen hoch. Ein dumpfer Schlag. Die Fenster des OffzHeims brachen klirrend nach innen. Dann prasselte die ganze Chose auf uns herunter. Vermischt mit kleinen schwarzen Klümpchen, die deutlich nach Fisch rochen. Und mit tiefgekühlten Erbsen.

Wir starrten lange auf den Krater, der nun vor der Kulisse des Wäldchens gähnte. Jetzt erst fielen mir die Weltkriegs-Blindgänger ein. Offenbar hatte genau dort einer gelegen, wo wir unsere Kiste verscharrt und die Pios dann fröhlich die Erde festgestampft hatten.

Der Mickmann wischte sich den Dreck aus den Haaren. »Jedenfalls wird es jetzt deutlich einfacher, den Tennisplatz anzulegen.«

Elisabeth Herrmann

Luisenplatz, 1977

Sein Name stand noch auf dem Klingelschild. Das Haus war neu, doch der Name war geblieben. Ob er sich noch an sie erinnern würde?

Ihre Hand zitterte, als sie auf den Knopf drückte. Weit entfernt geisterte ein melodischer Gong durchs Treppenhaus. Der Summer machte ein herrisches, brummendes Geräusch, das sie zusammenfahren ließ.

Drei Stockwerke. Moderne Steintreppen, kleine Fenster, glatte Türen. Sie hatte das Gefühl, ihre Schuhe wären aus Beton, so schwer fielen ihr die Schritte. Der Atem ging pfeifend, das Herz galoppierte. Dreißig Jahre legten sich auf ihre Schultern und krümmten den Rücken.

Die Tür im dritten Stock war einen Spalt breit geöffnet. Dahinter wartete er, wie er früher schon auf der Lauer gelegen hatte: im Verborgenen.

Die letzten Stufen waren die schwersten. Sie spürte seinen Blick auf sie gerichtet und ahnte, dass er in seinem Gedächtnis kramte, wer diese Frau sein konnte, die sich zu ihm hinaufschleppte. Endlich hatte sie den letzten Absatz erreicht und blieb, nach Atem ringend, stehen.

»Ilse?«

Der Klang seiner Stimme war heiser geworden. Die Tür ging auf, und mit vorgebeugtem Oberkörper trat er einen Schritt ins Treppenhaus. Er trug ein Unterhemd, aus dem wollige Haare in alle Richtungen quollen, ausgebeulte Hosen und Pantoffeln.

Horst Lehmann. Oberfeuerwehrmann. Damals ein gemütliches Dickerchen, heute ein aus den Fugen geratener, ungepflegter Fettwanst. Aber die Freude in seinen kleinen Äuglein war echt. Einen Moment befürchtete sie, er würde sie umarmen und an sich pressen. Aber dann hielt er ihr nur die Tür auf und ließ sie eintreten.

Ohne sich mit lästigen Dingen wie Schuhe und Mantel ausziehen aufzuhalten durchquerte sie den engen Flur und landete von dort aus direkt im Wohnzimmer mit Blick auf den Luisenplatz.

Horst folgte ihr, nachdem er die Wohnungstür geschlossen hatte.

»Dass du mal bei der Polizei landest«, sagte er und kratzte sich die wollige Brust.

Schon hatte sie den kleinen Feldstecher herausgeholt und sich am Fenster positioniert.

»Dinge passieren«, antwortete sie nur.

Er blieb stehen und glotzte sie an.

»Sie haben die WKP aufgelöst. Die Weibliche Kriminalpolizei«, setzte sie hinzu. »Jetzt bin ich bei der Kripo.«

»Ich weiß. Also das von der WKP.«

Mit einem Geräusch, das irgendwo zwischen Nasehochziehen und Räuspern lag, steuerte er auf einen fragilen Sessel zu, der wesentlich bessere Zeiten gesehen hatte. Überhaupt sah das Wohnzimmer so aus, als wäre es ein Vierteljahrhundert lang nicht ein Mal geputzt worden. Nikotingelbe Gardinen, zerbröselnde Pflanzen in einem grotesk verrenkten, mit Korb umwickelten Blumenständer. Der Tisch neben dem Sessel diente als Geschirrablage, Gläsergrab und Zeitungsständer. Ein überquellender Aschenbecher stand auf dem Boden. Es stank wie in einem Iltisbau.

»Die Evelyn.« Er spreizte die Beine. Ein Stück bleicher, dunkel behaarter Bauch stülpte sich über seinen Hosenrand. »Dass ihr das nach so langer Zeit noch auf dem Schirm habt …«

Ilse hob den Feldstecher, sah aber erst einmal noch ohne ihn hinunter auf die riesige Baustelle. Alle Trümmer waren schon beseitigt worden, nun ging es um den Wiederaufbau. Bagger hatten tiefe Baugruben ausgehoben, und auf extra angelegten, steilen Pisten fuhren Betonlaster in die Senken und entleerten ihre Fracht. Es wurden Fundamente gesetzt, Wände hochgezogen, Lücken geschlossen. Über dreißig Jahre nach der verheerenden Brandnacht und der Zerstörung Darmstadts bekam das Herz der Stadt ein neues Gesicht.

»Unten im Bunker hab ich sie zuletzt gesehen«, sagte er schließlich und sein Blick, fast verborgen unter faltigen Lidern und Fettwülsen, die sich wie Nacktschnecken unter seine Augen legten, wurde mit einem Mal klarer. So, als ob ihm gerade ein Licht aufgegangen wäre, was dieser Besuch zu bedeuten hatte. »Und du?«

Kriminalhauptkommissar Weber kam gerade an. Seinen VW musste er an der Grafenstraße oder am Weißen Turm abgestellt haben. Sie suchte ihn durch den Feldstecher und stellte ihn scharf – und unterdrückte ein Grinsen, als ihr bewusst wurde, dass das ein durchaus zweideutiges Wortspiel sein könnte. Der hochgewachsene, hagere Mann, der immer ein wenig schwankend wirkte wie eine Weide im Wind, sah die Fassade eines der ersten Neubauten am Platz hinauf.

Er sah sie und nickte ihr kurz zu. Sie ließ sich nicht anmerken, dass sie gerade zu ihrem Chef Kontakt aufgenommen hatte, atmete tief durch und ließ den Feldstecher sinken.

Weber hielt große Stücke auf sie. Er hatte sie erst in diese Position geholt, in einer Zeit, in der die Leute Sturm liefen, weil zum ersten Mal eine Frau Nachrichtensprecherin bei der Tagesschau wurde und die RAF nicht nur wegen ihrer Terrorangriffe verurteilt wurde, sondern einhellige Fassungslosigkeit über den hohen Frauenanteil unter Terroristen herrschte. Das Weib, dieses sinistre Wesen, das mal lieber ganz schnell zurück an den heimischen Herd kehren sollte. Aber auch dort witterte der deutsche Mann Verrat, seit in diesem Jahr die Schuldfrage bei Ehescheidungen keine Rolle mehr spielte.

»Und du?«, wiederholte er seine Frage. »Die Evelyn. Du hast sie doch auch zuletzt in der Brandnacht gesehen.«

Die Brandnacht. Der Untergang. Eine Stadt im Bombenhagel, dem Erdboden gleichgemacht. 11.000 Menschen fanden in diesen Stunden vom 11. auf den 12. September 1944 den Tod.

»Ja«, sagte sie knapp und holte ein Päckchen Ernte 23 aus ihrer Manteltasche. »Du warst Luftschutzwart und hast uns die Plätze zugewiesen. Mir einen am Ausgang, Evelyn einen ganz hinten. Sprengbomben haben sie geworfen, und Brandbomben. Es hat ja gar nicht mehr aufgehört. Diese Schuttberge hinterher, wenn man rausgekrochen kam und nichts mehr so aussah, wie es mal war. Die eingestürzten Dächer und das verbrannte Holz. Die

Kirchgasse, weißt du noch? Alle haben wir mitgeholfen und mit Kette das Wasser zum Löschen aus der Modau geholt. Du hast eine Frau aus den Trümmern gezogen. Du warst ein Held.«

Er schüttelte müde den Kopf.

»Und dann bekam deine Mutter TBC. Ich weiß noch, wie du auf dem Schwarzmarkt versuchst hast, Penicillin zu kriegen. Ich glaube, keiner hat die Landung der Alliierten so herbeigesehnt wie du. Hat sie eigentlich überlebt?«

»Ja«, sagte er mit heiserer Stimme. »Das ist noch mal gut gegangen.«

Während sie sich eine Zigarette anzündete und einen Platz für das abgebrannte Streichholz suchte, sah sie sich in Horsts Wohnzimmer um.

Er lebte offenbar allein. In seiner Akte hatte es keine Auffälligkeiten gegeben, außer der, nicht auffällig zu werden. Auf den ersten Blick ein leicht verwahrloster Junggeselle in den sogenannten besten Jahren, dem eigentlich nur die liebevoll sorgende Hand einer Ehefrau fehlte, die ihm ab und zu ein frisches Hemd herauslegte.

Auf den zweiten Blick: ein Farbfernseher. Ein VHS-Videorecorder. Ein Marantz-Tower mit Technics Plattenspieler. Der verdreckte Teppich sah nach einem Perser aus. In einem schiefen Holzregal stapelten sich Bücher, die ungelesen aussahen, aber flankiert wurden von Fotografien, die Horst an palmengesäumten Stränden zeigten, Arm in Arm mit exotischen Schönheiten.

»Deine Frau?«, fragte sie und nickte knapp in Richtung eines Schnappschusses, der ihn unvorteilhaft mit nacktem Oberkörper zeigte, zusammen mit einer dunkelhaarigen Schönheit, beide je eine halbe Kokosnuss in der Hand.

»Das da? Nein.«

Er reichte ihr den vollen Aschenbecher. Murano, schwer wie ein Backstein. Vermutlich von seiner letzten Reise nach Venedig.

»Wo ist das aufgenommen?«

»Mexiko«, sagte er knapp. »Acapulco.«

Ilse zog anerkennend die Augenbrauen hoch. »Du kommst ja rum.«

»Hab im Kreuzworträtsel gewonnen.«

»Ach so. Glückwunsch.«

»Willste nen Kaffee?«

Sie nahm einen tiefen Zug. »Nein, danke. Wir müssen auch langsam runter. Die warten schon auf uns.«

»Hör zu …« Er rutschte unruhig auf dem Sessel herum. »Ich pack das nicht.«

Sie schwieg. Mit Ausflüchten hatte sie gerechnet.

»Ich krieg Panik da unten. Glaub mir. Das ist dann alles wieder so nah. Als ob es gestern gewesen wäre.«

Sie nickte und räumte sich einen Platz auf dem Sofa frei, bevor sie sich setzte. Sie kannte diese Gefühle. Sie kamen immer mal wieder, meistens dann, wenn man am wenigsten damit rechnete. Man musste nur ein Martinshorn hören. Oder den Knall eines Auspuffs. Silvester durchlebte man die Hölle. Und am Schlimmsten war der Paternoster im Präsidium, wenn man vergessen hatte auszusteigen und die Kabine ratternd in den Keller fuhr. Plötzlich zitterten die Wände unter den Einschlägen, dichter Staub regnete herab. Die Schreie der Eingeschlossenen schraubten sich ins Gehirn. Die Angst explodierte, und man kroch als zitterndes Häufchen Elend aus der Kabine und hoffte, dass niemand Zeuge dieses erbärmlichen Zusammenbruchs geworden war.

»Immer die Angst …«

Hatte sie das gerade gesagt? Egal.

»Du hast dich da unten ausgekannt. Nur mit deiner Hilfe können wir sie finden.«

»Du warst doch mit dabei!«

»Nicht zum Schluss. Ich bin wie alle in Panik rausgerannt. Außerdem war ich vorne. Du bist als Letzter gekommen, und dann keiner mehr.«

»Und jetzt wollt ihr sie ausbuddeln? Da ist doch nichts mehr übrig.« Er angelte nach einer Flasche auf einem kleinen Barwagen. »Das ist über dreißig Jahre her.«

»Es ist unsere einzige Chance. Sie haben den ganzen Schutt weggeräumt, und morgen kommen die Betonmischer. Also lass uns jetzt da runtergehen und Evelyn rausholen.«

Sie nahm ihm sanft die Flasche ab und drehte den Schraubverschluss wieder zu, den er schon geöffnet hatte.

»Wir waren mal Freunde. Zieh dir was an.«

Fragender Blick. Immerhin trug er Hose, Unterhemd und Pantoffeln, in seinen Augen wohl absolut ausreichend.

»Irgendwas, was passt, wenn man die Gebeine eines Menschen birgt, den man mal gekannt hat.«

Er sah zu Boden.

»Mehr als gekannt«, fuhr sie fort. »Du und Evelyn …«

Eine behaarte Pranke wischte über seine Augen.

»Da war nichts. Die war doch was Besseres. Tochter vom Juwelier Petergrün am Luisenplatz.« Die letzten

Worte betonte er gewollt ehrfürchtig. »Die hat mich doch nicht mit dem Arsch angeguckt.«

Ilse nahm einen letzten Zug und drückte die Zigarette in dem Murano-Aschenbecher aus.

»Ich hatte das Gefühl, sie mochte dich. Du warst einer von den Guten.«

»Ich war jung. Wir waren jung. Da fällt es leicht, gut zu sein. Was heißt das überhaupt, gut?« Er sah sie an, fragend und angriffslustig zugleich. »Das waren Zeiten, in denen das Gute auf einmal böse war, und das Böse … drunter und drüber ging es zu. Ich will da nicht noch mal runter. Man soll die Toten ruhen lassen.«

»Wir brauchen dich.«

»Warum?«, rief er, in die Enge getrieben.

»Weil wir den Zugang zum Keller freikriegen, aber nicht wissen, wo wir suchen sollen. Du hast dich da unten ausgekannt wie in deiner Westentasche. Ich habe keine Ahnung mehr, in welchem Raum wir waren. Aber du weißt es noch.«

»Ich weiß nichts! Gar nichts!«

»Es fällt dir bestimmt wieder ein, wenn du davor stehst. Komm.«

Sie stand auf und wartete, bis er sich hochgewuchtet hatte.

»Zieh dir wenigstens eine Jacke an.«

»Warum denn?«, motzte er.

»Weil da unten eine Menge Leute sind. Mein Chef, Kriminaltechniker, ein Fotograf, und natürlich auch Bauarbeiter. Und es könnte kühl werden.«

Er biss sich auf die Unterlippe. »Und wenn ich es nicht mache?«

»Dann …« Sie trat so nahe an ihn heran, wie sie den Geruch noch ertragen konnte, der ihm aus jeder Pore strömte. »Könnte man eventuell das Gefühl haben, du verbirgst etwas.«

»Was denn?« Die kleinen Augen funkelten bösartig und angriffslustig.

»Sag du es mir.«

Sie wandte sich ab und ging zur Tür.

»Und wenn?«, schrie er hinter ihr her. »Das ist dreißig Jahre her! Ihr könnt mir nichts. Ihr könnt mir gar nichts!«

Nein, das war noch kein Geständnis. Das reichte einfach noch nicht.

Sie drehte sich zu ihm um. »Dann komm wenigstens runter und hilf uns, sie in ein Grab zu legen!«

Ihre Augen fixierten ihn, nagelten ihn fest.

Schließlich stieß er ein wütendes Schnauben aus und stapfte auf sie zu.

»Den Eingang«, knurrte er. »Und nur, wenn ich mich erinnere. Und sonst nichts. Gar nichts!«

»Mehr wollte ich auch nicht«, sagte sie sanft und trat zur Seite, um ihm auszuweichen.

Er griff nach einer Jacke und schlüpfte aus den Pantoffeln hinein in ein ausgetretenes Paar Straßenschuhe. Die Tarnung war perfekt. All die Jahre war er unter dem Radar geflogen, der bescheidene, ein bisschen verwahrloste Feuerwehrmann. Nur dass ihn sein Urlaub nicht in den Schwarzwald führte, sondern nach Acapulco. Dass er neben dem verrosteten Fahrrad, mit dem er zum Dienst fuhr, einen Karmann Ghia in der Garage stehen hatte. Und dass die Armbanduhr um sein Handgelenk kein Blender aus Autobahngold war, wie sie auf den Raststätten aus den Kofferräumen an ebenso ahnungslose wie gierige Touristen verkauft wurden, sondern echt.

Es war die perfekte Tarnung, um einen Juwelenraub zu vertuschen, der über dreißig Jahre lang gar nicht als solcher wahrgenommen worden war.

Evelyn Petergrün hatte den Luftschutzkeller am 11. September 1944 mit einer kleinen Tasche betreten, in der sich Uhren und Schmuck aus dem Geschäft ihrer Eltern befunden hatten. Jeder von den Petergrüns hatte so eine Tasche dabei, wenn der Luftalarm zu plötzlich kam, um alles noch in den Safe zu räumen. Vielleicht war es Zufall gewesen, dass das Mädchen als eine der ersten im Luftschutzkeller aufgetaucht war und Horst ihr einen Platz ganz hinten zugewiesen hatte. Dann fielen die Bomben, und Evelyn war eine der 11.000, die den 12. September 1944 nicht mehr erlebten.

Der Krieg war irgendwann zu Ende. Der Schutt wurde geräumt. Und viele Keller zugeschüttet und planiert. Aber dann tauchten sie doch wieder auf, die Toten. Manchmal erst nach Jahrzehnten. Wenn neue Gasleitungen verlegt, neue Straßen gebaut wurden. Oder wie jetzt ein ganzer Platz aus den Ruinen gestaltet werden sollte.

Aufgefallen war ihr Horst zum ersten Mal mit seinem Karmann Ghia. Wie kam ein einfacher Feuerwehrmann, der es noch nicht einmal bis zum Brandmeister geschafft hatte, zu so einem Flitzer? Okay, Kreuzworträtselgewinn. Das konnte man noch durchgehen lassen.

Aber dann war er quasi als Beifang bei einer Razzia der Sitte ins Netz gegangen. Eintausendeinhundert Mark hatte er in dem Edelpuff gelassen und gehörte wohl zu den Stammgästen. Auch das per se nichts Verbotenes. Aber woher hatte Horst Lehmann das Geld? Nach der Sitte hatte ihn sich die OK vorgenommen, das Dezernat Organisierte Kriminalität. Ohne Ergebnis. Dann die Steuerfahndung. Null, niente. Und dann hatte Ilse in der Kantine zufälligerweise den Namen Horst Lehmann aufgeschnappt und gesagt, den kenne ich.

Weber war der Einzige, der ihr zugehört hatte.

Von der Brandnacht. Von Horsts finanziellen Problemen damals. Der Sorge um seine Mutter. Die Gefühle für Evelyn, die keine Chance hatten, denn ihre Eltern wollten »was Besseres« für ihre Tochter. Von einer kränkenden Zurückweisung, vielleicht? – Vielleicht, hatte Wagner gebrummt. – Von Horsts Weisungsbefugnis als Luftschutzwart und dem unüblichen Platz, den er Evelyn zugewiesen hatte. Und von dem Moment, in dem er, hustend, blutend, voller Staub und Ruß, wieder ans Tageslicht zurückgekehrt war und auf Ilses drängende Nachfragen nur mit den Schultern gezuckt hatte: Keine Ahnung. Ist verschüttet. Können wir nichts mehr machen.

»Haben Sie nachgesehen?«

Ilse hatte genickt. »Tage später bin ich noch mal runter. Es war extrem gefährlich, durch die Risse in der Kellerdecke kam ständig was runter. Die Häuser sind ja zum Teil noch Wochen nach den Angriffen eingestürzt.«

»Was haben Sie gefunden?«

»Nichts.«

Er hatte sie verwundert angesehen. »Nichts? Evelyn Petergrün ist verschwunden?«

»Ich weiß es nicht.« Noch einmal war sie in Gedanken durch diesen Keller gelaufen, mit einer Kerze in der

Hand, weil es schon lange keinen Strom mehr gab. »Da war noch eine Tür. Eine Eisentür. Vielleicht führte sie zu einem besonders gesicherten Keller. Ich weiß, dass es sie gab, denn ich hatte sie bei den Fliegerangriffen unten schon gesehen. Aber sie war verschlossen.«

»Konnten Sie sie nicht öffnen?«

»Nein. Der Riegel war verzogen. Ich wollte wiederkommen, aber in der nächsten Nacht haben die Erschütterungen dazu geführt, dass das Haus zusammengebrochen ist und den Kellerzugang unter sich begraben hat. Das war es dann. Ich musste akzeptieren, dass ich nie herausfinden würde, was mit Evelyn geschehen ist. Und dann … Wir hatten andere Sorgen in den kommenden Monaten. Dann war der Krieg vorbei.«

»Die Eltern?«

Ilse hatte auf die Tischplatte gestarrt, auf der ein Kaffeefleck trocknete.

»Jochen Petergrün hatten sie in den letzten Wochen zum Volkssturm gezogen. Er kam nicht mehr zurück. Erika Petergrün hat das nicht verkraftet. Den Tod der Tochter, dann den des Ehemannes. Sie hat sich umgebracht.«

»Meinen Sie nicht, Sie sollten die Toten dann ruhen lassen?«

Sie hatte hochgesehen in seine ruhigen, braunen Augen, die sie interessiert musterten. Es war das erste Mal, dass ein Mann sich mit ihr auf diese Weise unterhielt. Nicht von oben herab, wie man das mit den »Quotzen« tat, wie Frauen wie sie hinter vorgehaltener Hand von Männern genannt wurden.

»Meinen Sie nicht, man sollte einen Mörder fassen, auch mehr als dreißig Jahre nach der Tat?«, hatte sie gefragt.

Und jetzt standen sie auf dem Luisenplatz, und um sie herum war nur eine weite, ebene Sandfläche mit tiefen Furchen, durch die sich Bagger und Lkw bewegten. Und eine Polizeiabsperrung. Und ein schwerer Greifer, der Mauerteile hochgehoben und auf die Seite geschafft hatte. Vor ihnen gähnte ein dunkles Loch, in das eine kaum noch betretbare Treppe aus Ziegelsteinen führte.

Horst schluckte. Der kalte Schweiß stand ihm auf der Stirn. Zum ersten Mal seit jener Nacht 1944 sah er den Weg wieder, der ihn als Letzten hinaus ins Leben geführt hatte.

»Komm.«

Ilse reichte ihm einen Schutzhelm und setzte sich dann selbst einen auf. Vorsichtig stieg sie über Schutt und bröckelnde Steinreste einen Meter in die Tiefe. Auf einer halben Treppenstufe blieb sie stehen und drehte sich um.

Wagner stand hinter Horst, dazu noch vier Beamte in Uniform. Aber sie griffen nicht ein, sie warteten nur.

»Ich geh da nicht runter.«

»Dann werden wir sie nie finden. Sie kriegt kein Grab, verstehst du das denn nicht? Das ist unsere einzige Möglichkeit! Morgen wird hier alles planiert. Dann gießen sie Beton drüber, und nie wieder wird jemand runter in diesen Keller kommen. Nie wieder.«

»Nein.« Horst wischte sich mit einem über Gebühr benutzten Taschentuch über die Stirn. »Ich krieg Beklemmungen.«

Ilse nickte. Vorsichtig kam sie wieder zwei Stufen zu ihm hinauf »Ich weiß. Deshalb gehst du auch nirgendwo mehr rein als Feuerwehrmann, sitzt nur noch in der

Einsatzzentrale. Dir hat es wie uns allen die Beine weggehauen damals. Aber jetzt kannst du was tun. Es wird dir besser gehen, wenn du uns hilfst. Vor was hast du Angst?«

»Dass alles einstürzt!« Horst schrie beinahe. Seine Bewegungen waren nervös, sein Blick flackerte.

»Es ist sicher. Aber wir müssen uns beeilen.«

Sie drehte sich wieder um und stieg hinab in den Keller. Immer wieder rutschte sie aus und musste sich mit den Händen an der Wand abstützen. Unten angekommen stand sie in dem Raum mit der niedrigen Decke. Schutt und Geröll bedeckte den Boden. In der Ecke lagen noch alte, zerbeulte Töpfe und irgendwelche Lumpen, schon fast zerfallen. Dann kam der Gang, und von ihm zweigte ein Labyrinth von unterirdischen Wegen ab, das die Häuser einst miteinander verbunden hatte.

Hinter sich hörte sie ein Rutschen, begleitet von Flüchen und herabfallenden Steinchen. Horst stolperte in den Raum und sah sich um, als wäre er auf der Flucht.

»Hier entlang?«, fragte sie und ging los.

Er folgte ihr. Den Geräuschen nach zu urteilen kam nun auch Wagner nach. Das Licht der Taschenlampe tanzte über verrußte Wände, durch die sich tiefe Risse zogen.

»Und jetzt? Nach links oder rechts?«

Sie blieb stehen und wartete, bis Horst neben ihr stand. Sie hörte seinen keuchenden Atem und roch den alten Schweiß, der sich in seiner Kleidung festgesetzt hatte.

»Oder geradeaus?«

Der Lichtstrahl traf auf eine verrostete, verbeulte Eisentür mit einem Heberiegel, der sie von außen verschloss. Er sah aus, als hätte man ihn seit Jahrzehnten nicht mehr bewegt. Horst klapperte mittlerweile mit den Zähnen. Das ging weit über eine normale Furcht hinaus.

»Ist sie da drin?« Sie richtete den Lichtstrahl direkt auf sein Gesicht.

Geblendet hob er die Hände und taumelte zwei Schritte zurück.

»Was werden wir finden? Ein Skelett? Eine Tasche mit Juwelen, wie jedes Mitglied der Familie sie bei Luftalarm mit nach unten nahm? Denn die müsste ja irgendwo sein, wenn Evelyn den Keller nicht verlassen hat. Ich war hier. Ich habe sie gesucht. Sie war nicht da, und diese Tür hier war verschüttet.«

Sie deutete auf einen Haufen Mauersteine und Geröll, das in den Gang geschafft worden war.

»Und als wir sie vor ein paar Tagen freigeschaufelt hatten, stellten wir fest – sie ist von außen verriegelt worden. Also öffnen wir sie jetzt. Komm her.«

»Nein!«

»Komm und mach sie auf!«

»Nein!«, brüllte Horst und wollte sich auf sie werfen.

Sofort war Wagner bei ihm und riss ihn zurück.

»Hast du sie dort hineingestoßen und ihr die Juwelen gestohlen? Und alles anschließend nach einem Tod im Luftschutzkeller aussehen lassen? Hast du sie umgebracht, Horst?«

»Nein!«, rief er und brach wimmernd zusammen. »Ich wollte das nicht. Ich hab sie doch lieb gehabt. Aber ich habe so dringend Geld gebraucht, so dringend! Hätte sie mir nicht irgendwas geben können? Einen Ring, eine Münze? Davon habt ihr doch wirklich genug gehabt!«

Er sah sie hasserfüllt an. »Es war Diebstahl, wenn überhaupt.«

»Also hast du ihr die Tasche weggenommen? Und sie anschließend in diesen Kohlenkeller oder was auch immer das war gestoßen und die Tür von außen verschlossen?«

Sie griff nach dem Riegel. Horst riss die Augen auf. Sein eben noch wutverzerrtes Gesicht zerfiel geradezu in Panik.

»Ich träum von ihr«, sagte er mit heiserer Stimme. »Immer noch. Ich werd den Blick nie vergessen, mit dem sie mich angesehen hat. Ich hab sie doch nur geschubst. Und ich wollte sie am nächsten Tag rauslassen. Ganz bestimmt. Ich hab die Tür verriegelt. Sie hat gerufen. Horst, hat sie gerufen. Horst, bitte, lass mich raus!«

Er schlug sich beide Hände vors Gesicht und schluchzte auf. »Ich werd das nie vergessen, mein Leben lang nicht.«

Sein Selbstmitleid war fast nicht mehr zu ertragen. Ilse sah zu Weber, der sich räusperte und vortrat.

»Herr Lehmann, ich nehme Sie fest unter dem Verdacht des Mordes an Evelyn Petergrün.«

Ein Wink an die beiden Polizeibeamten, und Horst wurde abgeführt. Sein Schluchzen und Wimmern hallte durch den Raum, bis er endlich oben angekommen war und sie nur noch ihren eigenen Herzschlag hörte, der langsam, ganz langsam von diesem selbstmörderischen Tempo hinunterging.

Sie sah auf die Tür, Weber stellte sich neben sie. »Das haben Sie gut gemacht, Fräulein Petergrün. Vermutlich hätte er auf ewig geleugnet, wenn Sie ihm nicht mit …«

Er brach ab.

»Wenn ich ihm nicht mit Evelyns Skelett gedroht hätte?«

Wagner nickte. »Die kriminaltechnische Untersuchung hier unten ist nun abgeschlossen und die sterblichen Überreste Ihrer Schwester freigegeben. Ich wünsche, dass Sie beide nach so langer Zeit endlich Ihren Frieden finden.«

Er legte seine Hand auf ihre Schulter und zog sie sofort wieder weg. Aber den ganzen Weg hinauf ans Licht spürte sie noch die Stelle, wo sie gelegen hatte. Oben angekommen, atmete sie tief durch. Die Bagger auf der gegenüberliegenden Seite schoben Sandberge zur Seite. Lkw mit Beton fuhren, einer nach dem anderen, in die Senke. Die Polizisten entfernten die Absperrung.

In ein paar Stunden war der Keller verfüllt, und ein neues Haus würde entstehen. Gebaut auf den Ruinen einer längst vergangenen und immer noch erschreckend nahen Zeit.

Sie straffte die Schultern und hielt auf Wagners Auto zu. Aber für uns ist es jetzt endlich vorbei, Evelyn, dachte sie.

Sie warf beim Wegfahren keinen Blick zurück.

Sabina Naber

Jubiläum

Komm nur, alter, weißer Mann, das hier ist jetzt der Beginn deines Endes. Sperr die Tür auf, geh mit mir in den Abgrund. Krieche mit mir dorthin, wo vor fünfzig Jahren alles begonnen hat. Ja, ein Jubiläum ist es auch noch. Alles ist ein Jubiläum. Doch das weißt du nicht, wie du gar nichts mehr weißt, weil du ein selbstverliebter, rücksichtsloser Drecksack bist. Nur, was du willst, zählt. So war es immer schon. Es ist dir egal, was du dabei alles kaputt trampelst. Sperr sie auf, die Tür. Wieso zögerst du? Ich lächle doch brav. He, wir sind Freunde! Du kannst mir vertrauen. Zwei Wochen lang große Babyaugen hat mich das gekostet. Was ist? Was gaffst du die kleine Tür so an? Es ist die große. Die große! Danke. Ab jetzt zu deiner Hinrichtung.

Der Dengler Heinz genoss das Leben, nicht wissend, ja, nicht einmal ahnend, dass er in zwei Wochen, fünf Tagen und drei Stunden um dasselbe kämpfen würde. Er genoss es mit einem kleinen Bier. Nie trank er Alkohol in anderer Form. In seiner Jugend – lang, lang war sie her – hatte er durchaus des Öfteren über die Stränge geschlagen. Bei ihm stimmte der Spruch: Wer sich an die Siebziger erinnern konnte, hatte sie nicht erlebt. Die Bilder von damals in seinem Kopf hatten etwas von psychodelischen Tapeten: wirr, aussagelos, flach. Bis zu seinem fünfzigsten Geburtstag hatte er sich regelmäßig dafür verdammt, derart viele Jahre seines, in Anbetracht des Erdalters, extrem kurzen Daseins verschleudert zu haben. Sex, Drugs and Rock'n'Roll. Alles ausprobiert, alles nur bedingt bis gar nicht weiterzuempfehlen. Lediglich Kosten, kein Nutzen. Erst mit der Milde des Alters gelang es ihm, sich selbst zu verzeihen, immerhin hatte er aus seinen Fehlern gelernt und die verlorene Zeit doppelt und dreifach wettgemacht. Doch ein kleines Bier gönnte sich der Dengler Heinz jeden Tag. Es war wegen des Geschmacks. Kein anderes Getränk überzeugte mit dieser speziellen Bitterkeit. Und diese alkoholfreien Varianten waren einfach nur – nichts für ungut – schlechte Krücken. Kurz hatte er überlegt, selbst in diese Branche einzusteigen. Seit sich die Menschheit bei offiziellen Anlässen als Vereinigung unschuldiger Klosterschüler präsentierte, soll sein, auch als Klosterschülerinnen, war mit alkoholfreien Getränken eine Menge zu verdienen. Big Business. Doch der Dengler Heinz war auf eines stolz in seiner langen Karriere: Er war von seinen Produkten immer überzeugt gewesen. Und es gab einfach noch kein Verfahren der Entalkoholisierung, das seinen Ansprüchen genügte. *Whiskeyflasche.* Deshalb blieb nur die Entsagung.

Blablabla. Brav hast du alles auswendig gelernt. Fuck, wie mich das nervt, mir dein wichtigtuerisches Gelabere anzuhören. Ich kenne die Geschichte von dem hier viel besser als du. Ich habe mit Menschen geredet, die hier – shit, du warst ja auch hier. Warum erwähnst du das eigentlich nie? Das fällt mir erst jetzt auf. Die ganze Zeit hast du von den Katakomben geredet, als hättest du deren Existenz erst vor Kurzem entdeckt. Ich habe es nicht gecheckt, weil ich nur auf einen Fehler von dir gewartet habe, auf etwas, mit dem du dich verrätst. Ja, jeder andere würde sich damit brüsten, hier die Sau rausgelassen zu haben. Du nicht. Erinnerst du dich etwa doch? Daran, dass du ein Leben zerstört hast?

Der Dengler Heinz nahm den nächsten Schluck und reckte die Nase in die untergehende Sonne. Da saß er nun wieder, regelmäßig, unter den Bäumen des *Biergartens*, nach all den Jahrzehnten, als wäre er nie fort gewesen von Darmstadt. Einmal mehr fragte er sich, warum er sein Haus an der Ostsee verkauft, sein Weingut in Südtirol dem Verwalter übergeben, das Appartement in London gekündigt, das uralte Fiakerhaus in Wien untervermietet und sich ausgerechnet in der Stadt, aus der er als junger Mann geflohen war, eine baufällige Villa erworben hatte, die bis an sein Lebensende der lichtlose Schlund sein würde, in dem sein sauer verdientes Geld auf Nimmerwiedersehen verschwand. Er wusste es nicht, der Dengler Heinz. Oder wollte er es nicht wissen? Er tat es als Sentimentalität eines alten Mannes ab. Und wenn ab und zu Bilder in seinem Kopf aufmuckten, die ihn als jungen Haudegen zeigten, der wütend auf Gott, die Welt und vor allem auf die Darmstädter x-beliebige Gegenstände samt obszönen Begleitworten durch die Weltgeschichte schleuderte, sprang er in den Indoorpool, den er als erstes hatte instand setzen lassen, und schwamm dreißig Längen. Hintendrein Beethovens Neunte und zum Drüberstreuen noch unbekannte

Unterlagen zu den Katakomben, damit er irgendwann fit für Führungen war (ein Hobby, das er sich ganz nett vorstellte, mit irgendetwas musste man sich ja beschäftigen), und die Welt war wieder in Ordnung. Ja, Sport, Geschichte und klassische Musik, die Kombination sollte man allen jungen Leuten mit zu viel Wut im Bauch ans Herz legen. *Weißer Hintern.* Das Triumvirat relativierte alles. Es könnte auch dieser jungen, rothaarigen Frau im Eck der Terrasse nicht schaden, deren Mund ein schmaler Strich war und deren Körperhaltung einer Cobra vor dem Zustoßen ähnelte, befand der Dengler Heinz. Er richtete sich auf und starrte zurück. Mit Erfolg. Das Ding senkte den Blick.

Gott, wie ich das hier hasse. Staub, Dreck, Löcher, Steine, und Schimmel, der sogar die Spinnen frisst. Viel zu eng, viel zu dunkel. Wieso habt ihr euch damals hier verkrochen? Underground Clubbing. So würde das wenigstens cool klingen, aber ihr habt euch hochtrabend Internationaler Studentenkeller genannt. Ha! Klingt so brav, so intellektuell. Und dabei ist es euch auch nur um das eine gegangen. Ja, zeig mir nur die Scherben von der Fay-Brauerei. Ja, ja, Kühlsystem, Abwasser, Geheimgang, SA-Folter, Luftschutzbunker, hundert Räume. Mich interessiert aber nur einer davon. Komm, weiter, alter, weißer Mann. Gehen wir dorthin, wo du als junger, weißer Mann an ihrem Namenstag deinen Geburtstag gefeiert, dir dein Geschenk selbst genommen hast.

Der Dengler Heinz nahm mit Bedauern den letzten Schluck von seinem Bier. Er genoss den Schluck, das

Bedauern und die Vorfreude auf den nächsten Tag mit dem nächsten kleinen Bier. Ja, so sollte es sein. Zufrieden, doch nicht vernebelt. Das Pärchen am Nachbartisch wirkte, nein, war schon mehr als illuminiert. Kinder, wollte der Dengler Heinz ihnen zurufen, das bringt doch nichts! Wenn ihr jetzt vögeln geht, bekommt ihr ja gar nichts mehr mit! Und glaubt mir, ich weiß, von was ich spreche. Ich habe damals so viele Frauen flachgelegt, und kann ich mich an eine einzige erinnern? *Rote Drahtbürste.* Nein, kann ich nicht. Weil ich immer hackedicht war. Alk, Koks, LSD oder was immer ihr auch nehmt, versprechen zwar viel, lassen einen kurzfristig geil vor Lust aufs Leben aufstöhnen, verstärken aber Emotionen, was nur Probleme mit sich bringt. Glaubt mir, die einzige wahre Droge ist, Geld zu verdienen. Und zwar reichlich Geld. Was euch auch nicht schaden könnte, finalisierte der Dengler Heinz seine Gedanken mit einem Seitenblick auf das Paar. Die löchrigen Jeans, die Pyjamahose und die abgewetzten Sneakers ließen ihn erschauern. Wenn das seine Enkel wären, würde er ihnen einmal etwas von der Welt erzählen, nein, korrigierte er sich neuerlich, das müsste er nicht, denn dann hätte er sie erzogen. Doch zum Glück war ihm die Herausforderung von Erziehung erspart geblieben. Kein Weib, kein Kind, kein Enkel. Das Notwendige an Sex zu bekommen, war nie ein Problem gewesen, und zum Reden gab es Putzfrauen. Der Dengler Heinz wandte den Blick von dem Paar ab, ließ ihn schweifen – und stellte fest, dass dort, wo er hängen blieb, kein junges Etwas mehr saß. Er war überrascht, weniger von der Tatsache, dass das Ding weg war, als viel mehr vom Umstand, dass sein

Blick dorthin gewandert war. In diesem Augenblick roch er plötzlich ganz intensiv Bier, und im nächsten spürte er auf dem rechten Arm Nässe, trotz des langen Ärmels seines Sakkos.

Jetzt, ja, jetzt ist es so weit. Das kleine Fenster hier war die Kassa? Du wirst es ja wissen. Die Balustrade. Bester Blick über das Geschehen. Hast du sie auf diese Weise das erste Mal erblickt? Mittendrin unter vielen verschwitzten Körpern, sich selbstvergessen zur Musik wiegend? Was ist mit dir? Wieso keuchst du? Nein, du darfst jetzt keinen Herzinfarkt bekommen! Ich will dich töten, du darfst mir nicht vorher sterben. Da, nimm mein Wasser. Deine Augen. Dieser Blick. Du siehst jetzt alles vor dir, nicht wahr? Was starrst du mich so an? Ich glaube es nicht. Du checkst gerade etwas. Raffst du, wer ich bin? Nein, du willst nur mein Wasser. Jetzt kauerst du im Dreck. Recht so. Lass es kommen. Du kannst mir nichts. Ich bin stärker, ich habe eine Mauser. Hat einmal Uropa gehört. Leider hat Oma sie nicht abdrücken können.

Der Dengler Heinz starrte auf den dunklen Fleck, der sich von knapp unterhalb der Schulternaht bis zur Mitte des Unterarms ausbreitete. *Nasse Bluse.* Er starrte, weil er sich im wahrsten Sinn des Wortes in Schockstarre befand. Denn er hasste Flecken, beinahe schon phobisch. Irgendwann registrierte sein Denken, dass sein Auge sah, wie eine Hand mit einem Papiertaschentuch (Papier! Nicht Stoff. Das erzeugte doch nur Krümel!) über den Fleck rieb. Eine junge Hand mit kurz geschnittenen Nägeln. Sein Körper wich der Hand aus, zog sich quasi in sich selbst zurück, was in der realen Welt den Effekt hatte, dass sich der Dengler Heinz zur Seite warf und mitsamt dem Stuhl auf den Boden kippte. In seiner Welt wurde kurzfristig alles schwarz. Denn der letzte Rest seines vernünftigen Denkens teilte ihm mit, dass er sich gerade in einer sehr peinlichen Situation befand. Und der wollte er sich nicht aussetzen. Doch er spürte, wie an ihm gezogen und gezerrt wurde. Stimmen drangen durch den Sicherheitswattebausch zu ihm durch. Verletzt? Alles bewegen? Sorry! Echt nicht wollen. Voll krass. Aufstehen. Arzt? Und genau dieses letzte Wort nahm dem Dengler Heinz wieder die Schwärze von den Augen. Ärzte kamen gleich nach Ehefrauen: Sie wussten immer alles besser, und danach ging es immer allen schlechter. Er fokussierte den Blick und sah in kobaltblaue Augen. *Stoß vor die Brust.* Das Ding. Mit dem Pferdeschwanz. Das jetzt nicht mehr verschwunden war. Und daneben das geschmackbefreite Paar. Sechs Hände zupften an ihm herum. Da knurrte der Dengler Heinz, wie er es immer getan hatte, wenn ihm jemand dumm gekommen war. Die Gesichter wichen zurück. Er rappelte sich auf, strich seinen Anzug zurecht, stellte den Stuhl auf und setzte sich. Er wusste nicht, was sein Mund sagte, doch es schien das Richtige zu sein, denn das schmuddelige Paar verzog sich. Das Ding blieb allerdings. Es setzte sich und offerierte ihm ein großes Bier als Wiedergutmachung, das es bereits organisiert hatte, als der Dengler Heinz erst zart zu protestieren ansetzte.

Wahnsinn, das alles hier. Es beeindruckt mich immer wieder. Da, die Zeitung von damals. Fünfzig Pfennig.

Die Schweppes-Flasche. Die Farben an den Wänden, gelb, blau, grün, als wäre nicht eine Ewigkeit vergangen, sondern nur ein Jährchen, und man beginnt zu überlegen, ob man vielleicht wieder einmal ausmalen sollte. Der Herd. Der Tee ist gerade eben aufgebrüht worden. Die Sandwiches sind bereits verdrückt, die Teller achtlos liegen gelassen. Überall Alkflaschen. Bestes Zeugs. Ihr habt es euch ordentlich besorgt. Die Verkabelung ist ein bisschen unordentlich. Das waren wahrscheinlich die Obdachlosen, die nach euch hier gehaust haben. Wollten sich ein wenig Luxus zaubern. Wo gehst du hin? Scheiße. Du kannst jetzt nicht abhauen. Bleib hier! Na, warte, ich – TOILETA. Hier war es also. So, wie du starrst, war es hier. Immer passieren Vergewaltigungen auf dem Klo. Dreck zu Dreck. Was jetzt? Du gehst auf die Knie? *Barbara.* Sprich nicht so zärtlich ihren – okay, es ist jetzt mein Name. Für dich. Was willst du von mir?

Der Dengler Heinz betrachtete das große Glas. Massiv. Standfest. Die feuchten Flecken, die es unregelmäßig eintrübten. Den Wassertropfen, der knapp neben dem Henkel eine der Rillen hinunterrann. Die perfekte Schaumkrone. Das Ocker der Flüssigkeit. Das eilige Streben der Kohlensäureperlen an die Oberfläche. Und er empfand eine unbändige Gier, dieses Glas zu nehmen und bis zur Neige auszutrinken. *Vernichtung.* Er schob es dem jungen Ding zu. Er stand auf. Besser, er versuchte aufzustehen, doch seine Beine waren von der ungewohnten Turnübung noch weich. Also blieb er sitzen und redete. Das konnte er, der Dengler Heinz. Sich aus misslichen Situationen herausreden. Konsequenzen weglächeln, wenn es seiner Sache diente. Und seine Sache jetzt war nun einmal, so schnell wie möglich sicher im geldverschlingenden Schrotthaufen aufzuschlagen sowie eine lange heiße Dusche zu nehmen. Und so war auch das Ding bald ganz beruhigt. Vor allem froh, denn es konnte sich keine Reinigung des Anzugs leisten, wie es wortreich auseinandersetzte. Der Dengler Heinz schaute den Sätzen zu, die aus seinem Mund herauspurzelten, beobachtete die Hände, die die Luft zerfurchten, betrachtete die schlanke Gestalt, die roten Haare, die kobaltblauen Augen. Und er erschrak, denn er ertappte sich dabei, dass er das Ding gern ansah. Es wirkte vertraut. Der Dengler Heinz schloss die Augen, ging ein paar Gänge und Abzweigungen tiefer in das Archiv seines Gehirns und suchte. Stöberte. Prostituierte war es keine gewesen. Die hatten auf sein Geheiß hin immer dieselben blonden Perücken aufgehabt. Carol aus Toronto? Claudia aus Graz? Manon aus Lyon? Heike aus Büsum? Bei jeder störte ein Detail, und keine war rothaarig gewesen. Das Ding riss das Handgelenk zum Gesicht und betrachtete mit entsetztem Ausdruck die schmale, goldene Armbanduhr, genau genommen natürlich das Ziffernblatt. *Rote Striemen.* Verfiel in Hektik. Und ehe es sich der Dengler Heinz versah, war er mit der jungen Frau für den nächsten Nachmittag verabredet. Denn sie wollte ihm partout etwas als Entschädigung zahlen. Und das war ein Kaffee. Das von ihm verschmähte Bier goss sie mit ein paar großen Schlucken ihren Schlund hinunter.

Whiskeyflasche. Weißer Hintern. Rote Drahtbürste. Nasse Bluse. Stoß vor die Brust. Vernichtung. Rote Striemen.

Barbara. 4. Dezember. Geburtstag. Abdruck der Kettenglieder auf der Haut. Schlangenartige Bewegung. Was? Das ist alles, was du weißt?! Das fragst du mich? Ja, du hast ihr etwas angetan. Du hast sie da drin vergewaltigt, von vorne und von hinten. Sie wollte sich umbringen. Hat es nicht geschafft, weil sie dann meine Mutter ebenfalls umgebracht hätte. Du weißt schon, Katholizismus und der ganze Scheiß. Hat Mama wie eine Gefangene gehalten. Die ist weg, mit fünfzehn … Und ob ich schreie! Du sagst mir nicht, was ich tun darf und was nicht. Du nicht! Hat sich durch ganz Deutschland gefickt. Und ganz wie der Papa ständig high. Irgendwann war ich dann da. Ja, Opa, alter, weißer Mann, ich bin deine Enkelin. Die ab zur Oma geschoben wurde. Wieder dasselbe in Lila. Aber ich habe etwas aus dem Wahnsinn gemacht. Disziplin härtet. Ach, halt die Fresse!

Der Dengler Heinz konnte nicht anders: Er fixierte immer wieder die Uhr der jungen Frau. Der Zeitmesser war nichts Außergewöhnliches. Ja, antik, wenn man Gegenstände aus den Sechzigern oder Siebzigern so bezeichnen mochte. Eine feine Arbeit. Doch ein Genie war der Goldschmied nicht gewesen, denn weder Gehäuse noch Band wiesen etwas Spezielles auf. Und doch schaffte es der Dengler Heinz nicht, die Uhr Uhr sein zu lassen. Während er also gegen diesen Dämon, ständig das Schmuckstück anzuglotzen, das ihn tief in seinem Innern auf seltsame Weise berührte, ankämpfte, nippte er an seinem Kaffee, wie es auch brav die junge Frau mit ihrem Tee tat. Die übrigens Barbara hieß. Was, wie der Dengler Heinz wusste, für die aktuelle

Zeit ein reichlich außergewöhnlicher Name war. Denn jetzt hießen Mädchen mit Anfang zwanzig üblicherweise Lena, Julia, Anna, Sarah oder Lisa, eben so wie die Samenergüsse seiner ehemaligen Geschäftspartner. *Barbara* war alt. Und heilig. *4. Dezember. Geburtstag.* Und Barbara redete. Amüsierte ihn. Ein Gefühl, das er schon sehr lange nicht mehr empfunden hatte. Das Gros der Menschen langweilte ihn mit seinem Geschwätz. Ausnahmen: seine Putzfrau Nermine, Königin der abstrusen Geschichten, und sein Kollege respektive Lehrmeister von den Katakomben, denn dessen fundiertes Wissen über den Untergrund von Darmstadt faszinierte ihn. Wirklich mitbekommen hatte er es damals ja nicht. Und der Dengler Heinz ertappte sich außerdem dabei, dass er selbst zu reden begann. Nein, was hieß reden?! Er schwadronierte. Wollte die junge Frau mit seiner Gelehrsamkeit beeindrucken (denn mit seinem Reichtum hatte er es schon probiert, doch das hatte nicht gegriffen). Und so kam er irgendwann auf die Katakomben zu sprechen und gab all das Wissen seines Kollegen als das seine aus. Die kobaltblauen Augen ihm gegenüber wurden riesengroß. Da wusste der Dengler Heinz, dass er das richtige Thema gefunden hatte. Ab diesem Moment wurde er zappelig, denn er wollte nach Hause, um sich durch das Studium der Packen Papiere, die auf seinem Schreibtisch lagen, weitere Munition zu besorgen. Und dieses Mal war seine Überraschung, sich für den übernächsten Tag neuerlich mit dieser Barbara verabredet zu haben, nicht besonders groß. Denn ganz dumm war der Dengler Heinz nicht, er wusste um seine Eitelkeit. Die er üblicherweise als gefährlichen Störfaktor betrachtete. Doch dieses Mal, bei diesem jungen Ding, wischte er lächelnd jedes Warnlicht zur Seite. Die Kleine könnte seine Enkelin sein. Und ihm gefiel diese fiktive Rolle.

Jetzt komm schon! So ein Schlag bringt niemanden um. Was ich von dir will? Oh, ich bin ganz gnädig. Du darfst bereuen. Deswegen sind wir hier. Damit du alles wieder siehst, wie es damals war, damit du dich verachtest. Und dann … Okay, einem Todgeweihten darf man keinen Wunsch verweigern. Ich habe sie eingefangen, die Mama. Ich habe sie zurückgeholt. Oma hat schon gedacht, dass ich dasselbe Kaliber bin wie sie, als ich eines Tages weg war. Aber ich bin mit Mama zurück. Wir haben geglaubt, wir bekommen sie über den Berg. Sie hat gearbeitet. Verkäuferin. Ist wandern gegangen. Aber dann, ja, dann bist du zurückgekommen. Sie hat dich gesehen. Im Biergarten. Da hat sie den Strick genommen. Und ich habe sie abgeschnitten. Fuck, sie war immer nur ein fleischgewordener Spermabatzen. Für Oma, für sich, eben für alle. Und die da, die Mauser, die macht jetzt endlich das, was Oma schon vor fünfzig Jahren hätte machen sollen: dir ein Loch in den Schädel verpassen.

Der Dengler Heinz strich das Ehrenamtliche heraus. Er wusste, dass die jungen Leute dieser Tage brotloses Engagement schätzten. Idealismus. Mit dem sich die Welt retten ließ. Träumer. Nichts ließ sich mehr retten. Doch bis dahin wollte er in Ruhe seinen Lebensabend genießen. Und zum Genießen gehörte seit ein paar Tagen diese junge Frau namens Barbara. Wie ein Berserker gab er ihr gegenüber mit geklautem Wissen an und redete sich in einen Eifer. Und stutzte. Die Kleine hatte ihn korrigiert. Hatte den Namen der Disco berichtigt. *Schlangenartige Bewegung*. Schien sich nichts dabei zu denken. Der Dengler Heinz war unschlüssig, ob er sie fragen sollte, woher sie, die ja angeblich keinerlei Ahnung von der Geschichte der Katakomben hatte, den korrekten Namen der Lokalität kannte, in dem er verkehrt hatte. Er tat es nicht. Denn wenn der Dengler Heinz eines in seinem beinharten Geschäftsleben gelernt hatte, dann war es, leise und unauffällig sofort jeder Unstimmigkeit nachzugehen. Und das tat er die nächsten Tage ausführlich und unermüdlich. Er fand heraus, dass sie Jana Fischer hieß, ihre Mutter kürzlich verstorben war (die Blumen auf deren Grab welkten vor sich hin), das junge Ding eigentlich schon dreißig Jahre alt war, auf dem Sozialamt arbeitete und oft mit einer alten, zerknitterten Frau verkehrte, deren Anblick ihn in Unruhe versetzte, ohne dass er sagen könnte, warum dem so war. B. Fischer. Das Warnlicht wurde zum Code Red. Und als das Ding plötzlich darauf bestand, mit ihm, und zwar nur mit ihm, die Gewölbe des ehemaligen Internationalen Studentenkellers zu besichtigen, fiel ihm sein Geburtstag von 1973 ein. Zuerst nur nebulös. Dann mit einem Gefühl. Einer Vorahnung und einem schemenhaften Bild. Er war wie üblich high gewesen. Und schließlich war da die Erkenntnis, die dem Dengler Heinz klar machte, dass es jetzt ans Eingemachte ging. Kurz flackerte in ihm sentimentale Freude auf, doch sein Instinkt sagte ihm, dass er familienlos bleiben würde. Er klaute dem Kollegen den Schlüssel zu den Katakomben, fabrizierte ein Duplikat und stellte sich dem Feind.

Was soll das jetzt? Ey, nicht wirklich jetzt, oder? Wir machen sicher nicht auf Familie. Nein, wir sind nicht aus demselben Holz geschnitzt. Zurück! Oder ich knall dich … Zurück habe ich gesagt, Dreckskerl! Ich … ah! Verdammte Scheiße, ich werde es dir so was von zeigen, ich … ah! Und was jetzt? Du wirst doch nicht deine eigene Enkelin abknallen, oder? Was heißt, du kennst mich nicht? Total viele Menschen haben uns miteinander gesehen. Sie werden Fragen stellen. Sie wissen, dass du den Schlüssel … Den hast du offiziell gar nicht. Verstehe. Welche Frage? Nein, dein beschissenes Geld kannst du behalten. Ich will, dass du büßt! Für das, was du Oma und Mama angetan hast. Mir angetan hast. So, da hast du deine Antwort. Und jetzt?

Der Dengler Heinz drückte ab. Schade. Die Kleine hatte ihm irgendwie gefallen, aber sie war ebenso hitzköpfig und trotzig, wie es ihre Großmutter gewesen war. Kein kühler Kopf, kein Geschäftssinn. Er hatte Barbara damals einen Antrag gemacht, zu ihrer beider Vorteil, doch sie hatte ihn nur ausgelacht. Ein Möchtegern mit der Prinzessin der Stadt? Absurd. Er hatte sie im dunklen Gang geküsst, überzeugt, dass sie dadurch seine Ernsthaftigkeit, seine Qualität und letztlich seine Liebe spüren würde. Sie war hysterisch geworden. Ausfallend. Abfällig. Emotional. So wie auch er. Die unsinnigste Regung, die es gab. Er hatte sie dafür gehasst, ihn so weit gebracht zu haben. Und die Kleine sah nicht nur aus wie Barbara, sie war wie sie. So jemanden brauchte er nicht in seinem Leben. Und vor allem konnte er es nicht dulden, der Dengler Heinz, dass ihn jemand mit dem Tod bedrohte. Er wischte die Mauser sorgfältig ab und legte sie neben die alte Zeitung. Die Wasser-Flasche steckte er in die Manteltasche. Dann machte er sich auf den mühseligen Marsch zum Ausgang, mit siebzig Jahren wollten die Knochen nicht mehr so wie man selbst. Wenigstens hatte sein Hirn noch gut funktioniert. Wieder an der Oberfläche sah sich der Dengler Heinz sorgfältig um, bevor er die Katakomben verließ. Er steuerte den nächstgelegenen Gully an und ließ den ebenfalls gesäuberten Schlüssel in dessen Schwarz fallen. Jetzt war ein kleines Bier angesagt.

Jutta Siorpaes

In größter Not

Dora rennt die menschenleere Straße entlang. Das Herz schlägt bis zum Hals, jeder Atemzug sticht in der Brust. Nur noch bis zur Ecke. Da sind mehr Leute. Aber mit jedem Meter wird klar: Es reicht nicht. Das Klatschen der Gummisohlen auf dem Asphalt kommt näher. Dann ein Stoß in den Rücken. Dora kracht gegen die Hauswand. Sein Gewicht ist erdrückend. Eine Hand presst das Gesicht gegen den groben Putz, die andere packt das Handgelenk und biegt den Arm nach hinten.

»Verdammte Bitch.« Sein Atem so nah, dass der Mokka zu riechen ist, den er offenkundig getrunken hat. »Du kommst nach Hause! Mit der Kleinen. Ihr gehört zu mir. Für immer.« Er reißt den Arm noch höher. »Sonst bist du tot.«

* * *

Linda Kuhn klopft an die Tür der Leiterin des Frauenhauses. Von drinnen ertönt ein strenges Herein. Mathilde Hartmann ist sauer. Das ist am Ton zu hören. Linda betritt das Büro, das doppelt so groß ist wie ihres. Mit doppelt so vielen Akten an den Wänden und unterm Fenster gegenüber, das trotz der herbstlichen Temperaturen offensteht, wohl um den deutlich wahrnehmbaren Geruch nach Zigaretten zu vertreiben.

Mathilde sitzt am Schreibtisch und schiebt sich einen Kaugummi in den Mund. »Schön, dass du kommen konntest.« Sie deutet auf die beiden Besucherstühle. »Hast du gehört, was in der Sitzung beschlossen wurde?«

Linda setzt sich und verneint. Mathilde nickt, als hätte sie nichts anderes erwartet. Sie weiß von der langwierigen Einquartierung der neuen Familie heute Morgen, da die Frau ohne Deutschkenntnisse, aber dafür mit mehr Kindern als angekündigt ankam, weshalb ein Dolmetscher sowie weitere Gitterbettchen herbeigeschafft werden mussten.

»Wir haben keine Wahl. Die beiden müssen ausziehen.«

Das war zu befürchten gewesen. Linda holt Luft. »Ich habe gestern mit der Mutter gesprochen. Sie schwört, dass es nie mehr vorkommt.«

»Linda!« Mathilde lehnt sich vor. »Natürlich tut sie das. Aber es ist leider so, dass sie keinen Einfluss auf ihre Tochter hat.«

»Nicht ungewöhnlich in der Pubertät, oder? Und dann die familiären Verhältnisse.«

Mathilde winkt ab. »Das betrifft alle Kinder hier, und die halten sich trotzdem an die Regeln.«

Linda senkt den Blick auf die Hände im Schoß, die den Schlüsselbund kneten, als sei das Metall eher zu erweichen als die Leiterin.

»Wir halten die Adresse des Hauses und unsere Nachnamen geheim«, fährt die fort, »lassen Neuzugänge von der Polizei herbringen, wenn sicher ist, dass das zivile Einsatzfahrzeug nicht verfolgt wird, verbieten Besuche, Selfies, Video-Telefonate, aus denen man die Lage des Hauses erraten könnte. Kurzum, wir tun alles, um die

Bewohnerinnen zu schützen. Und lassen zu, dass eine alle anderen in Gefahr bringt?« Eine Hand knallt auf die Tischplatte. »Das wäre doch absurd, oder?«

Linda hebt den Blick.

Mathilde steht auf. »Komm! Bringen wir es hinter uns.«

Linda folgt Mathilde vom Verwaltungstrakt zu den Wohneinheiten. Den Weg zu Doras und Melis Zimmer kennt sie inzwischen im Schlaf. Nie zuvor gab es eine derart anstrengende Familie zu betreuen. Mathilde schlägt mit der Faust gegen die Tür. Groß und kräftig, wie sie ist, wirkt sie wie ein Cop aus einer amerikanischen Serie. Fehlt nur, dass sie *Aufmachen* brüllt. Es dauert einen Moment. Dann ist das Geräusch des Schlüssels im Schloss zu hören. Die Tür geht auf. Ein Geruchsgemisch aus Duftkerze und teurem Parfum strömt heraus. Linda späht über Mathildes Schulter. Kein Mensch zu sehen. Nur ein Teil der Wohnungseinrichtung. Der übliche Küchenblock, Tisch mit vier Stühlen vor zwei großen Fenstern, durch die schräg die Mittagssonne fällt. Staubpartikel tanzen im Licht. Sonst rührt sich nichts. Mathilde tritt ein, sieht sich um und erstarrt sichtlich. Sofort schiebt Linda sich an ihr vorbei und bemerkt, wie auch ihr der Atem stockt bei dem Anblick, der sich hinter der Tür bietet. Dora steht leicht vornübergebeugt und umklammert mit der Rechten die Klinke. Ihr linker Arm hängt schlaff herunter, das rechte Auge ist zugeschwollen, die Wange darunter von Blut verschmiert, das auch auf den Designerjeans und dem Schriftzug ihres T-Shirts klebt. *Protect Women's Rights. Schützt die Rechte der Frauen.* Linda ballt die Fäuste angesichts dieses Zynismus, da außer Zweifel steht, wer Dora so zugerichtet hat.

»Hallo Fräulein«, ist Mathilde zu hören. »Wie wär's, wenn *du* statt deiner Mutter die Tür öffnest?«

Klar, dass sie Meli auf einem der beiden Betten hinter Dora meint. Doch die Göre starrt weiter auf ihr Handy, als hätte sie nichts gehört. Interessanterweise verzichtet die sonst so unnachgiebige Mathilde auf einen Machtkampf. Im Augenwinkel ist zu sehen, wie sie Richtung Tisch abdreht. Linda macht zwei Schritte zu Dora, um sie auf dem Weg dorthin zu stützen. Unmöglich, die Frau in dem Zustand vor die Tür zu setzen. Sonst ist sie morgen tot.

* * *

Dora hängt sich an Lindas Hals, humpelt hinter der Leiterin her und sinkt lautlos auf den Stuhl. Auf Mitleid braucht man bei der Frau sowieso nicht zu hoffen. Irgendwie scheint sie mit den anderen Bewohnerinnen besser zu können. Vielleicht liegt es an der Apotheke mitten im Carree von Darmstadt. Als ob die Prügel eines Peinigers mit Geld weniger schmerzten. Oder am ständigen Ärger wegen Meli. Dora bemerkt Linda, die sich herunterbeugt und vorsichtig den Arm abtastet. Schließlich richtet sie sich auf und fixiert Mathilde auf dem Stuhl gegenüber. »Wir brauchen einen Arzt. Und wegen der Anzeige gegen den Ehemann auch die Polizei.« Linda dreht sich wieder her. »Wo hat er dich erwischt?«

Dora zieht die Nase hoch. »Nicht weit vom Haus. Auf dem Heimweg von meiner neuen Arbeit. Keine Ahnung, wieso er sich so gut auskennt.«

»Das kann ich dir erklären«, mischt Mathilde sich ein, während Linda sich vom Tisch entfernt und so leise in ihr Telefon spricht, dass kein Wort zu verstehen ist.

»Oder noch besser das Fräulein da drüben.« Die Leiterin deutet auf Meli. »Kommst du bitte mal her?« Der Ton ist jetzt so scharf, dass Meli nicht wagt, sich zu widersetzen.

Wenn auch unverhohlen widerwillig, erscheint sie am Tisch und fällt auf den dritten Stuhl. »Was?«

»Dir ist klar, wieso dein Vater das tun konnte?« Mathilde zeigt über den Tisch herüber.

Meli ignoriert die Bewegung und schaut stur geradeaus.

Mathilde lässt nicht locker. »Sieh deine Mutter an!«

Meli reagiert nicht.

Die Hausleiterin wirkt, als sei sie kurz davor, die Beherrschung zu verlieren. »Meli«, fährt sie das Mädchen an. »Du kennst die Hausordnung. Eure Betreuerin hat sie dir bei der Aufnahme erklärt. Und dann nach jedem deiner Verstöße. Dennoch schleppst du deine Freundin wieder und wieder hierher. Obwohl du weißt, dass deine Mutter als extrem bedroht gilt.« Mathilde beugt sich vor. »Und du weißt auch genau, was nach der dritten Verwarnung passiert.«

Dora fühlt die Hitze in den Wangen. »Ist das wirklich nötig? Wir sind doch bald weg«, wirft sie beschwichtigend ein und deutet auf die Unterlagen mit den Daten zum Lernen auf dem Tisch, die die Kriminalbeamtin nach dem Aufklärungsgespräch dagelassen hat. Neue Namen, neue Geburtstage, neue Lebensläufe. Für das neue Leben irgendwo weit weg.

Mathilde schaut her. »Ja, es ist nötig. Sie müssen das Haus verlassen. So lautet die Regel. Und die Opferschutz-Maßnahmen sind unter diesen Umständen natürlich auch ausgesetzt.«

Sie steht auf und marschiert zur Tür.

Dora blickt ihr nach und spürt die Tränen in der Nase kitzeln. Das darf doch bitte nicht wahr sein! Sie fährt zu Meli herum und versetzt ihr einen Stoß gegen die Schulter. »Das hast du ja toll hinbekommen. Wo sollen wir denn jetzt hin? Ich habe nicht einmal Geld für ein Hotel, weil dein Vater verlangt hat, dass alle Konten auf ihn laufen. Meine Freundinnen von früher hat er vergrault. Und unsere sogenannten Freunde. Die Eltern deiner Freundin Leonie zum Beispiel. Denkst du, die riskieren, in so was hineingezogen zu werden?« Noch ein Stoß, der rein gar nichts bewirkt. »Menschenskind, hättest du nicht wie alle Kinder hier folgen können?« Dora sinkt kraftlos in sich zusammen, stützt den Kopf auf die Hand und schluchzt hemmungslos. Wie damals, als die Nachricht vom Autounfall der Eltern kam und von einem Moment auf den andern niemand mehr da war. Dieses furchtbare Gefühl, ganz allein zu sein. Nur deshalb war es möglich gewesen, auf Edis Familien-Gedöns hereinzufallen. Von wegen, du hast jetzt einen ganzen Clan, der sich kümmert. Und wie! Denen entgeht nichts, wenn Gutmensch Edi, der für jeden Kunden ein freundliches Wort hat, in der Apotheke steht. Und wenn die Mutter wegen Wegweisung und Kontaktverbots tabu ist, hält man sich eben an die Tochter und deren beste Freundin aus der Nachbarvilla.

»Dora, beruhige dich!« Lindas Hand berührt die Schulter.

Dora schaut auf. Die Betreuerin sitzt nun auch am Tisch. »Du gehst jetzt erst einmal ins Krankenhaus. Die Sanitäter müssen jeden Moment hier sein. Da bist du in Sicherheit, weil die wissen, dass du gefährdet bist und dich entsprechend unterbringen. Und was Meli betrifft …«

Doch ehe Linda aussprechen kann, bemerkt Dora im Augenwinkel eine schnelle Bewegung. Gleichzeitig sind Stuhlbeine zu hören, die über den Boden schrammen. Dora dreht sich um.

Meli steht neben dem Tisch. »Ich gehe nach Hause. Wenn du mich nicht gezwungen hättest, wäre ich nie mit hierhergekommen. Ich habe kein Problem mit Papa. Das bist nur du.« Melis Blick von oben herab fühlt sich eiskalt an, doch so cool, wie sie tut, ist sie nicht, denn sie wischt sich mit beiden Händen über die Augen. Danach sind sie schwarz verschmiert.

Dora richtet sich auf, um besser zu sehen. Kein Zweifel, das ist Wimperntusche. Sie hat sich geschminkt. Aber für wen? Meint sie mit dem Namen, den sie ständig in ihre Hefte malt, womöglich nicht die Sängerin Billie Eilish, die sie so verehrt? Billie kann auch für einen Jungen stehen. Ach, du liebe Zeit! Das Kind ist verliebt. Mit dreizehn. Wie süß. Und es erklärt auch alles. Das ganze Verhalten. Völlig klar, dass sie nicht weg will aus Darmstadt. Das kann man sogar verstehen. Doch dann kommen Dora auf einmal Erinnerungen in den Sinn. Die Worte von Edis Ex klingen bedrohlich im Ohr. Über das, was er seiner Tochter aus erster Ehe angetan hat, als sie mit dem ersten Freund nach Hause kam. Alles Verleumdung, hatte Dora damals blöderweise gedacht …

»Meli! Geh nicht! Bitte! Bleib!«

Doch die ist schon auf dem Weg zum Bett, auf dem der rosa Rucksack liegt. Dann fällt die Tür krachend ins Schloss.

* * *

Verständlich, dass Dora außer sich ist, denkt Linda auf dem Weg durchs Treppenhaus hinunter in den Hof. Nun ist erst recht Gefahr im Verzug. Doch draußen keine Spur von Meli. Nur der Geruch nach Zigaretten, Schweiß und vollgekackten Windeln, der immer hier hängt. Und Bewohnerinnen auf den Bänken ringsum, die ihren Kindern beim Spielen zuschauen. Sie könnten nicht unterschiedlicher sein und haben doch eines gemeinsam: Angst um Leib und Leben, weil ihre gewalttätigen Partner glauben, sich alles erlauben zu dürfen. Linda spürt Wut, aber nicht nur auf diese Mistkerle, sondern auch auf Mathilde, die sich stur an die Regeln hält, obwohl dieser Fall von Anfang an anders war als alle anderen. Das Kind schwieriger, der Mann mächtiger. Angesehen in der Stadt, wo er bei manchen womöglich sogar auf Verständnis stößt. Schließlich gehören immer zwei dazu, wie Leonies Vater einmal beim Abholen seiner Tochter in der Seitenstraße ums Eck meinte. Dora hat recht. Von der Seite kann sie keine Hilfe erwarten. Aber Meli vielleicht, wenn man den Leuten klarmachen kann, dass ihr sauberer Freund Edi laut Dora auch vor seinen Kindern nicht haltmacht. Bleibt nur zu hoffen, dass Meli anstatt ihren Billie erst mal Leonie zum Ausweinen trifft.

Linda geht ins Büro und ruft deren Mutter an, aber dort ist sie bis jetzt nicht aufgetaucht. Und daran ändert sich die nächsten zwei Stunden auch nichts. Es wird Zeit für eine Vermisstenanzeige. Linda will zum Hörer greifen. Da zerreißt der schrille Klingelton die Stille. Endlich. Linda meldet sich. Doch diese Stimme gehört nicht Leonies Mutter.

»Komm zur Grube Prinz von Hessen! Ans Nordufer. Es geht um Meli. Und zu niemandem ein Wort!«

Linda kämpft sich durch den Wildwuchs am üppig bewachsenen Ufer der ehemaligen Kohlegrube, die im Sommer ein beliebter Badesee der Darmstädter ist. Um diese Jahreszeit ist es jedoch ruhig. Keine Menschenseele, auch nicht bei der Liegewiese am Ostufer. Nach einigen Metern tut sich eine kleine Lichtung im Dickicht auf, auf der ein regloses Mädchen liegt. Meli. Linda stürzt auf die Knie, fühlt den Puls, betrachtet das zugeschwollene Auge, zieht das Handy heraus.

»Weg damit. Alles gut. Nur ein paar blaue Flecken. Und das Schlafmittel ist schwach. Ich wette, den Weg zum Auto schafft sie schon wieder auf eigenen Beinen.« Männerlachen. »Ich tu doch meiner Prinzessin nichts.«

Linda hebt den Blick. Edi. Der Apotheker, der sich mit Medikamenten auskennt. Mit dem Typen war nicht zu rechnen.

Edi sieht sich um. »Wo ist sie denn jetzt, meine Dora?« Er lallt. Schwankt, als ob er selbst was geschluckt hätte. Dann kippt er vornüber und stürzt bäuchlings neben Meli ins Gras. In seinem Nacken steckt eine Einwegspritze. Und von da, wo er gerade noch stand, ertönt Melis Stimme aus einem Handy.

»Mama, hilf mir!«

Linda dreht den Kopf in die Richtung und entdeckt Mathilde in Mantel und Gummistiefeln.

Sie schaltet das Gerät aus. »Danke, dass du gekommen bist. Ich wusste nicht, wer sonst auf die Schnelle helfen könnte, da der Freund, der die Kleine in seinem Auto wegbringen sollte, mit einem Platten liegen geblieben ist.«

»Aber …« Linda steht auf. »Willst du mir nicht erklären, was hier los ist?«

»Dieser Mann hat heute die Mutter und danach die Tochter verprügelt, nachdem er sie dabei erwischte, wie sie einen Jungen an der Haustür küsste. Sie konnte ihrer

Mutter gerade noch eine Sprachnachricht schicken, die mich verständigte, weil bei dir besetzt war. Er hat beide mit dem Tod bedroht und das Kind betäubt. Er wird nicht aufhören. Darum muss es sein.« Mathilde seufzt. »Die Regeln im Frauenhaus kann ich nun mal nicht ändern.«

»Was muss sein? Und wieso hier?«

»Das erkläre ich gern. Aber danach gibt es kein Zurück, das musst du wissen.«

Linda nickt entschlossen. Jetzt muss die Wahrheit auf den Tisch.

Mathilde holt Luft. »Kennst du den *Weißen Ring?*«

»Natürlich. Die Hilfsorganisation für Opfer von Verbrechen.«

»Und wann helfen die?«

»Wenn Verbrechen verübt wurden.«

»Das ist der Punkt. Wenn es passiert ist. In unserem Umfeld, wenn sämtliche polizeilichen Schutzmaßnahmen und die Unterbringung bei uns umsonst waren und Frauen am Ende doch von ihren Partnern getötet werden. Mehr als einhundert waren es im letzten Jahr.« Mathilde macht eine Pause. »Deshalb gibt es uns vom *Gläsernen Ring*. Wir sind unsichtbar und greifen ein, bevor es zu spät ist. Natürlich nur in größter Not, wenn klar ist, dass der Tod der Bedrohten anders nicht zu verhindern ist. Wir haben Spezialisten, was das Gift betrifft«, sie bückt sich und zieht die Spritze ab, »und helfen uns gegenseitig mit Alibis und fachlichem Rat bei der Beseitigung einer Leiche.« Sie zückt zwei Cuttermesser. »Übernimmst du diesen Part meines Freundes auch noch?«

Linda spürt Übelkeit aufsteigen und hebt die Hand vor den Mund.

»Unsinn. Wir müssen ihn nur ausziehen«, murmelt Mathilde, als könne sie Gedanken lesen.

Linda schluckt, hilft aber mit. Als der Leichnam entkleidet ist, verschwindet Mathilde mit den Stofffetzen und kehrt mit einem gusseisernen Rad zurück. »Von einer Bergbau-Lore, mit der mein Opa früher die Kohle zur Verladestelle hier am Nordrand der Grube brachte. Familienerbstück. Hab noch fünf weitere. Damit versinkt der Körper im Schlamm, der in diesem Bereich des Sees vorkommt, wie einer von uns wusste. Er taucht nie mehr auf, denn mit Kabelbindern rutschen die Räder auch dann nicht von den Knochen, wenn sich das Fleisch abgelöst hat. Und falls ein Taucher eines der Räder sehen sollte, fällt das nicht auf. Genauso wenig wie ich, weil ich ganzjährig täglich zum Schwimmen herkomme. Deshalb hier, verstehst du? Glück bei dem ganzen Plan war nur, dass dieser miese Dreckskerl ernsthaft glaubte, er könnte Meli gegen Dora tauschen.« Damit kniet sie sich hin und zeigt, wie das Rad befestigt werden muss.

Als auch die anderen fünf perfekt sitzen und der Tote mit vereinten Kräften zum Wasser geschleift ist, lässt Mathilde auf einmal den Mantel fallen und steht nackt da. Linda wendet den Blick ab, auch, weil Mathildes Körper von Brandnarben entstellt ist.

»Keine Scheu.« Mathilde streift die Stiefel ab und gleitet in den See. »Blicke bin ich vom Nacktbadestrand gewöhnt. Die Narben verdanke ich meinem Ex. Heißes Fett. Danach habe ich im Frauenhaus begonnen. Und du? Hast du auch einen besonderen Grund oder ist es nur ein Job?«

Die Frage schnürt Linda die Kehle zu. »Die Studentin, die in der Uni von ihrem Ex erstochen wurde. Erinnerst du dich?«, presst sie hervor. »Sie war meine beste Freundin.« Sie verstummt und reißt sich, plötzlich von allen Zweifeln befreit, die Kleider vom Leib. Dann rutscht sie neben Mathilde ins Wasser und packt einen Fußknöchel der Leiche. »Komm! Bringen wir es hinter uns.«

Thomas Schrage

Blutprobe

Trüb und diffus steht das Tageslicht in der abgelegenen Straße. Ein Vorort mit Industriecharakter. Obwohl es schon Vormittag kurz vor zehn ist, will es nicht richtig hell werden. Feiner Sprühregen fällt durch die Luft, und die grauen Funktionsgebäude liegen feucht und bewegungslos. Nässe läuft überall herab.

Im Schleier des Regens wird eine Gestalt sichtbar. Eine junge Frau. Zügig kommt sie die Straße entlanggelaufen. Ihre Haare sind nass, sie hat nichts dabei, um den Kopf zu schützen. Aber das ist nicht der einzige Grund, aus dem sie sich beeilt.

Sie wirkt nervös. Vielleicht sogar aufgeregt. Ihre Schritte greifen kurz und hart aus, aber ihre Schultern federn kaum mit.

Die junge Frau heißt Laurina. Schnell ist sie näher gekommen, bleibt dann vor einem der Gebäude stehen. Sie sieht an ihm hinauf, dann irgendwohin zur Seite, dann auf den Boden. Sie überlegt.

Das, was für sie jetzt kommen wird, ist eine große Herausforderung. Vielleicht lag nie etwas Wichtigeres vor ihr. Viel hängt für sie davon ab. Und sie muss die Hürde nehmen. Es gibt keine andere Chance.

Wieder schaut sie hoch zum Gebäude, atmet ein paar Mal. Dann strafft sie sich, fasst die Eingangstür fest in den Blick – und mit kontrolliertem Schritt geht sie schließlich drauf zu.

»So, da sind wir also«, sagte der Mann. »Setzen wir uns doch erst mal.«

Der Raum war größer, eine ehemalige Werkshalle – und er wirkte finster. Schwarz die Wände und der Boden. Schwarz auch die hoch liegende Decke, unter der ein paar Scheinwerfer hingen, die aber im Moment nicht angeschaltet waren. Tristes Licht aus Neonröhren fiel stattdessen herab.

Der Raum war im Wesentlichen leer. In einer Ecke standen ein paar billige Regale, darin Kartons mit Krimskrams, daneben Papier. Ansonsten war da nur eine große, freie Fläche. Ein paar Stühle standen verstreut an den Wänden. Einige weitere bildeten mit ein paar Tischen eine kleine Insel am vorderen Ende, ausgerichtet auf den Rest des Raums, wo es aber im Moment gar nichts zu sehen gab.

Der Mann setzte sich auf einen der Stühle, die freie Fläche im Blick, und wies auf den Platz ihm gegenüber. Er hieß Rouven Hochheimer und hatte sich in den letzten Jahren als Theaterregisseur einen durchaus achtsamen Namen in der Szene der Rhein-Main-Region gemacht.

»Also«, begann er, »danke, dass du hier raus nach Griesheim gekommen bist. Ich treffe mich mit möglichen Darstellern immer gerne vorab – vor allem, wenn ich keinen kenne, wie hier am Staatstheater Darmstadt – und in der Probenbühne abseits vom Trubel geht das immer besser. Ich will jetzt mit dir rausfinden, ob man überhaupt zusammenarbeiten kann, Ideen besprechen,

Ideen entwickeln. Ich suche für meine Inszenierungen immer besondere Leute, weil ich eher ungewöhnlich arbeite.«

»Ja, ich weiß«, sagte Laurina. Sie hatte sich nicht gesetzt, stand noch immer im Raum, etwas verloren am Rand der leeren Fläche. Ihre Anspannung war deutlich zu spüren.

»Ich mache kein übliches Sprechtheater«, fuhr Rouven fort, der ihren Zustand nicht wahrgenommen zu haben schien. »Der Stücktext ist zweitrangig – der Impuls zählt. Es geht um Energie! Um Emotionen, die sich übertragen. Auf der Bühne muss Bewegung sein und Spannung. Präsenz und Wucht!« Er unterbrach sein Reden und sah sie nun doch an. »Ich weiß nicht mehr genau – du hattest schon eine Arbeit von mir gesehen?«

»Ja: ›Faust.Gretchen.Staatsstreich‹ im letzten Jahr.«

»Ach, genau. Na, dann weißt du ja, was ich meine. Ich suche immer das Rohe, Unverstellte für die Bühne. Da muss ungefilterte Echtheit sein. Wie gesagt: Pure Energie!«

Laurina nickte. Weiterhin stand sie am Rand der Spielfläche des Proberaums. Die Nässe des Regens lag noch auf ihr und fiel gelegentlich in kleinen Tropfen von ihr herab.

Ihre Verspannung schien auch Rouven jetzt zu bemerken. »Okay, im Moment wirkst du noch was aufgeregt. Musst du nicht sein. Aber wir müssen jetzt einen Weg finden, dass du dich lockerst. Dass ich was sehen kann von dir. Dass ich merken kann, was für eine du bist und ob du die Energie hast, die ich suche. – Kannst du das hinkriegen?«

Es war, als wäre die junge Frau angeknipst worden.

»Klar, absolut.« Energisch zog sie ihren Mantel aus und warf ihn über die Lehne eines Stuhls. »Ich hab natürlich Vorsprechrollen dabei, aber ich denke, so was willst du gar nicht sehen.«

»Nein«, wischte er unwillig beiseite. »Vielleicht kurze Fetzen daraus oder so. Aber bloß keine richtige Szene.«

»Okay«, nickte sie und ging mit harten Schritten zur Mitte der Spielfläche. »Dann wusel ich erst mal irgendwie so durch den Raum. Zum Warmwerden. Wär das in Ordnung?«

»Ja, sicher.«

Wieder nickte sie entschlossen, kam schnell noch mal zurück zu dem Stuhl mit ihrem Mantel, zerrte dort Schuhe und Socken von ihren Füßen und drehte sich wieder der Spielfläche zu. Ohne Ansatz stieß sie plötzlich einen lang anhaltenden Schrei aus, tief und mächtig, begann dabei mit vollem Tempo durch den Raum zu rennen, bis ans andere Ende, sprang dort gegen die Wand und ein Stück an ihr hoch. Sofort drehte sie um, rannte schreiend in die andere Richtung und wieder gegen die Wand. Stemmte den vorderen Fuß gegen sie, als wollte sie einen Schritt aufwärts machen, dann auch den zweiten Fuß, warf beide Hände noch gegen die Fläche, stieß sich ab, drehte sich wieder um und rannte zurück.

Fünf Mal machte sie das. Dann hatte sie keine Luft mehr zum Schreien und keine Kraft mehr zum Rennen. Mitten im Raum blieb sie stehen, rang nach Atem, leicht vorgebeugt, die Hände gegen die Schenkel gepresst.

»Ah ja«, sagte Rouven Hochheimer mäßig beeindruckt. »Energie hast du. Aber das alleine reicht nicht.

Zeig mir mehr. Was war das gerade? Zorn? Angst? Mach es deutlich. Mach es größer. Ich will von dir was sehen. – Dich!«

»Ich kann mich ausziehen«, sagte sie mit gerötetem Gesicht und weiter atemlos. »Soll ich?«

»Nein, noch nicht«, sagt Rouven, schien aber gar nicht richtig zugehört zu haben. »Ich such nach was Echtem, weißt du?«

»Wenn ich mich ausziehe, würde dir das nicht gefallen?«

»Weißt du, ich will was von deinem Inneren sehen. Was dich ausmacht. Dich beschäftigt.« Er dachte kurz nach. »Was ist bei dir gerade so los privat? Was treibt dich um? Gibt es irgendwas im Leben, wo du gerade nicht weiterkommst oder an was du dauernd denken musst? Was fällt dir da als erstes ein?«

Laurina war noch immer außer Atem. Jetzt sank sie auf den Boden nieder, sank auf die Knie und setzte sich auf ihre Fersen. »Woran ich denke?«, wiederholte sie nach Luft ringend und überlegte. Alles was ihr einfiel hielt sie offenbar nicht für passend, denn sie dachte immer weiter nach. Schließlich gab sie auf. »Es ist wohl der Blutstecher.«

»Oh«, kam von Rouven, und die Atmosphäre im Raum änderte sich. Schwere machte sich breit. »Ausgerechnet mit diesem Serienkiller kommst du.«

»Ja«, sagte sie kraftlos. »An den muss ich denken.«

Eine Pause entstand. Gegenseitig beobachteten sie sich.

»Warum?«, fragte Rouven dann. »Weil es um uns geht? Weil es immer nur Theaterleute sind, die ermordet werden?«

Sie zuckte mit den Schultern. »Ja, vielleicht…«

Seine Augen verengten sich zu Schlitzen. Eine Vermutung war ihm gekommen. »Oder gibt es einen Grund, weswegen dich das berührt? Kanntest du wen von den Opfern?«

Inzwischen konnte Laurina wieder atmen. »Ja«, antwortete sie leise und kurz kippte ihr Blick nach innen. Doch schnell richtete sie sich auf, zeigte Festigkeit. »Ja«, wiederholte sie, »den ersten kannte ich tatsächlich. Die anderen waren alle fremd.«

»So«, entgegnete er. »Und jetzt willst du diese Betroffenheit hier vor mir ausbreiten?« Er strich sich schmal lächelnd über das Kinn. Der Gedanke schien ihm zu gefallen.

Wieder sahen sie sich gegenseitig an. Sie hielt seinem Blick stand, erwiderte ihn fast herausfordernd.

»Schön«, sagte er und klatschte in die Hände. »Dann lass uns damit arbeiten. Lassen wir gerade noch mal Revue passieren, was über den Fall bekannt ist. Also, vor fast zwei Jahren ging ein Schauspieler nach dem Ende der Vormittagsprobe aus dem Mollerhaus und wurde kurz darauf tot vor dem Bühnenausgang gefunden. Das war der erste und muss dann also dein Bekannter gewesen sein. Ihm ist mit einem Messer oder was anderem Spitzen so in den Hals gestochen worden, dass ihm das Blut rausschoss und er regelrecht leergelaufen ist. Als etwas Ähnliches dann ein paar Monate später einem Darsteller vom theater INC. auf dem Weg zum Bewegungstraining passierte, hat irgendwer im Internet angefangen, den Täter ›Blutstecher‹ zu nennen, und das haben dann alle übernommen.«

Laurina nickte leicht. Ihr Blick ließ keine Regung erkennen.

»Letztes Jahr vor Weihnachten gab es den dritten Toten in der Neuen Bühne in Arheilgen und vor ein paar Wochen den vierten. Das Mysteriöse ist, dass keine Verbindung zwischen den Opfern zu erkennen ist. Außer natürlich, dass alle aus dem Theatermilieu kommen. Und aus der Szene muss auch der Täter sein, denn er kennt die Verhältnisse an den Tatorten. Sonst fehlt auf den Killer jeder Hinweis.«

»Oder die Killerin«, warf Laurina verhalten ein.

»Bitte?«

»Oder die Killerin«, wiederholte sie lauter. »Es kann ja genauso gut eine Frau sein.«

»Können Frauen so exzessiv gewaltvoll werden? Brutal zustechen? Greifen die nicht eher zu subtileren Mitteln wie Gift oder so?«

Die junge Frau sah den Mann an. »Es braucht nicht viel Kraft, jemandem etwas Spitzes in den Hals zu stoßen und dann zu warten, bis er von alleine umfällt.«

»So?« Rouven hatte unschlüssig die Augenbrauen gehoben. »Na, wenn du meinst. – Die Polizei jedenfalls hat nichts, um Ermittlungen anzusetzen. Es ist kein Motiv zu sehen.«

»Vielleicht gibt es keins. Vielleicht geht es nur darum, inneren Irrsinn in Ausdruck zu fassen.«

Rouven ging darauf nicht ein. »Und in der Darmstädter Theaterszene herrscht allseits Beklommenheit, weil niemand weiß, wann wieder ein Mord kommt.«

Noch einmal nickte Laurina langsam. Sie kauerte weiterhin am Boden der Spielfläche.

»Und mit dieser Angst willst du jetzt arbeiten?«, kam Rouven wieder auf sein eigentliches Thema zurück. »Die sitzt auch in dir ganz tief, ja? Hat sie eine Gestalt? Kannst du sie darstellen?«

Laurina zögerte. »Ich weiß nicht – es ist gar nicht so sehr Angst.«

»Sondern?«

»Eher vielleicht Anspannung vor einem nächsten Mal …«

Sie sagte nichts weiter, schaute den Regisseur ruhig an.

»Anspannung, mh«, kam wenig angetan von ihm. »Das ist nicht sonderlich groß für die Bühne.«

Die junge Frau sprang auf. »Nicht groß genug? Okay, dann was völlig anderes. Was willst du, das ich jetzt für dich tu?«

»Moment«, bremste Rouven, »nicht gleich aufgeben. Lass uns beim Thema bleiben, das als erstes aus dir kam. Also, Anspannung – da steckt aber doch auch Trauer drin? Oder? Weil dein Freund eins der Opfer war?«

Hastig drehte sich Laurina ab. Ihr ganzer Körper war plötzlich verspannt. Krampfig machte sie Schritte über die Spielfläche, ohne Ziel, die Arme steif herabgestreckt, die Hände starr abgewinkelt. Nur ihre Stimme blieb seltsam ruhig. »Malte war tatsächlich mein Freund: Wir waren zusammen. Aber dann nicht mehr, und wir hatten uns lange nicht gesehen. Und dann plötzlich passiert es, und er ist tot.«

Rouven sah ihr fasziniert zu. »Das ist toll, was du da jetzt machst.« Mit konzentriert zusammengekniffenen Augen beobachtete er, wie sie ging. »Zeig mir mehr davon!«

»Besser vielleicht nicht.« Laurina hielt an, stand wie eingefroren und starrte den Regisseur an. »Besser nicht …«

»Doch, doch, mit den Morden, lass uns damit weitermachen.« Rouven wirkte jetzt völlig begierig. »Oder wie ist das mit Gewalt ganz allgemein: Kannst du gewalttätig werden?«

In ihrer Starre sackte Laurina ein winziges Wenig zusammen, als hätte sie etwas getroffen.

»Das kannst du nicht in Ruhe lassen, was?«, entgegnete sie tonlos. Eine Pause entstand, dann fuhr sie auf. »Meine Gewalttätigkeit? – Okay. Vielleicht sollte ich mir hier ja irgendwas Spitzes suchen. In den Regalen gibt es vielleicht eine Schere oder so.« Sie lief tatsächlich hin und begann sich durch die Kartons und Gegenstände zu wühlen. »Oder vielleicht finde ich ja zufällig ein Klappmesser in meiner Tasche. Und dann lass ich Energie frei. Das ist doch, was du willst, oder?«

Der Regisseur war aufgestanden. Die Veränderung der Stimmung gefiel ihm nicht »Nein, nicht so…«

Laurina schoss hoch. »Ob ich wen abstechen könnte? Dass sein ganzes Blut aus ihm läuft – was denkst du? Könnte ich?«

Rouven schüttelte den Kopf. »Mädchen, du bist echt wirr. So entsteht hier doch nichts.« Er hob hilflos die Arme, ließ sie aber gleich wieder fallen.

»So, hier entsteht nichts?«, fauchte Laurina. »Hier entsteht nichts? – Bist du sicher?«

Alarmiert hielt er mit jeder Bewegung an. Sah nur zu ihr hin. Sie starrte zurück.

Entschlossen schüttelte er dann den Kopf. »Ich glaube nicht, dass wir zusammenfinden. Tut mir leid.« Damit griff er sich seine Jacke.

»Was willst du?«, rief sie. »Abhauen? Glaubst du ernsthaft, das geht noch? Wir beide sind jetzt schon zu weit gegangen.«

Sie lief zu ihm hin und stieß ihm mit beiden Händen gegen die Schultern. Das kam überraschend, Rouven taumelte zwei Schritte rückwärts.

»Kriegst du auf einmal Angst?«, rief sie weiter. »Keine Lust mehr über Serienkiller zu reden?« Wieder machte sie einen schnellen Schritt auf ihn zu und stieß ihn noch mal.

»Schubs mich nicht!«, brüllte er, völlig davon überfordert, wie die Situation urplötzlich eskalierte. »Mann, du tickst doch nicht richtig! Dir ist die Verzweiflung um deinen verlorenen Malte ja völlig ins Hirn gestiegen!«

»Du bist doch deshalb hier, oder?«, schrie sie zurück. »Wir haben es doch beide die ganze Zeit gewusst, oder? Beide wissen wir's! Oder hast du nicht aufgepasst? Wo du doch so sehr was sehen willst.«

Aufgebracht starrte Rouven sie an.

Sie schrie weiter. »Ich hab Malte verloren, genau. Und du weißt warum, und ich weiß warum! Und du glaubst, du kannst noch abhauen? Nicht mehr so kurz vorm Finale! Ich weiß alles! Es ist zu spät. Alles ist zu spät. Also komm her, wenn du dich noch traust!«

Er fand keine Worte.

Mit einem Ruck riss sie ihm die Jacke aus der Hand, holte aus damit und klatschte sie ihm mitten ins Gesicht. Er heulte auf. Sie schlug noch mal zu. Er versuchte sein Gesicht zu schützen und gleichzeitig nach der Jacke zu greifen.

Er bekam sie zu fassen. Kurz funkelte er sie zornig an. »Du willst es ja so.«

Er zerrte die Jacke weg, warf sie beiseite und stürmte gegen sie an.

Sie wich zurück. Sah auf seine rechte Hand, die in seiner Hosentasche verschwand und gleich wieder zum Vorschein kam. Aus seiner Faust schnappte die Klinge eines Klappmessers.

Rückwärts versuchte Laurina wegzukommen, stolperte, er holte mit dem Messer seitlich aus, zielte auf ihren Hals.

Sie schrie!

Krachend flog die Tür des Raums aus den Angeln. Vier Vermummte in voller Kampfmontur stürmten herein. »Polizei! Keine Bewegung!«

Zwei warfen sich auf Rouven, zwangen ihn auf den Boden, die beiden anderen standen mit der Pistole im Anschlag dahinter.

Rouven schrie auch. »Ihr Schweine! Lasst mich!«

Ein Mann in Zivil kam herein. Seine Augen glühten vor Entschlossenheit. Kurz sah er auf den Theaterregisseur am Boden, dem der Kopf von einem Knie niedergedrückt wurde und ein Einsatzbeamter Handschellen anlegte. »Rouven Hochheimer«, sagte er dann, »ich verhafte Sie wegen Verdachts auf vierfachen Mord und dem Versuch eines fünften gerade eben.«

Einen Augenblick lang schaute er noch zu, doch es war sicher, dass sich der Mann nicht mehr wehren konnte. Dann wandte er sich an Laurina.

»Wir hatten abgesprochen: Keine Provokationen! Nur Informationen rauslocken, wenn es unauffällig möglich ist!«

»Ich hatte alles unter Kontrolle.«

»Sah nicht so aus!«

»Ich hätte mich wehren können, ich hab auch ein Messer dabei!«

»Und ich würde sagen: Der Mörder hätte Sie beinahe überwältigt! Fast hätten Sie das hier mit Ihrem Leben bezahlt. Ist Ihnen das klar?«

Laurina antwortete nicht, schaute nur auf Rouven, der gerade von den Einsatzbeamten hoch auf die Füße gezerrt wurde.

»Es hat gelangt«, murmelte sie. »Wir haben ihn.«

Und ein kleines Fünkchen Genugtuung glühte in ihrem Gesicht auf.

Rache.

Nein, es wird keine Polizei kommen.

Laurina steht noch immer vor dem Gebäude mit dem Proberaum. Sprühregen läuft an ihr herab.

Die Kripo darf Gespräche gar nicht mithören. Wäre auch gerichtlich nicht verwertbar. Geht nicht alles so einfach, wie in den Fernsehkrimis, in denen sie schon mitgespielt hat.

Sie wird nicht auf Hilfe in letzter Sekunde hoffen dürfen. Sie wird das allein durchziehen müssen. Ganz allein. Und es muss ihr gelingen. Eine zweite Chance wird sie nicht haben.

Gefährlich alles. Aber sie weiß, dass sie richtig liegt. Die Zusammenhänge stimmen, alle. In diesem Mann ist Radikalität. Er lässt sie sogar auf Bühnen öffentlich Gestalt annehmen. Außerdem kennt er sich in der Szene aus, an den Orten. Und noch viel mehr macht es sicher. – Sie muss jetzt handeln! Weil sonst niemand handeln kann. Die Polizei ist machtlos. Beweise gibt es nicht. Es gibt nur ihre Gewissheit.

Dieser kranke Serienmörder muss erledigt werden. Das ist sie dem Andenken von Malte schuldig! Dem ersten Toten. Ihrer letzten großen Liebe.

Laurina schluckt. Sie hat eine Hand in der Hosentasche. Ihre Faust ist um den Griff eines Klappmessers geschlossen.

Sie schaut hoch zum Gebäude vor sich, atmet ein paar Mal. Dann strafft sie sich, fasst die Eingangstür fest in den Blick – und mit kontrolliertem Schritt geht sie schließlich drauf zu.

Ivonne Keller

Schneewittchen dürfen nicht sterben

Das Mädchen sieht aus wie ein Engel. Ohne Flügel zwar. Aber so an sich. Feingezeichnetes Gesicht mit Stupsnase. Blaue, strahlende Augen. Dazu dunkle Locken. Diese Kombination gibt es selten. Das Kleid ist weiß mit blauem Matrosenkragen. Die schwarzen Lackschuhe sind an einigen Stellen zerkratzt.

Phil unterdrückt ein Gähnen. Er muss eine Weile weggenickt sein, aber jetzt ist er hellwach.

»Na, wer bist du denn?«, fragt er leise und richtet sich auf. Corry, die sich eben schwer atmend auf der benachbarten Parkbank im Lindenrondell niederlässt, soll ihn nicht hören. Nicht, dass sie ihm wieder vorwirft, er wäre verrückt.

Das Kind ignoriert seine Frage. »Weißt du, welcher Tag heute ist?«, will es stattdessen wissen.

Phil überlegt. Nicht Sonntag jedenfalls. Sonntags ist auf den Parkwegen mehr los.

»Könnte Dienstag sein«, überlegt er und fährt sich über den Kopf. Dabei erwischt er die schorfige Stelle an der Stirn. »Sorry, Kleine, ich weiß es nicht genau, bei mir ist jeder Tag gleich.«

»Heute ist mein Geburtstag.«

»Oh.« Er verzieht die Mundwinkel. »Meinen herzlichen Glückwunsch.« Er sieht sich um. »Wo sind denn deine Eltern?«

Das Mädchen hebt die Schultern. »Tot.«

Er blinzelt. »Echt?«

Die zarten Lippen aufeinandergepresst, nickt sie mit ernster Miene.

»Bist du ganz alleine hier?«

Sie nickt wieder.

»Wenn du willst, können wir was spielen«, schlägt er vor. Er mag kleine Mädchen. Besonders dieses hier. Es lässt ihn an sein Schneewittchen denken. Er malt sich dann aus, wie sie gewesen sein könnte.

Das Kind zupft an seinem Ärmel. »Kommst du mit?«

»Wohin denn?«

Mit dem Kinn zeigt sie in Richtung Ententeich, vielleicht auch zum weiter vorn gelegenen Herrngarten-Café. Der Biergarten ist um diese Jahreszeit noch geschlossen, aber es kann nicht mehr lange dauern, bis sie wieder alles nach draußen räumen; es wird jeden Tag milder. Corry trägt trotzdem immer noch Handschuhe.

Phil wischt sich die Nase am Jackenärmel ab und steht auf. »Also gut«, sagt er. »Hab eh nix Besseres vor.«

Wahrscheinlich hat er doch wieder zu laut geredet, denn Corry mustert ihn aufmerksam. Ihre Tränensäcke sind so dick, als hätte sie Wattepads unter die durchscheinende Haut geschoben. »Gehst du zum Kiosk?«, fragt sie mit rauchiger Stimme. »Bringste mir'n Bier mit? Ich hab Durst. Die Kohle geb ich dir morgen.«

Er tippt sich an die Stirn. Sie weiß genau, dass er ebenso wenig Bares besitzt wie sie. Das Tagesgeschäft ist nicht gut gelaufen. Immer wieder muss er sich anhören, er solle sich eine Arbeit suchen. Würde er ja. Aber es will ihn keiner. »Nee, ich hab andere Pläne.«

Corry schnalzt mit der Zunge. »Willste etwa nach Black Beauty suchen? Die Mühe kannste dir sparen. Die kommt nicht mehr wieder, die ist über alle Berge. Du hast ihr echt zugesetzt mit deiner Story vorhin.«

Phil winkt ab. Corry soll mal nicht so tun, als wäre er hier der Übeltäter. Sie selbst hat nämlich Lena, der Corry wegen ihrer schwarzen Haare diesen albernen Spitznamen gegeben hat, ziemlich oft tödliche Blicke zugeworfen, seitdem die vor drei Tagen zu ihnen gestoßen ist. Aber seinetwegen kann Lena sowieso bleiben, wo der Pfeffer wächst.

Schnell eilt er hinter der Kleinen im Matrosenkleid her. Das Mädchen muss doch eigentlich frieren in dem dünnen Stoff. Am liebsten würde er sie auf den Arm nehmen und wärmen. Aber Mädchen warmhalten, das endet nicht gut.

»Was ist, wenn dich jemand sucht? Dein Opa oder deine Oma vielleicht?«, fragt er, als er sie eingeholt hat.

Das Kind bleibt stehen. »Die sind doch auch schon längst tot. Aber heute soll es keine Toten geben. Schon gar keine toten Mädchen. Ist doch mein Geburtstag.«

»Tote Mädchen?«

»Komm mal mit.« Die Kleine nimmt ihn bei der Hand. Schön fühlt sich das an. Als hätte ihn jemand gern.

»Wie heißt du denn eigentlich?«, fragt er sie.

»Elisabeth. Und du?«

»Phil«. Eigentlich heißt er Leo, genauso wie Leo aus ihrer Truppe im Lindenrondell, aber der war eher hier und hat die älteren Namensrechte. Da hat er sich für Phillip entschieden, seinen zweiten Vornamen. Die anderen haben daraus Phil gemacht.

»Wie alt bist du denn heute geworden, Elisabeth?«

»Acht.«

Eine achtjährige Elisabeth. Phil kratzt sich über die schorfige Stelle auf seiner Stirn. Wo hat er davon schon mal gehört?

»Und wie alt bist du?«, unterbricht sie seine Gedanken.

Er muss kurz überlegen. »Dreiunddreißig.« Verstohlen betrachtet er das Mädchen. Er könnte ihr Vater sein.

»Mein Papa war der Beste«, verkündet Elisabeth prompt. »Er hat mich so lieb gehabt wie niemand sonst.«

»Meine Mama und mein Papa haben mich weggegeben«, sagt er. »Weil ich meine kleine Schwester totgemacht habe.«

»Ich weiß«, antwortet sie. »Aber das war nicht deine Schuld.«

Es hat ihm auch niemand einen Vorwurf gemacht. Trotzdem haben seine Eltern ihn weggegeben; sie meinten, es wäre besser, wenn jemand rund um die Uhr auf ihn achtgäbe. Immer wenn die Eltern ihn besucht haben, und ihm weismachen wollten, es gehe dem Schneewittchen gut, dort wo es jetzt sei, hat er sich die Ohren zugehalten und den Kopf gegen die Wand geschlagen, bis sie wieder weggingen. Das macht er heute noch manchmal. Die Wunde auf der Stirn wird wohl nie verheilen.

Er weiß gar nicht, warum er Corry und Lena vorhin von seiner Schwester erzählt hat, als sie zusammen mit Leo im Rondell beisammensaßen. Lena hatte bloß erwähnt, dass Leo wie ein großer Bruder für sie sei und sich an ihn geschmiegt. Und da hat Phil plötzlich an sein Schneewittchen denken müssen und den dreien anvertraut, dass er mal eine Schwester gehabt hat. Und wie die zu Tode gekommen ist. Lena hat sich mit beiden Händen an die Brust gefasst. »Das darf doch wohl nicht wahr sein«, hat sie mit blassem Gesicht geflüstert. Dann ist sie von ihrem Platz neben Leo aufgestanden, sah aus, als wäre sie drauf und dran, sich auf Phil zu stürzen, aber Corry nahm sie bei den Schultern und redete auf sie ein, meinte, er wäre eben ein bisschen ballaballa, führte sie von ihm fort. Und Leo, der ist in die andere Richtung davongegangen, meinte, er gehe besser mal pissen. Phil haben sie allein zurückgelassen.

Er hat sich frustriert auf der Bank ausgestreckt, hat es wieder mal bitter bereut, überhaupt den Mund aufgemacht zu haben. Es hieß immer, er sei zurückgeblieben. Ist er ja auch. Zurückgeblieben ohne sein Schneewittchen! Phil seufzt traurig. Vielleicht hätte er im Heim bleiben sollen. Aber da hat er sich auch nicht zu Hause gefühlt. Genauso wenig wie hier. Er gehört einfach nirgends hin.

»Hey, Phil!«, ruft plötzlich jemand von hinten. Es ist Leo. Überrascht lässt Phil die Hand der Kleinen los.

»Hast du dich an meinen Sachen vergriffen?«, fragt sein Kumpel. »Alter, ich versteh da keinen Spaß!«

Phil überlegt fieberhaft.

»Ich spreche von der Plane, Mann!« Leo verdreht die Augen.

»Plane?«

»Ja, meine Unterlage! Die durchsichtige, die letztens von dem Lkw geflogen ist. Ich hatte noch nie eine bessere. Absolut wasserdicht! Wo ist das Ding?« Er tritt gegen einen Mülleimer zu ihrer Rechten. Das Ding scheppert.

»Da ist man mal nen Augenblick weg, und schon kriegt alles Beine. Ich hab euch gesagt, ihr sollt aufpassen!«

Phil schüttelt sich, so sehr missfällt ihm der Gedanke an die reißfeste Folie. Solche Teile bringen den Tod, das weiß keiner besser als er. »Pass doch selbst auf deinen Scheiß auf«, sagt er nur. Er zeigt Leo den Stinkefinger und bereut es ihm nächsten Moment. Die Kleine ist doch bei ihm.

Entschlossen nimmt er sie wieder an der Hand, dreht Leo den Rücken zu und geht weiter.

In den Beeten blühen die ersten Narzissen; ihre gelben Köpfe leuchten in der Dämmerung wie kleine Sonnen.

»Wollten wir nicht was spielen?«, fragt Elisabeth.

»Und was?«

»Verstecken«, antwortet sie wie aus der Pistole geschossen.

Schon lässt sie seine Hand los und huscht in die Dämmerung. »Such mich bei den sieben Zwergen!«, ruft sie über ihre Schulter hinweg. Ihr weißes Kleid verschwimmt mit der Umgebung. Schon ist sie wie vom Erdboden verschluckt.

»Warte doch mal!«, ruft er der Kleinen hinterher.

Ein Jogger mit Stirnlampe sieht Phil verstört an, ähnlich wie Lena vorhin geschaut hat. Als wäre er ein Ungeheuer. Dabei würde er nie jemandem absichtlich etwas zuleide tun. Alles, was er will, ist zu beschützen. Er hat damals nur gewollt, dass sein kleines Schneewittchen nicht friert. Elena mit ihren pechschwarzen Haaren hatte sofort diesen Spitznamen weg.

Die Eltern wollten nach ihrer Geburt Papas Arbeitszimmer zum Prinzessinnenzimmer umgestalten. Die

Wände wurden rosa getüncht, später sollte eine zartgelbe Bordüre mit Märchenschlössern darauf angebracht werden. Damit er und das Schneewittchen nicht zu viele Dämpfe von der frischen Farbe einatmeten, hatten die Eltern alle Fenster geöffnet. Viel zu kalt für die Kleine. Er hat sie in Malerfolie eingewickelt, um sie vor der Kälte zu schützen. So wie die sieben Zwerge ihr Schneewittchen vor Unheil bewahren wollten. Auch ihnen war es nicht gelungen.

In diesem Augenblick hat Phil eine Idee, wohin die Kleine gelaufen sein kann. Zum Denkmal!

Er beeilt sich, gerät ganz außer Atem in seinem Lauf über den düsteren Parkweg. Der Kies unter seinen Füßen knirscht. Am Gedenkstein angekommen, stützt er atemlos die Hände auf den Knien ab. Dabei ist sein Gesicht genau auf Höhe des Reliefs, das ein Mädchen mit schulterlangen Locken zeigt. *Elisabeth.*

Hier hat er schon öfter gestanden. Vor allem wegen des anderen Reliefs gleich darunter, einer Märchenszene: Schneewittchen im gläsernen Sarg, umrundet von den trauernden Zwergen. Die Inschrift ist nur schwer zu entziffern, aber Phil weiß, was draufsteht, er hat sie schon oft gesehen: »Unserm Prinzesschen. Die Kinder Darmstadts.« In einer Zeitung, die er mal auf einer Parkbank gefunden hat, hat er gelesen, dass das adlige Mädchen nur acht Jahre alt geworden ist. Wurde vergiftet oder verstarb an einer Krankheit, man weiß es nicht genau. Das Mitgefühl der Darmstädter kannte vor mehr als hundert Jahren keine Grenzen.

Wenn er von Leuten etwas liest oder hört, dann besuchen sie ihn anschließend manchmal. Über die Kleine freut er sich richtig. Auch wenn er eigentlich gar nicht so gerne Verstecken spielt.

»Elisabeth«, ruft er leise, aber sie antwortet nicht.

Zum Glück sind weiter vorn die Laternen an, die spenden fahles Licht. Phil späht in die Schatten hinter dem Denkmal, hin zu den Eiben. Sein Blick wandert über den Boden. Ihm ist, als scheine zwischen den Blättern der Bodendecker etwas Helles hindurch. Er hebt die Augenbrauen. Da ist ja Leos Plane. Warum liegt die hier?

Mit dem Fuß schiebt er den Efeu von der Folie. Es fühlt sich fest an. Er beugt sich nach vorn. Unter dem durchsichtigen Plastik erkennt er etwas. Ein Gesicht mit geschlossenen Augen, umrahmt von schwarzem Haar. Phil sperrt den Mund auf.

Corry hat gemeint, Lena sei über alle Berge.

Und das stimmt. Sie ist hier. Bei den sieben Zwergen.

Elisabeth tritt hinter den Eiben hervor. »Schneewittchen dürfen nicht sterben«, wispert sie.

Phil fällt auf die Knie. Seine Hände zittern, er will Lena mitsamt der Folie herauszerren aus dem flachen Grab, doch die verdammten Schlingpflanzen verhindern es. Fluchend fummelt er an der Plane herum, die am Kopfende ein wenig aufklafft. Das lässt ihn hoffen, auch wenn das Material zu dick ist, um es ganz auseinanderzuziehen. Immerhin spürt er Wärme unter seinen Fingern. Aber Lenas Lippen sehen ganz dunkel aus. So wie die von seinem Schneewittchen damals. Mama hat es ihm aus den Armen gerissen, Papa hat geschrien, und dann kam ein Krankenwagen, und später waren alle ganz leise, die Augen rot und leer.

Er muss die Folie öffnen! Sie zerreißen, aber sie ist zu fest, das Scheißzeug lässt sich mit seinen dicken Fingern nicht durchbohren. Phil weint, der Rotz läuft ihm aus der Nase, er bekommt es nicht hin. Am liebsten würde er seinen Kopf gegen das Denkmal donnern!

Hektisch fasst er in die Taschen seines Anoraks, hofft, dass er etwas findet, das ihm helfen könnte. Doch da ist nur die zerknitterte Gummibärchentüte, die er auf einer der Bänke am Spielplatz gefunden hat; außerdem ein paar Kieselsteine; und dann eine verschrumpelte Kastanie, deren Herzform ihn so sehr an das kleine, pelzige Muttermal hinterm Ohr seines Schneewittchens erinnert. Beim Stillen seiner Schwester hatte Mama es immer im Blick. Genau wie er, der stets nebendran saß.

»Was treibst du da eigentlich, du Idiot?«, fragt eine rauchige Stimme in seinem Rücken.

Phil wendet den Kopf zu Corry um. »Gott sei Dank! Du hast doch ein Handy, ruf einen Krankenwagen! Lena …«

Corry rührt sich nicht von der Stelle.

»Sie erstickt, siehst du das nicht?!«, brüllt er verzweifelt.

»Das ist sie doch längst, du Schwachkopf.« Corry tritt näher und packt ihn an den Schultern, zieht ihn fort von der Plane, weg von Lena. Sie lacht spöttisch. »Dass Leo angeblich wie ein großer Bruder für sie ist, hab ich ihr keine Sekunde abgenommen. Die ist scharf auf ihn, und das kann ich nicht zulassen. Er gehört mir!«

»Verstehst du«, wispert Elisabeth ihm zu, »wer das Schneewittchen hierher gelockt hat?«

Phil hat keine Zeit, über ihre Worte nachzudenken. Es kommt auf jede Sekunde an! Falls Lena noch lebt, muss er sie augenblicklich befreien! Wenn er damals bei seinem Schneewittchen nicht alles so falsch gedeutet hätte – das anfängliche Schreien, das immer leiser wurde, der erschlaffende Körper, was er als Entspannung interpretiert hat – dann könnte sie noch am Leben sein!

»Das Schöne ist«, unterbricht Corry seine Gedanken, »dass deine Fingerabdrücke auf der Plane sind.« Ihre behandschuhten Hände fahren in die Luft. »Im Gegensatz zu meinen.«

Verwirrt schaut Phil Corry an. Sie muss den Verstand verloren haben. Dabei ist doch angeblich er der Verrückte.

»Corry, Phil?!«, ruft jemand hinter ihnen.

Corrys Augen weiten sich.

Schon kommt Leo dazu. »Was treibt ihr zwei denn hier im Gebüsch?« Verwirrt schaut er zu ihren Füßen. »Ist das etwa meine Plane?«

Corry schmeißt sich an seine Brust, packt ihn mit beiden Händen am Revers. »Der Irre hat Lena umgebracht! Hat sie in deine Folie eingewickelt, so wie er es schon bei seiner kleinen Schwester gemacht hat! Wir müssen die Polizei rufen!«

Leo sieht sie entsetzt an. »Was laberst du denn für eine Scheiße?«

»Du hast doch ein Messer, oder?«, drängt Phil ihn.

Sein Kumpel ist wie erstarrt.

»Gib her!«, brüllt Phil, und Leo fischt fluchend ein Taschenmesser aus seiner Steppweste.

Phil reißt es ihm aus der Hand. Wieder fällt er neben Lena auf den Boden und ritzt ein Loch in die Plane, genau in Höhe ihrer Nase, fährt vorsichtig mit der Klinge durchs Plastik, legt das Gesicht frei. Sie sieht noch immer aus wie tot.

»Nein, nein, nein!«, flüstert er verzweifelt. Hektisch tastet er nach ihrer Halsschlagader, aber er kommt nicht richtig ran, das schwarze, dicke Haar ist im Weg, er muss sich Platz schaffen, will es hinter ihr Ohr klemmen. Und da fühlt er etwas unter den Fingern. Eine kleine, pelzige Erhebung. Phil hebt das Ohrläppchen an, sein Herz rast wie der Teufel. Und da ist es. Ein herzförmiges Muttermal. »So etwas Hübsches gibt es nur einmal«, hat Mama immer gesagt. »Wenn sie eine junge Frau ist, wird sie jeder darum beneiden.«

In diesem Augenblick fühlt er ihren Puls. Er keucht vor Erleichterung.

Elisabeth neben ihm lächelt.

Lena hustet und würgt. Phil schlitzt die Plane tiefer auf, greift ihr unter die Arme, zieht sie zum Sitzen. Seine Gedanken fahren Achterbahn. Sie ist vierundzwanzig. Das hat sie ihnen erzählt. Auch Elena wäre heute eine junge Frau in ihrem Alter.

Stöhnend fasst Lena sich an den Hinterkopf. An ihren Händen klebt Blut. Ungläubig betrachtet sie es, reibt die Fingerspitzen aneinander. »Was ist denn nur passiert?« Ihre Stimme bricht, sie hustet wieder, schaut von Phil zu Leo, zuletzt zu Corry. »Du hast gesagt, du wolltest mir hier was zeigen? Und dann?«

Die Angesprochene ballt die Fäuste. »Ich wusste doch gleich, dass der verdammte Stein zu klein ist!«, heult sie. »So eine Scheiße! Und jetzt stürzt du dich doch wieder auf Leo!«

Leos Kinn fällt, er stößt Corry in die Seite. »Du hast sie doch nicht mehr alle! Ich hab dir schon hundertmal gesagt, dass ich nichts von dir will!«

Corry schluchzt auf, dann lässt sie den Kopf hängen, als wäre in ihrem Nacken irgendein Faden gerissen.

Lena greift nach Phils Hand. Ihre Stimme ist nur ein Hauch. »Ich hab erst vorhin verstanden, wer du bist«, flüstert sie. »Ich hab doch nach einem Leo gesucht. Nicht nach einem Phil.«

»Gesucht?«, fragt Phil.

Lena schluckt schwer. »Jemand hat erzählt, er hätte dich hier im Herrngarten gesehen. Und da hab ich mich umgeschaut nach dir. Ich wollte erst mal so tun, als wäre ich eine von euch, damit du nicht erschrickst.« Sie hustet wieder. »Warum bist du denn damals einfach davongelaufen, als du endlich nach Hause gedurft hättest?«

Na, weil er Elena totgemacht hatte. Weil ihn keiner mehr haben wollte.

Ungläubig betrachtet er Lena.

Und da erkennt er sie endlich wieder. Dasselbe zarte Gesicht. Das schwarze Haar, über das er als kleiner Junge so gern gestreichelt hat. Die blauen Augen. »Elena?«, krächzt er.

Sie nickt. »Lena für meine Familie.« Ihre Augen füllen sich mit Tränen.

Am liebsten würde er sie an sich reißen, sie fest drücken. Aber das tut er nicht. Diesmal will er alles richtig machen.

Mit zittrigen Fingern hilft er ihr auf die Füße.

Traut sich nur, seine Hand auf ihre Schulter zu legen.

Sie lächelt ihn an. Und legt die ihre auf seine.

Johannes Maria Stangl

3,6 Prozent

»Nehmen Sie die Waffe runter, ich will nicht so enden, wie der arme Teufel da drüben.« Karl Krieber musste nicht hinsehen. Er konnte es hören. Keine dreißig Meter entfernt, mitten auf dem Karolinenplatz, zerrte der Herbstwind an einem Leichentuch, schlug es auf und deckte den Körper rasch wieder zu, um ihn vor den obszönen Blicken der Schaulustigen zu schützen.

Die uniformierten Beamten, die am Treppenabsatz Position bezogen hatten, starrten Krieber an, als sei er von Sinnen. Beide hatten die Waffen auf die dunkle Öffnung vor ihnen gerichtet, denn dorthinein war das Böse geflüchtet. Während der eine, ein älterer Kollege mit grauen Haaren und leichtem Bauchansatz, dem Befehl sofort Folge leistete, zögerte der andere. Seine Finger hatten sich um den Griff der Pistole gekrampft, jegliche Farbe hatte sein Gesicht verlassen. Krieber hatte den jungen Kollegen noch nie gesehen, und sicher hatte dieser so eine Situation noch nie erlebt. Er konnte seine Angst verstehen, aber am Ende brachte sie alle in Gefahr. Die goldene Regel in solchen Situationen hieß: Ruhe bewahren. Denn wenn alle die Ruhe bewahrten, musste niemand sterben.

»Ich habe Karten für *Othello* heute Abend, diese würde ich gerne wahrnehmen, also weg mit der Waffe. Wenn Sie aus dieser Position jemanden treffen, dann bin ich das und niemand sonst.« Einen letzten Augenblick haderte der Streifenpolizist, dann folgte er dem Befehl des Kommissars. Seiner Aufgabe und Sicherheit beraubt, zog er sich in Richtung Karolinenplatz zurück.

Dutzende Einsatzfahrzeuge hatten Position bezogen. Der Verkehr war längst zum Erliegen gekommen. Die stetig steigende Zahl der Schaulustigen, die aus dem *Hessischen Landesmuseum* strömten, wurde von uniformierten Beamten zurückgedrängt. Das Tor zum *Herrengarten* war versperrt. An den Fenstern der *TU* und des *Welcome Hotels* drückten sich neugierige Gesichter die Nasen platt. Es war Wahnsinn, aber wann hatte das Blut nicht die Massen angezogen? Krieber fuhr sich mit der Hand über die stoppeligen Wangen. Er musste sich dringend rasieren, so verwahrlost konnte er heute Abend nicht aus dem Haus.

»Was haben wir?«

Der Knopf im Ohr des Kommissars knackte. Dann konnte er die sonore Stimme seines Kollegen Simon Gotts hören. »Der Täter ist männlich, Europäer, circa vierzig Jahre alt. Laut der Aussagen der Zeugen, wirkte er verwirrt und aggressiv. Er stammelte Unzusammenhängendes, bisher ist nicht klar, ob er allein ist. Eine Geiselnahme ist unwahrscheinlich, aber nicht auszuschließen.«

»Das klingt nicht gut.« Krieber blähte die Wangen auf.

»Das klingt es nie.«

»Scheiße, sag mir, dass die Sache gut ausgeht!«

Es knackte erneut, doch Gotts blieb ihm die Antwort schuldig. Krieber hasste das Wort *verwirrt*, bei Verhandlungen ging es immer darum zu verstehen, was das Gegenüber wollte. Wenn man das Ziel kannte, konnte man alles Wichtige ableiten. Doch wie konnte man jemanden durchschauen, der offenbar nicht einmal selbst wusste, was er tat?

Er atmete tief durch, dann stieg er, nur mit einem Megafon bewaffnet, die dreckigen Stufen zum Eingang des Bunkers hinunter. Auf jedem Absatz fanden sich winzige Blutspuren, die nur für den Wissenden sichtbar waren. Kleine Spritzer, die von einer blutbesudelten Klinge getropft waren, verschmiert von den Menschen, die panisch auf sie getreten waren.

Der Kommissar blieb drei Stufen vor dem Treppenabsatz stehen, als würde ihm die erhöhte Position in der kommenden Konfrontation einen Vorteil verschaffen. Blaues Licht fiel gespenstisch auf den grauen Beton. Am Griff der Bunkertür befand sich ein blutiger, halbgeronnener Handabdruck. Wenn es einen letzten Zweifel gegeben hatte, nun war er ausgeräumt.

Krieber hob das Megafon, sodass er das kalte Plastik an den Lippen spüren konnte.

»Hier spricht Kommissar Karl Krieber, ich bin der Verhandlungsführer der Polizei Darmstadt. Sie sind umstellt. Legen Sie das Messer weg, und kommen Sie mit erhobenen Händen heraus. Es muss nicht noch mehr Blut vergossen werden.«

Er setzte das Megafon ab und wartete auf eine Reaktion. Es war eine Pause für das Protokoll, für die Medien und die Sesselfurzer, die am Ende Angst um ihren Kopf hatten. Dieser Typ würde sicher nicht herauskommen, nur weil man es ihm befahl. Es war so sinnlos, wie das »Halt oder ich schieße!« im Kino. Niemand hielt an und niemand schoss. Vergebene Liebesmüh, aber die Regeln mussten befolgt werden.

Der Kommissar starrte in den leeren, von blauem Licht gefluteten Vorraum, von dessen Seite eine weitere Bunkertür abging. Warum musste dieser vermaledeite Bunker gerade jetzt geöffnet sein! So viele Jahre war der Schutz vor der nuklearen Vernichtung geschlossen, aber heute, an dem Tag, an dem ein verrückter Messerstecher durch die Stadt sprang, war Tag der offenen Tür. Krieber wägte seine Möglichkeiten ab. Ohne das Ziel seines Gegenübers zu kennen, war es unmöglich, sich auf eine eigene Strategie festzulegen. In diesem Fall war es das Beste, auf Zeit zu spielen. Hinter ihm stand die gesamte Macht der Exekutive, hinter seinem Gegenüber befand sich nur die graue Bunkerwand. Irgendwann würde er von den größten Feinden des Menschen übermannt werden. Hunger, Durst und Müdigkeit. Eine unangenehme Ruhe kehrte ein, selbst der Wind hatte seine Arbeit eingestellt, als hätte es der gesamten Stadt den Atem verschlagen.

Das wohlbekannte Knacken ließ Krieber unwillkürlich zusammenzucken, als seine Überlegungen von Simon Gotts unterbrochen wurden.

»Es gibt schlechte Nachrichten, der Irre ist ziemlich sicher nicht allein. Wir müssen nun von einer Geiselnahme ausgehen. Unterstützung ist unterwegs, es werden die ganz schweren Geschütze aufgefahren.«

»Wie meinst du das?«

»Gerade kam die Information rein, dass eine Lehrerin der Viktoriaschule zwei Schüler ihres Ausflugs vermisst.«

Krieber presste den Knopf in sein Ohr, er durfte kein einziges Wort verpassen.

»Ausflug? Hätten die nicht einfach in den Zoo fahren können?«

»Als der blutverschmierte Typ im Bunker auf die Klasse traf, ist Panik ausgebrochen. Alle wollten raus …«

»Und zwei haben es nicht geschafft, und niemand weiß, ob der Kerl sie geschnappt hat.«

»Richtig. In dem Bunker gibt es viele Möglichkeiten sich zu verstecken, dennoch müssen wir vom Schlimmsten ausgehen.« Gotts brachte den Gedanken nicht zu Ende.

»Gut, ich schaue, was ich tun kann. Bisher hat keine Kontaktaufnahme stattgefunden. Halt mich auf dem Laufenden.«

Es knackte kurz, dann war Krieber wieder allein.

So schnell hatte sich das Blatt gewendet. Seine Taktik hatte sich als falsch herausgestellt, und sämtliche Pläne waren über den Haufen geworfen worden. Die Zeit war nun der Feind, und die Ziele seines Widersachers lagen immer noch im Dunkeln. Im Bruchteil einer Sekunde war die gesamte Macht des Staates in die Defensive gedrängt worden. Krieber hob das Megafon erneut vor den Mund und wiederholte seinen Sermon. Auch dieses Mal verklangen die Worte ungehört. Dem Warten folgte die Ernüchterung, war das wirklich alles, was er tun konnte? Bedeutungslose Reden schwingen und auf die Kavallerie warten? Er wollte sich diese Fragen nicht beantworten. Am liebsten wäre er selbst in den Bunker hinabgestiegen, aber was dann? Er war kein Actionheld, er war ein Mann, der schon seit Jahren mit dem Rauchen aufhören und mit dem Joggen anfangen wollte, aber jedes Mal an seinem eigenen Alltag scheiterte. Es wäre Selbstmord, wenn er den Atomschutzbunker alleine stürmen würde. Hinter jeder Stahltür konnte der irre Messerstecher lauern und ihm oder den beiden Kindern die Kehle …

»Ich komme nicht raus!« Kraftvoll und klar schallte dem Kommissar die Antwort auf die längst verklungene Aufforderung entgegen.

Die Worte elektrisierten Krieber, selbst Ablehnung war besser als Stille. Seine Handflächen begannen zu schwitzen, sein Herzschlag beschleunigte sich. Nun musste es schnell gehen. Wenn er sich zu lang Zeit ließ, oder nicht die richtigen Worte fand, würde der Kontakt abreißen. Der Kommissar leckte sich über die Lippen, in der Ferne ertönte eine Hupe, als wolle ihn der Fahrer zu einer Entscheidung drängen. Als die Stille wieder kam, hatte sich Krieber auf eine neue Taktik festgelegt. Die Waage stand zu seinen Ungunsten, nun galt es, seinem Gegenüber ein paar Brocken hinzuwerfen, um die Situation zu entspannen. In dem Moment, in dem er den Sprechknopf des Megafons gedrückt hatte, meldete sich Gotts erneut über Funk.

»Die Sache ist komplizierter als gedacht. Einer der fehlenden Schüler ist auf die regelmäßige Einnahme von Medikamenten angewiesen, diese hat er aber nicht bei sich. Es wird alles für einen schnellen Zugriff vorbereitet.«

»Wie lange habe ich?«

»Ich kann es dir nicht sagen.«

Krieber wurde kalt. Er hob das Megafon und sprach in die Leere des Bunkers, in der Hoffnung, dass der Irre nicht so irre war, wie befürchtet.

»Nennen Sie mir Ihren Namen und Ihre Bedingungen.« Trotz der Anspannung war seine Stimme fest und ohne irgendwelche verräterischen Emotionen.

»Mein Name ist Robert, und ich will, dass Sie verschwinden!« Es war nicht das Brüllen eines in die Enge getriebenen Tieres, sondern die resolute Art eines Wirtes, der einen Betrunkenen abwies.

»Robert, Sie wissen, dass das nicht geht! Ich kann Ihnen nichts geben, was außerhalb meiner Macht liegt.«

»Dann will ich Gerechtigkeit! Die liegt doch in Ihrer Macht! Sie sind doch das Gesetz, der Sheriff unserer schönen Stadt!«

Krieber legte die Stirn in Falten. Gerechtigkeit, ein bizarrer Wunsch für jemanden, der vor weniger als einer Stunde einem Mann den Bauch aufgeschlitzt hatte.

»Gerechtigkeit können Sie haben, aber dafür müssen Sie rauskommen.«

»Ich bin nicht bescheuert. Ihre Gerechtigkeit wird niemals meine Gerechtigkeit sein! Wussten Sie, dass gerade mal 3,6 Prozent der Deutschen im Ernstfall einen Platz in einem der Bunker hatten? Jetzt stellt sich eine Frage: Was machen die anderen 96,4 Prozent der Menschen? Ich sage es Ihnen, werter Herr Polizist. Sie sterben. Vielleicht nicht sofort, aber es ist unumgänglich. Es ist einfach kein Platz für alle Menschen auf dieser Welt. Und erst recht nicht in diesem Land oder dieser Stadt!«

Kriebers Gedanken rasten, konzentriert hatte er dem Gesagten gelauscht, nun galt es das Gemeinte zu verstehen. Immer auf der Suche nach dem Sinn.

»Simon?« Krieber hörte sofort das vertraute Knacken im Ohr.

»Ja?«

»Rache. Ich bin mir sicher, dass der Mann aus Rache getötet wurde. Wissen wir schon etwas über ihn? Ich brauche etwas, mit dem ich arbeiten kann. Einen Namen, einen Beruf oder sonst was. Vielleicht haben die Zeugen ein Gespräch oder einen Streit mitbekommen.«

»Wir arbeiten daran, aber bis jetzt wissen wir nichts. Aber lang wird es nicht mehr gehen, die Eingreiftruppe steht schon bereit.«

»Ich bekomme das hin, ich brauche nur mehr Zeit. Niemand muss hier sterben. Bitte, Simon, gib mir Zeit.«

»Karl, ich gebe alles, was ich kann. Aber lange wird es nicht mehr dauern. Sie wollen über das Parkhaus rein. Sobald der Bunkerwart mit dem Schlüssel da ist, geht es los.«

Krieber musste sich beeilen, ohne die Sache zu überstürzen.

Er rang mit sich, dann beschloss er, die Vorsicht über Bord zu werfen und kam sofort zum Punkt.

»Warum musste der Mann sterben?«

Kriebers Worte verhallten und als die Furcht, Robert verprellt zu haben an ihm zu nagen begann, kam endlich eine Antwort.

»Ich habe es für Mutter getan! Er hätte sie sonst getötet. Ich wollte das nicht, aber er hat nicht mit sich reden lassen! Er wollte nicht hören!«

Die resolute Art des Mannes war verschwunden. Es schien so, als hätten sich zwei Stimmen zu seiner Verteidigung erhoben. Die eines trotzigen Mannes und die eines wehleidigen Kindes. Krieber zögerte keine Sekunde. Das Kind war der Schlüssel zum Erfolg. Er musste nicht den Mörder überzeugen das Messer fallen zu lassen, sondern das Kind, das sich um seine Mutter sorgte.

»Ich hoffe, Ihrer Mutter geht es gut.«

»Nein. Sie wird bald sterben! Das alles war zu viel für sie, und wenn sie erfährt, was ihr Sohn getan hat, wird es ihr das Herz brechen. Ich wollte das nicht! Achtundsiebzig Jahre hatte sie einen Platz in dieser Stadt. Und nun soll sie vor den Türen der Bunker zugrunde gehen? Das ist nicht fair! Wieso durfte sie nicht in ihrem Bunker bleiben?«

»Simon?« Obwohl Robert ihn unmöglich hören konnte, flüsterte der Kommissar.

»Ja?«

»Ich bin mir ziemlich sicher, dass der Ermordete versucht hat, die Mutter des Täters aus ihrer Wohnung zu bekommen.«

Krieber wartete nicht auf die Antwort seines Kollegen, sondern erhob gleich wieder die Stimme. Er zwang sich zur Ruhe, obwohl er wusste, dass die Eingreiftruppe mit den Hufen scharrte. Die Konstellation war denkbar schlecht, die Lage war unübersichtlich, der Täter unberechenbar. Die Finger der Kollegen würden heute besonders locker auf dem Abzug liegen.

»Was mit Ihrer Mutter passiert ist, tut mir leid. Vielleicht gibt es aber noch eine Lösung. Legen Sie das Messer weg, und kommen Sie raus.«

»Wenn es eine andere Lösung gegeben hätte, dann wären wir nicht hier. Glauben Sie nicht, ich hätte alles versucht? Ich bin kein Monster! Niemand wollte mir zuhören. Niemand wollte helfen. Bis ich das Messer gezogen habe, war es allen egal.« Der Trotz kehrte in seine Stimme zurück.

Krieber hatte solche Menschen schon oft erlebt. Jene, die sich ausgegrenzt und im Stich gelassen fühlten, von übermächtigen Kräften in die Knie gezwungen. Nur zu häufig endeten sie auf dem Sims eines Hausdachs und in seltenen Momenten in genau so einer Situation wie dieser. Mit einem Messer an der Kehle eines Kindes oder einer Pistole am Kopf einer Sachbearbeiterin.

Es knackte im Ohr des Kommissars. »Ich habe was. Der Tote heißt Peter Ospach, er war Investmentbanker bei *Eichholz und Rupke*.«

Eichholz und Rupke – nun endlich ergab alles einen Sinn. Krieber hatte es geahnt, aber nun hatte er endlich die Gewissheit. Schon seit Wochen berichteten die Zeitungen über den Kampf im Martinsviertel. Mieter gegen Investoren, die Alteingesessenen gegen die Neureichen. Die Fronten waren verhärtet, und nun war sogar das erste Blut vergossen worden.

»Danke, Simon, ich glaube, ich habe die Lösung.«

»Karl?« Gotts' Stimme klang hohl. »Die Eltern des Jungen machen Druck, der Schlüssel für den Schacht ist da, es wird nicht mehr lange dauern.«

Krieber presste die Lippen aufeinander.

»Ich brauche noch zehn Minuten.«

»Ich weiß nicht einmal, ob du noch fünf hast.«

Krieber erhob seine Stimme. Sie war noch immer fest und ruhig, doch lange würde er die Fassade der absoluten Kontrolle nicht mehr aufrechterhalten können.

»Sie können Ihre Gerechtigkeit bekommen. Vielleicht nicht heute oder morgen, aber Sie werden sie bekommen!«

Krieber schallte ein höhnisches Grunzen entgegen.

»Sie müssen mir nicht glauben, Sie müssen mir nur zuhören, denn ich verrate Ihnen ein Geheimnis.« Ohne auf eine Antwort zu warten fuhr Krieber fort. Er konnte die Abmahnung schon auf seinem Schreibtisch liegen sehen, aber es war ihm egal.

»Wir haben schon längst ein Auge auf *Eichholz und Rupke* geworfen, deren zwielichtige Geschäfte sind uns nicht verborgen geblieben. Es dauert nicht mehr lange, dann kümmern sich die Kollegen darum.«

»Ich wünschte, ich könnte Ihnen glauben, aber selbst wenn Sie mich nicht anlügen. Es ist zu spät.«

»Es ist niemals zu spät, das Richtige zu tun. Kommen Sie raus, und Sie bekommen Ihre Gerechtigkeit!«

»Ich …« Es war das Zögern, das Krieber verriet, dass die Fassade zu bröckeln begann. Einmal eingepflanzte Zweifel ließen sich nie wieder restlos abschütteln.

»Sie gehen rein!« Simon Gotts' Stimme war zu einem resignierten Flüstern verkommen. Verdammt, warum jetzt? Warum konnten sie nicht noch ein paar Minuten warten? Er hatte ihn doch fast so weit. Im letzten Versuch, das Schlimmste zu verhindern, brüllte Krieber in das Megafon: »Lassen Sie die Kinder gehen. Brechen Sie nicht noch mehr Müttern das Herz!«

»Welche Kinder?« Es war das Unverständnis, das selbst die besten Lügner nicht imitieren konnten, das ihm das Entsetzen in die Knochen trieb.

Krieber drückte sich panisch den Knopf ins Ohr.

»Abbruch! Er ist allein da drin! Er hat die Kinder nicht!«

Simon Gotts' Antwort ging im Lärm unter. Der Klang schwerer Schritte echote durch die Gänge, gefolgt von Schreien und dem unverkennbaren Knall von Schüssen, dann war alles still.

Krieber schloss die Augen, das Megafon entglitt ihm und schlug mit einem dumpfen Schlag auf dem Boden auf. Es stürzte die letzten Stufen nach unten und blieb vor der Tür des Bunkers liegen. Er war so kurz davor …

Ella Theiss

Die Fälscherin

Am Gefängnistor wartet die Meute. Gedränge, Geschrei, Blitzlichtgewitter. Einige quetschen sich an mich heran, halten mir ihre Mikrofone vor die Nase. Fragen prasseln auf mich ein, Spucketeilchen wehen mir ins Gesicht. Wie kommt es, dass man Sie vorzeitig entlassen hat, Frau Kandel? – Malen Sie weiter? – Fälschen Sie weiter? – Werden Sie das Grab Ihres Bruders besuchen?

Ich lächle so freundlich wie ich kann, grüße in die Runde, schiebe mich durch die Menge zum Taxi, das am Gehweg wartet.

Ein Irrwisch mit Schirmkappe und buntem Hemd hat sich an meinen Rücken geklebt. Die Frage nach dem Grab meines Bruders kam von ihm. Jetzt legt er nach: Ihr Reichtum ist Ihrem Bruder zu verdanken, Frau Kandel. Und Ihre Berühmtheit auch. Haben Sie selbst kein Talent?

Mein Anwalt hat mir empfohlen zu schweigen. Sie meinen es nicht böse, glaubt er. Es sei ihr Job, Leute aus der Reserve zu locken.

Ich gebe mich gelassen, lächle, winke, gehe weiter.

Sie kommen ins Rentenalter, Frau Kandel. Und stehen am Ende einer zweifelhaften Karriere. Wäre es nicht an der Zeit, Ihre Memoiren zu schreiben?

Memoiren? Die Frage hat was. Ich drehe mich um, sehe dem Kerl ins Gesicht. Seine Äuglein blinken vor Beflissenheit. Ich wende mich wortlos ab, setze einen Fuß ins Taxi, das mich zum Hotel bringen soll. Schreiben war noch nie mein Ding. Seit der Rechtschreibreform zähle ich mich zu den Analphabeten.

Er kann Gedanken lesen. Ich bin Ghostwriter, sagt er. Ich arbeite für den C.W. Jäger Verlag. Eine Million Auflage wäre garantiert.

Mit Millionen kenne ich mich aus. Seit dem Offenbarungseid fehlen sie mir. Ich studiere das Exposé des Verlags, staune, was die alles über meinen Bruder wissen. Und über mich. Der Irrwisch hockt mir im Hotelzimmer gegenüber, hat den Schirm seiner Kappe nach hinten gedreht, sein buntes Hemd aufgeknöpft, puzzelt an seinem Aufnahmegerät, schiebt mir sein Mikro hin. Er hat ein paar persönliche Fragen aufgelistet, zum Warmmachen.

Na denn los, sage ich.

Wie war das mit Ihnen und Ihrem Bruder in der Kindheit?, will er wissen.

Da war nix Besonderes, sage ich dem Mikro. Wir waren ganz normale Kinder einer ganz normalen Kleinstadt-Familie. Wir …

Er drückt die Aufnahmestopp-Taste. Bisschen mehr Offenheit, Mädel, sonst wird das nichts.

Ich verbitte mir das »Mädel«, gebe ansonsten klein bei. Weil er recht hat. Nichts war normal bei uns, denn ich war es nicht. Das Wunderkind, das Ausnahmetalent schien ich zu sein. Nicht Joachim. Ein stilles, in sich gekehrtes Mädchen war ich, von dem vier Jahre jüngeren Krawallmacher genervt. Dankbar und frei von Eifersucht, wenn unsere Mutter ihn schmusend und knuddelnd von mir fernhielt.

Mit fünf fing ich an zu zeichnen: Katzen, Kaninchen, Pferde. Erst mit Wachsmalkreide, dann mit Bleistift in allen Stärken, mit Tusche, mit Kohle, wie die Großen es machten. Jeden Tag. Zeichnen war wie Nachspeise. Wenn ich die Hausaufgaben zur Zufriedenheit meiner Mutter erledigt hatte, durfte ich am Küchentisch sitzen bleiben und in Bergen von Papier versinken.

Meine Kunstlehrerin am Büchner-Gymnasium sorgte dafür, dass ich an den Malkursen des Hessischen Landesmuseums teilnahm. Zusammen mit Erwachsenen. Und ich bekam freien Eintritt in die Gemäldegalerie. Mit vierzehn zeichnete ich die Köpfe von Feuerbachs Iphigenie nach, von Foraboscos Apostel Paulus, von Amigonis Judith … detailgenau mit allen Schattierungen in Haupt- und Barthaaren, mit feinen Mimikfalten und sanften Jochbögen, mit Glanzlichtern in den Augen.

Der Irrwisch hat auf die Weiter-Taste gedrückt, die Aufnahme läuft.

Joachim war anders als ich, lebhaft, wild. Er spielte Fußball, Trompete und Darts. Wenn er malte, für die Schule oder zu Omas Geburtstag, pinselte er mit Deckfarben eine bunte und fröhliche Welt. Konturen, Proportionen und Perspektiven waren ihm fremd. Wenn man ihn dennoch lobte, strahlte er und erwartete Gummibärchen als Belohnung.

Die Wende deutete sich an, als er mit elf zu mir ans Gymnasium kam. Es gab ein Klassen übergreifendes Kreativprojekt vor den großen Ferien. Das Thema hieß:

Sommerwiese. Ich zeichnete naturalistische Klee- und Taubnesselblüten, Löwenzahn und Vergissmeinnicht in ein Feld von blühenden Gräsern, brachte sie mit zartem Aquarellauftrag zum Leuchten. Entzückend, sagte die Kunstlehrerin.

Joachim ließ dem Betrachter ein Sammelsurium grotesker Gouache-Ornamente aus einem grasgrünen Himmel entgegenwuchern. Die Farben und Formen erschlugen alles in näherer Umgebung. Grandios, fulminant, sagte die Kunstlehrerin und stellte sein Machwerk ins Zentrum der Ausstellung. Ich ging zerknirscht nachhause. Es folgte eine Niederlage nach der anderen.

Machwerk? Hast du eben Machwerk gesagt? Der Irrwisch zieht eine Schnute.

Was fällt Ihnen ein, mich zu duzen?

Du hast Machwerk gesagt.

Ich zucke die Achseln. Joachim selbst gab zu, ohne Plan draufloszuklecksen. Die Aufmerksamkeit der Lehrerin war ihm egal, auf dem Pausenhof machte er sich über sie lustig. Und beim Abi wählte er Sport als Leistungsfach, nicht Kunst.

Der Irrwisch drückt die Stopp-Taste. Schmunzelt, steht auf, schüttelt und streckt seine Glieder, als müsse er sich nach einer langen Autofahrt geschmeidig machen. Ob er einen Drink bekommt, fragt er.

Ich hole die Whiskyflasche aus der Minibar, die zwei Zahnputzgläser aus dem Bad, gieße uns voll ein.

Prost, Schätzchen, sagt er.

Ich ärgere mich über das »Schätzchen« noch mehr als über das »Mädel«, nehme schweigend einen tiefen Schluck, überlege, ob ich den Kerl rauswerfe.

Er drückt die Aufnahmetaste, das Lämpchen leuchtet. Doch dann, sagt er, hat dein Bruder ja Kunst studiert, genau wie du. Es klingt wie eine Berichtigung.

Ich atme tief durch und denke nach. Die Frage ist vielleicht der Schlüssel zu allem.

Unsere Eltern kamen aus kleinen Verhältnissen, hatten sich ihr bisschen Wohlstand mühevoll erarbeitet und angespart. Aus Sorge um unsere Zukunft verlangten sie, dass wir einen Brotberuf erlernten, wie sie es nannten. Ich durfte Kunst studieren, aber ich sollte den Schwerpunkt auf Gemälde-Restauration legen. Ich war einverstanden. Nichts übt Hand und Auge mehr als die Rekonstruktion alter Meister. Ich bestand meine Abschlussprüfung an der Akademie der Bildenden Künste in Stuttgart mit Auszeichnung und fand prompt eine feste Stelle am Hessischen Landesmuseum in Darmstadt, zumal man sich dort an mich erinnerte.

Joachim entschied sich für Gebrauchsgrafik an der Fachhochschule, schmiss allerdings nach zwei Semestern hin und tingelte als Backpacker durch die Welt: Rom, Paris, Delhi, New York, London. Er spielte Trompete, jonglierte mit Bällen und zog Clownsnummern ab, um sich den nächsten Joint zu verdienen. Als das misslang, malte er mit Kreide die Fußgängerzonen voll und brachte die Passanten zum Staunen. Ein Kunstprofessor vom Londoner Royal College las ihn buchstäblich von der Straße auf.

Der Irrwisch wirft den Kopf in den Nacken und lacht, als hätte ich einen Witz erzählt.

Ich nippe an meinem Glas und rede weiter: Damit begann Joachims steile Karriere. Mit fünfundzwanzig hatte er bei Sotheby's seine erste Million verdient. Mit dreißig die zweite. Davon kaufte er den Eltern einen Bungalow mit Pool und Fitnessraum auf dem Gundernhäuser Stetteritz. Ich blieb mit meinem bescheidenen Gehalt im Mollerviertel unweit des Landesmuseums wohnen, züchtete in der Freizeit Kakteen und Sukkulenten. Was ich nebenher zeichnete und aquarellierte, versteckte ich auf dem Dachboden einer Freundin mit Eigenheim in Eberstadt.

Feigling! Die Galerien in Darmstadt, sogar die in Frankfurt und Stuttgart, hätten deine Bilder gezeigt.

Ha, ich konnte mir seinerzeit die Pressemeldungen lebhaft vorstellen: Miriam Kandel, Schwester des weltberühmten Joachim Kandel, stellt kommende Woche in der Klitsche XY ihre aquarellierten Zeichnungen aus. Der Eintritt ist gratis.

Der Irrwisch nickt, als hätte er verstanden. Aber du wolltest Geld. Und da hast du Kontakt zu diesem Fälscherring aufgenommen.

Ich werfe die Arme hoch. Sie haben keine Ahnung, Herr … Sein Name ist mir entfallen. Sofern er mir überhaupt einen genannt hat. Die Frage ist nicht, wie man Kontakt bekommt, sondern wie man Kontakt vermeidet. Restauratoren üben Fälschen. Sie modulieren fremde Pinselstriche nach. So geraten sie ins Visier krimineller Händler. Ich konnte der Verlockung, auch mal eine Million zu verdienen, nicht widerstehen. Ich besorgte mir alte Leinwände, mischte Ölfarben nach klassischen Rezepten an, pinselte und spachtelte jede Nacht und jedes Wochenende. Im Landesmuseum konnte ich mir die stilistischen Besonderheiten von Erich Heckel, Max

Pechstein, August Macke und Otto Müller unauffällig aneignen.

Der Irrwisch feixt. Klingt nach echt harter Arbeit.

Ich ignoriere den impertinenten Kerl und wende mich voll und ganz an sein Mikrofon: Die weniger bekannten Werke des 19. und frühen 20. Jahrhunderts lassen sich gefahrlos mehrmals auf den Markt bringen. Die meisten Sammler sind Eigenbrötler. Sie verschleudern ein Vermögen, ohne mit ihrer Beute zu prahlen. Im Gegenteil, sie verstecken sie, teils aus Angst vor Einbruch, teils aus Lust an der Geheimniskrämerei. Es ist ihnen eine Genugtuung, ihre berühmten Schätze heimlich zu besitzen. Fliegt ein Fälscherring auf und lässt die Polizei mit schwarzen Listen nach den Dubletten suchen, dann schweigen solche Sammler. Manches verhökern sie als offenkundige Fälschung, anderes verbrennen sie. Den Wertverlust stecken sie weg, haben schließlich genug echte Kunst im Stall. Und wo kein Kläger, da kein Richter. Letzten Endes wurde ich dafür zu nur drei Jahren verdonnert, von denen zwei zur Bewährung …

Das wissen wir alles, Schätzchen. Aber dann hast du die Werke deines Bruders gefälscht. Ganz schön dreist. Er lebte ja noch.

Ich schüttele den Kopf. Joachims Kunst kann man nicht fälschen. Er liebte den Zufall, schleuderte mit dem Soßenlöffel Acrylfarben auf die Leinwand, verteilte sie mit Fön und Maurerkelle, panschte mit Sand, Asche, Salz, Wachs, Zement. Was ihm nicht gefiel, überklebte er mit Altpapier und Lumpen, die er erneut mit Farbe übergoss … Es ist so: Man kann mit viel Fleiß das Getüpfel eines Monet nachbilden, das Gestrichel eines van

Gogh, die exakten Linien eines Feininger. Bei den späten Kokoschkas wird's schon schwierig. Pollock oder de Kooning zu fälschen, ist so gut wie unmöglich. Kandel? Vergessen Sie's, vergessen Sie's ganz. Jeder Laie erkennt auf Anhieb die Kopie, weil ihr das wichtigste Element fehlt: das Chaos beim Entstehen.

Aha, *nicht* gefälscht. Wie willst du, was du gemacht hast, sonst nennen?

Ich atme auf. Endlich kommt mein Part. Wie vor Gericht. Und ich zitiere meinen Anwalt: Juristisch gesehen hat Joachim Kandel seine Schwester gefälscht.

Der Irrwisch sieht mich an, als wäre ich eine Kröte.

Bleib ruhig, Miri, sage ich mir und erzähle weiter. Es war im Sommer 2014. Da verkroch sich Joachim auf den Stetteritz, spielte Mundharmonika, schwamm im Pool, stemmte Gewichte im Fitnessraum und brachte kein Gemälde zu Ende. Erst dachten die Eltern, er leide unter Burn-out. Oder einer Art Depression. Sie gaben den Drogen die Schuld. Und seiner Freundin, die ihn Knall auf Fall mitsamt dem Kind verlassen hatte. Bis wir merkten, dass es Alzheimer war.

Der Kunstmarkt lauerte auf Nachschub. Ständig ging das Telefon, Neugierige belagerten das Haus. Die Eltern waren fertig mit den Nerven. Ich schnappte mir seine Entwürfe und malte sie zu Ende. Ich hatte ihm ja oft genug zugesehen. Und Joachim signierte. Gesetzlich ist das hinnehmbar. Schon Rembrandt und die Cranachs haben Werke ihrer Schüler signiert und damit als ihre ausgegeben. Das Zeug hängt, zusammen mit den originären Werken, in großen Museen und ist heute ein Vermögen wert.

Er schüttet seinen Whisky in sich hinein, legt die Fingerkuppen aneinander, beäugt mich lauernd.

Ich rede weiter. Nach dem Tod der Eltern kündigte ich, erst meine Wohnung, dann meinen Job, zog zu Joachim auf den Stetteritz und pflegte ihn. Jedes Jahr kamen an die fünfzig neue »Kandels« auf den Markt, so viele wie nie zuvor. Die Branche war entzückt, und wir wurden steinreich.

Den Sotheby's fiel irgendwann auf, dass Joachims Bilder nun »disziplinierter« waren, sich sogar dem Goldenen Schnitt unterwarfen. Und dass Joachims Signatur im Gegensatz dazu immer fahriger geriet. Sie nannten es »Kandels neue Reife«, so stand es im Katalog, und alle Welt schrieb es ab. Die Branche hat sich selbst betrogen. Das befand auch der Richter.

Und dann hast du den Goldesel umbringen lassen.

Ich stutze, will aufspringen, kralle stattdessen meine Hände in die Sessellehnen. Joachim hat Suizid begangen. Ich wurde freigesprochen.

Aus Mangel an Beweisen.

Es gab keine Anzeichen von Fremdeinwirkung. Lesen Sie mal das Protokoll.

Im Hotelzimmer ist es stickig geworden, ich wedele mir Luft zu. Unsere Gläser sind leer, ich gieße mir nach. Der Irrwisch bevorzugt einen mitgebrachten Joint. Er qualmt und sinniert den Rauchschwaden hinterher, es wird noch stickiger.

Ich stehe auf, öffne das Fenster, setze mich wieder.

Wir schweigen beide.

Meine Gedanken schweifen ab, ich denke an Malta. Dorthin habe ich ein bisschen Geld gerettet, könnte einen kleinen Laden eröffnen. Kunsthandwerk oder so. Und wieder zeichnen.

Gehen Sie, sage ich.

Er fläzt sich ein Stück tiefer in den Sessel, schnippt die Aschenkuppe seines Joints auf den Teppich.

Hau ab! Ich kippe meinen Rest Whisky über sein Aufnahmegerät. Nix mehr mit Memoiren!

Er lacht auf und pflückt sich wie beiläufig die Mütze vom Kopf. Joachims dunkle Locken ploppen auf. Vor Gericht, Schätzchen, hast du nicht ausschließen wollen, dass ich Opfer eines Auftragsmords wurde.

Soll ich jetzt erschrecken? Ich stöhne nur leise. Es *war* nun mal nicht auszuschließen. Ich kenne die Mafia. Ein kranker Künstler sinkt in den Charts. Die Spekulanten wollen verkaufen, eine Abwärtsspirale droht. Ein toter Künstler steigt in den Charts, weil die Zahl der Werke ab sofort begrenzt ist. Aber es gab nun mal keine Kampfspuren, gar keine.

Sich eigenhändig eine Überdosis spritzen, sich Bleigewichte um den Leib binden und damit in den Pool steigen – das klingt nicht nach Alzheimer.

Oft hattest du helle Momente, Achim, wusstest, was für ein Martyrium dich erwartet.

Und *du*, meine Liebe, wusstest, was für ein Martyrium *dich* erwartet. Einen Klumpen Fleisch füttern und aufs Klo setzen, einen, der um sich schlägt, weil er dich nicht erkennt.

So weit war es doch schon, Joachim. An manchen Tagen war es so weit. Und du weißt es. Ich fege das Aufnahmegerät vom Tisch.

Du hast zugelassen, dass sie uns beobachten. Mich, wie

ich orientierungslos um den Pool getappt bin, dich, wie du hinter mir her warst, wie du mich in den Rollstuhl gedrückt und mir den Sabber vom Kinn gewischt hast.

Sie standen am Tor, Achim, sie schauten rein. Sie haben uns gefilmt.

Du hast gewusst, was sie tun würden, Miri.

Mir wird übel. Leise würge ich ein Nein heraus.

Du hättest es wissen müssen. Er springt auf, er geht mit Fäusten auf mich los. Du hast mich nachts allein gelassen, Miri.

Ich hatte einen Mann kennengelernt.

Du hast die Terrassentür offengelassen.

Das war ein Versehen, Achim, bloß ein … Ich wehre seine Hiebe ab, ich zerre an seinem bunten Hemd.

Er reißt an meinen Haaren, meiner Jeans.

Ich kippe vom Sessel, falle hin, brüllend schmeißt er sich auf mich. Wir ringen, keuchen, wimmern …

Gleich kommt Mama heim, sage ich. Mama hasst es, wenn wir uns prügeln.

Achim hält inne. Sein Blick irrlichtert von der Tür zu mir.

Achim? … Achim?

Er starrt durch mich hindurch ins Leere.

Vielleicht hat er vergessen, wer ich bin. Vielleicht wartet er auf Mama, die ihn knuddelt und küsst, um ihn von mir fernzuhalten.

Mama kommt nicht.

Ich lege seinen Kopf in meinen Schoß, drücke ihm behutsam die Lider zu und weine.

Roland Spranger

Malaise

Er parkt den blauen Citroën DS Baujahr 1974 ein. Ein paar Leute schauen immer. Manche holen ihre Enkel her, und zeigen mit dem Finger auf das schönste Auto, das jemals gebaut wurde. Wenn die Hydraulik das Fahrzeug absenkt, schütteln immer welche den Kopf. Den alten Mann sehen sie meistens nicht mehr aussteigen. Schwerfällig. In allen Gelenken Arthrose. Vor allem jetzt im Winter. Die kalte Jahreszeit ist nicht sein Freund. Und die Lunge rasselt bei jedem Atemzug. Vierzig Jahre Rauchen schlagen halt voll durch. Angefangen hatte er damit, als er mit dem Moped an der Bushaltestelle stand. Dort haben sich damals alle getroffen. Immer mit einem Kavalierstart weggefahren, um Mädels zu beeindrucken. Das Vorderrad nach oben, und die Haare im Wind. Das war noch vor der Helmpflicht. Jung und dumm.

Wie so oft nach dem Einparken bleibt Wolfgang vor dem Auto stehen. Das aerodynamische Design lauert auf eine Zukunft, die nie stattfinden wird. Ein Versprechen auf schwebende Autos, die nie abhoben, obwohl sie in den 60er-Jahren ständig abgebildet waren in Büchern mit Titeln wie »So leben wir im Jahr 2000« oder »So wird die Zukunft«. Dabei weiß doch jeder, dass die Zukunft ein verdammtes Arschloch ist. Immerhin fährt der Citroën noch. Und die Farbe ist so schön blau. Luftig. Neulich hat er sicherheitshalber ein Ersatzteil bei eBay gekauft. Für den DS. Nicht für sich. Er will vorsorgen für die Zeit, wenn er nicht mehr da ist, und er hat auch festgelegt, wer das Auto nach seinem Tod bekommt. Der Citroën ist ihm wirklich ans Herz gewachsen.

Autos bleiben, wenn man sie pflegt. Sie parken. Frauen gehen.

Das Gehen fällt ihm schwer, aber einen Rollator lehnt er ab. Er braucht auch alles andere nicht, was mit dem Alter kommt. Die Schmerzen. Das betreute Wohnen. Auf Hilfe angewiesen sein. Dann das Pflegeheim. Am Badetag wie ein Fisch ins Netz gelegt, und mit einem Kran in die Wanne gesenkt werden. Schlagerparty mit Duo Sunshine im mit Luftballons dekorierten Essensraum. Der Geruch nach alten Menschen, der sich in einem Altenheim sammelt. Einen Steifen bekommen, wenn ihn die Praktikantin wäscht, und dann die mitleidigen Blicke von der Praktikantin und ihrer Anleiterin. Am schlimmsten ist vermutlich Kacken, ohne sich selbst den Arsch abwischen zu können. Er will nicht den Arsch von anderen Personen abgewischt kriegen. Und mitleidig angelächelt werden, wenn er etwas vergisst. In letzter Zeit vergisst er viel. Keine Leute. Er lebt ja abgeschieden. Hat sich Mühe gegeben, dass nach Gudrun niemand mehr in sein Leben tritt. An ihre dunklen Haare kann er sich gut erinnern. An ihre steifen Nippel, wenn er sie küsste. Das Ergebnis des letzten Spiels von Darmstadt 98 vergisst er mittlerweile öfters. Oder den Tabellenplatz. Die Lilien. Er vergisst Fußball. Das hätte er sich früher nicht vorstellen können.

An die Zeit mit Gudrun kann er sich genau erinnern. Die hat sich irgendwie in sein Hirn tätowiert. Wahrscheinlich fällt die Tätowierung wie Stahl durch den leeren Schädel, nachdem sich genug Gehirnmasse aufgelöst hat. Dieses ganze unappetitliche Gematsche.

Schwerfällig Schritt für Schritt kämpft er sich auf den Hochzeitsturm zu. Die in den Himmel gereckten fünf Zinnen des Ziegelturms rufen *Give Five*!. Sie strahlen pralles Leben aus. Für das großherzogliche Brautpaar als Symbol der Hochzeit erbaut. Während er mühsam auf den Turm zuläuft, würde er gerne gegen ihn schlagen, bis er einfällt. Bis die Trümmer auf ihn einprasseln. Die Kupferbedachungen betonen die Finger noch besonders. Sie machen ihn aggressiv. Aggressivität ist nicht ungewöhnlich bei Alzheimer. Demenzerkrankte erleben ihren Alltag häufiger als konfliktreich oder gar bedrohlich; sie verstehen Abläufe nicht mehr und entsprechend sind sie überfordert. Das verunsichert, frustriert und löst Angst aus. A-N-G-S-T. Er hat wahnsinnig viel davon. Weil Demenzkranke diese Gefühle schlecht in Worte fassen können, reagieren sie oft ungeduldig, aufgebracht oder aggressiv. Er wird so werden, wie er nie werden wollte. Ein gewaltbereiter Idiot mit zermatschtem Gehirn.

Namen und Geburtstage konnte er sich ja noch nie merken.

Wenn ihn jemand auf der Straße anspricht, den er nicht kennt, ist er freundlich. Beim Händeschütteln drückt er beherzt zu. Beim Umarmen klopft er auf die Schultern. Wenn sein Gegenüber was erzählt, nickt er. Sagt Unverfängliches. Muss schnell weiter. Ein Termin. Rentner haben ja immer am wenigsten Zeit. Und natürlich stimmt es: Die Uhr tickt schon. Der Fährmann macht sich auf den Weg. Der Sensenmann greift zum Schleifstein.

Auf den Treppen beschwert sich wieder alles in seinem Körper, was früher sportlich war. Er hat mal Fußball gespielt. Vielleicht zu viel. Jedenfalls, wenn man keinem Zweikampf aus dem Weg geht.

Auf dem Mosaik im Eingangsbereich des Hochzeitsturms küssen sich zwei junge nackte Menschen. Ein Mädchen und ein Junge. Das muss man ja heutzutage dazu sagen. Sie hat Rosen im roten Haar. Ihre Körper liegen bäuchlings auf dem Boden, oder besser gesagt: Auf Ornamenten, damit es noch feierlicher wird. Sie küssen sich innig. Er hat Gudrun auch immer geküsst. Sogar mit der Zunge, aber die beiden auf dem Mosaik berühren nur den Hinterkopf des anderen. Und ihre Körper ragen flach und starr auf Blumen in entgegengesetzte Richtungen. So war es zwischen Gudrun und ihm nie. Ihre Körper knallten aneinander. Kämpften miteinander. Wild. Umschlungen. Sie kratzte ihn manchmal, dann hielt er sie an den Armgelenken. Dann wehrte sie sich. Einmal spuckte sie ihn an. Sie kratzte ihn auch. Sie bissen sich gegenseitig. Rosen wären ihr schon längst aus dem Haar gefallen – trotz der Stacheln. Es roch auch nicht nach Blumen. Es roch nach Schweiß, Lust, feuchter Muschi und Sperma. Immerhin: Auf dem Mosaik vereinigen sich zwei Engelsflügel, die aus den flach und starr am Boden liegenden nackten Körpern wachsen, viel weiter oben in der Luft. Also, wo die Luft rein ist. Und außenrum gibt es noch Glitter oder Funken oder Astralflügel, um zu unterstreichen, dass der abgebildete Vorgang göttlichen Segen hat. Das Mosaik zeigt zwei Adlige. Da ist man auf göttlichen Segen angewiesen. Und Sex darf nicht schmutzig sein, sondern irgendwie ätherisch. Wie Fuchsjagden beispielsweise.

Er geht in den Fahrstuhl und drückt auf die Taste für Stockwerk Vier. So genau weiß er nicht, warum er nicht gleich nach oben fährt. Vielleicht, weil er Zeit hat. Vielleicht, weil er früher oft mit Gudrun hier war.

Im vierten Stockwerk das Fürstenzimmer. Tonnengewölbe. Auf blauem Untergrund sind Eidechsen gemalt, die sich um Schneckenhäuser schlängeln. Der Jugendstil war schon schwer auf Drogen.

In einer Ecke steht ein vollbärtiger Typ mit schwarzem Zylinder. Ein Hochzeitsbutler. Offensichtlich gibt es gleich eine Hochzeit im Turm. Der Hochzeitsbutler führt das Brautpaar ins Hochzeitszimmer und macht einen angemessenen Eindruck. So einen Schnickschnack gab es bei unserer Hochzeit nicht, denkt er. Heutzutage ist alles durchgeplant. Mit der Planung verdienen Leute Geld. Und es gibt Fernsehshows darüber, wie Frauen mit der Mama und den Freundinnen Brautkleider kaufen gehen, und in Tränen ausbrechen, wenn sie das richtige gefunden haben. Eins, das die Tattoos versteckt. Damals war alles noch schlicht, bei Gudrun und ihm. Das Brautkleid war sogar gebraucht gekauft. Es waren immerhin ein paar Freunde dabei, die sich ohne goldverzierte Einladungs-Grafik-Meisterwerke eingefunden hatten. Eltern hatten sie ja beide keine mehr. Das hatten sie erst kurz vor der Hochzeit festgestellt. Wahrscheinlich hätten weder Gudrun noch er die Erzeuger einladen wollen, wenn sie noch am Leben gewesen wären.

Nach der Trauung gab es Currywurst und Pommes unten am Kiosk. Bier statt Champagner. Musik aus der Jukebox. Fox On The Run. Kung-Fu Fighting. Sie tanzten. Und sie sangen lauthals, mit Gläsern hoch in der

Luft. Griechischer Wein. Er gehört zu mir. Danach hatte sie ein Freund in einem Ford Capri nach Haus gefahren. Schönes Auto, aber seine Beine hatten kaum Platz. Die Braut saß vorn. Zu Hause hatten sie gefickt. Im Gang ging es los. Auf der Couch wurde weitergemacht. Zwischendurch machte Gudrun eine Kerze an. So wurde die kleine Wohnung noch gemütlicher.

Danach hatten sie lange geredet. Wein trinkend, nackt auf dem Teppich. Sie hatte erzählt, wie ihre Eltern ums Leben kamen: Verbrannt. Das ganze Elternhaus stand lichterloh in Flammen. Ein technischer Defekt im Sicherungskasten. Gudrun hatte ein klein wenig nachgeholfen.

Seine Eltern waren mit dem Auto umgekommen. Die Bremsen hatten versagt, als sie im Italien-Urlaub eine Serpentinen-Strecke an einer Steilküste entlangfuhren. Der Sohn kannte sich mit Autos aus. Waren schon immer sein Steckenpferd. Selbst jetzt schraubt er noch manchmal am Citroën.

Vermutlich hatten sie innerlich schon an diesem Abend beschlossen, ihr gemeinsames Talent in bare Münze umzusetzen. Damals wurde noch in Cash bezahlt, und nicht auf die Cayman-Inseln überwiesen.

In der fünften Etage das Hochzeitszimmer. Wandgemälde, ja historisch wertvoll, aber er geht schnell vorbei. Also so schnell er noch kann. Er will sich nicht erinnern lassen, aber das Gedächtnis ist ein fieses Schwein: Genau diese Erinnerung ist noch da.

Im sechsten Stock ist eine in Blattgold gehaltene Turmuhr angebracht. Deshalb gibt es nur wenig Fenster in diesem Stockwerk. Umso mehr im siebten Stock. Aussichtsplattform. Rundblick über ganz Darmstadt. Und bis weit in den Odenwald. Auf der einen Seite konnte man über die Kuppeltürme der russisch-orthodoxen Kapelle bis zum Naturfreibad Großer Woog sehen. Darin hatte er mal einen Typen ertränkt. Und auch versenkt. Dabei gilt es ein paar Dinge zu beachten. Im Prinzip ist Ertrinken eine Form des Erstickens in einer Flüssigkeit. Dauert drei bis fünf Minuten. Atmung sistiert. Herz bleibt stehen. Tod. Meistens bleibt der Körper unter Wasser und versinkt. Eine Wasserleiche taucht dann wieder auf, wenn ihr die bei der Fäulnis entstehenden Gase genug Auftrieb geben. In kaltem Wasser setzt der Fäulnisprozess später ein als in warmem Wasser. Deshalb hatte er den Mord im November begangen. Dichter Nebel. Nicht gesehen zu werden hilft immer. Nicht umsonst stellt man sich Nebel zu englischen Schauergeschichten vor, oder zu Sherlock Holmes. Er hat aber auch Menschen in der gleißenden Mittagssonne eines kalabrischen Augusttags umgebracht. Und das, obwohl Süditalien eine Gegend ist, in der in seiner Branche nur selten Ausländer arbeiten. Bei der Obsternte schaut es natürlich anders aus. Die Orangen und Zitronen werden von Afrikanern geerntet, die unter schlechten hygienischen Bedingungen in Baracken leben. In Finnland hat er die Zielperson im Schein des Nordlichts mit dem Auto überfahren. Ist nicht so romantisch, wie man sich das vorstellt. Die Arbeit ließ wenig Platz für Gefühle – auch dann nicht, wenn Gudrun dabei war. Auf Dienstreise war noch nicht mal der Sex entspannend, obwohl sie sich noble Hotels leisten konnten. Mit Sauna, Wellness und Barbetrieb nach der Arbeit. Man braucht absolute Konzentration vor der Ausführung. Und hinterher ist übergroßer Hormon-Ausstoß auch nicht ratsam, wenn man einfach in Ruhe abreisen will, ohne von der Polizei gefasst zu werden. Deshalb haben sie bis auf einen Auftrag in Madrid auch nicht zusammengearbeitet. Immer strikt getrennt. Gudrun hatte ihr eigenes Leben, und konnte für sich selbst sorgen. Mit der Zeit begleiteten sie sich dann auch immer seltener, wenn der andere gerade ein Projekt im In- oder Ausland abschloss. Sie entfremdeten sich. Schleichend, obwohl sie die gleichen Interessen hatten.

Er geht auf der Aussichtsplattform zu einem anderen Fenster und schaut auf den Ort, an dem sie sich kennengelernt hatten: Den Platanenhain. In dem rechteckigen Areal sind in den gleichen Abständen halbhohe Platanen angepflanzt, die regelmäßig beschnitten werden. Jetzt im Januar sieht man auf die kahlen Gerippe. Und sie sind auch passender für das, was heute noch passieren wird, aber im Sommer spenden die Blätter der Bäume lichten Schatten. Männer mit Baskenmütze und Frauen in Blumenkleidern spielen dazwischen Boule. Die Metallkugeln klacken gemütlich aneinander. Rotweingläser werden angestoßen. Die Liebenden küssen sich schmatzend. Die Zunge überall innerhalb und außerhalb des Munds. Einen Sommer kamen Gudrun und er jeden Tag hierher. Sie haben sich alle Skulpturen und Brunnen angesehen und davor geknutscht. Am Eingang blieben sie immer stehen, und stritten darüber, wer *Tag* und wer *Nacht* ist. Auf dem linken Eingangspfeiler trägt ein Leopard die Nacht. Auf dem rechten ein Silberlöwe den Tag. Natürlich wollten sie beide lieber *Nacht* sein. Und sie hatten sich Dinge geschworen. Wie man es macht, wenn man jung ist. Heutzutage würde er nichts mehr schwören, damals hat er es aber noch gemacht:

Schwur 1:

Bevor wir den anderen verraten, bringen wir uns lieber um oder schneiden uns die Zunge raus.

Schwur 2:

Wenn der andere in Todesgefahr ist, opfern wir uns, um ihn zu retten, selbst wenn es aussichtslos ist.

Schwur 3:

Wenn der andere darum bittet, töten wir ihn, wenn er ein vereinbartes Codewort sagt.

Sie haben damals lange nach dem richtigen Wort gesucht.

»Es muss cool sein«, sagte er.

»Es muss elegant sein«, sagte sie.

»Und es muss ein Wort sein, das man eigentlich nie benutzt, damit es keinen Unfall gibt, weil man das Wort versehentlich ausspricht«, sagte er.

Während sie sich über ein Wort stritten, durchquerten sie eng umschlungen den Platanenhain.

Da war noch alles verliebt zwischen ihnen. Große Gefühle. Und Rätsel, die es zu entschlüsseln gab. Wann hatten sie sich nur so verloren?, fragt er sich während er auf den Platanenhain schaut.

Den Bäumen ging es eine Zeit lang nicht so gut. Immer mehr starben. Die Lücken wurden immer größer. Vom Turm konnte man in der warmen Jahreszeit deutlich sehen, welche Bäume noch gesund, und welche krank waren. Frisches Grün, oder sterbendes Grün.

Während der Sanierung wurden Wassergräben eingezogen und für Belüftung gesorgt. Man müsste mal

Menschen so gut sanieren können wie Gartenanlagen. Während er zum Aufzug ging, spürte er seinen Rücken und alle Gelenke. Aber mit Alzheimer muss man schon froh sein, wenn man sich an alle Gliedmaßen erinnert. Das ganze Körpergefühl verschmiert ja immer mehr. Und ganz sicher kann man sich nicht sein, wie sehr man geliebt hat. Was man vereinbart hat. Für was man verantwortlich ist.

Die meisten Leute, die er umgebracht hat, hatten es auch wirklich verdient. Aber er will es sich nicht kurz vor seinem eigenen Ende schönreden. Er ist ein Auftragsmörder gewesen. Er hat für Geld auch Menschen getötet, die es nicht verdient haben. Immerhin hat er den Mord an Kindern immer abgelehnt. Zugegeben: Einmal hat er eine Bombe gelegt, und da waren Minderjährige unter den Opfern … Kollateralschäden kann man nicht immer vermeiden.

Er fährt mit dem Fahrstuhl die sieben Stockwerke nach unten. Er hat Zeit nachzudenken, und das ist nicht komfortabel. Unten angekommen, öffnet sich die Fahrstuhltür: Davor steht eine Hochzeitsgesellschaft. Die Braut trägt weiß, der Bräutigam trägt schwarz. Die Gäste sind alle überdreht. Einer umarmt ihn und überschüttet ihn mit Konfetti. Er versucht die Konfetti-Überreste von sich abzuwischen, aber es gelingt ihm nicht vollständig.

Er geht vom Hochzeitsturm zum Platanenhain und stellt sich mit Blick auf den Eingang zwischen die Baumreihen. Von hier aus sind Tag und Nacht spiegelverkehrt.

Gudrun tritt durch die Pforte. Eingehüllt in Restnebel, während Sonne durch den Winter fällt. Sie bleibt circa zwanzig Meter vor ihm stehen. Schaut ihn an. Geht weiter. Sie bewegt sich immer noch sexy. Nicht so schwerfällig wie er. Fünf Meter vor ihm bleibt sie stehen. Okay, ein paar Falten hat sie schon.

»Hallo, Gudrun«, sagt er.

»Hallo, Wolfgang«, sagt sie.

Sie schauen sich an.

»Tut mir leid, dass ich mich einige Jährchen nicht gemeldet habe.«

Sie zuckt mit den Schultern.

»Ich hab mich ja auch nicht gemeldet.«

Gudrun holt eine Pistole aus der Handtasche, und legt auf ihn an.

»Bist du sicher, dass du das willst?«

»Ja. Bevor ich es vergesse.«

Er hat Angst.

Seine Kehle ist trocken, aber dann sagt er das Zauberwort:

»Malaise.«

Gudrun schießt.

Die Autorinnen und Autoren

Sabina Altermatt
ist in Graubünden, Schweiz, aufgewachsen und lebt seit mehreren Jahrzehnten in Zürich. Sie studierte Staatswissenschaften an der Hochschule St. Gallen, arbeitete bei Banken, in Redaktionen, in der Verwaltung und im Gefängnis. Heute leitet sie eine kantonale Fachstelle für Gleichstellung, Gewaltprävention und Gewaltschutz. Sie schreibt Romane, Hörspiele und Drehbücher. Für ihr Werk erhielt sie zahlreiche Preise und Stipendien, zuletzt den Preis für Literatur des Kantons Solothurn und den Werkbeitrag der Stadt Chur.

Eric Barnert
(Jahrgang 1968), Geologe und Dr. rer. nat. (Fachrichtung Mineralogie) lebt in seinem Geburtsort Darmstadt. Er war Vorsitzender des Deutschen Alpenvereins in Hessen. Durch verschiedene Beiträge für Zeitungen zum Thema Bergsteigen und die Begeisterung für gute Lektüre fand er zum Schreiben. Die Berge dienten folgerichtig auch als Kulisse für seine beiden Thriller »Kreuzkogel« und »Schneekristalle«. Inzwischen schreibt er auch Kurzgeschichten, die in seiner Heimat spielen. Zuletzt erschien die Rhein-Main-Kurzkrimi-Anthologie *Banken, Bembel und Banditen – Mord in Rhein-Main*, die er auch gemeinsam mit Michael Kibler herausgab.

Bevor er anfing Krimis zu schreiben, verfasste er gemeinsam mit zwei Kollegen ein Buch über Geologie, Böden und Wein an der Hessischen Bergstraße, wo er inzwischen gemeinsam mit einem Freund selbst Wein erzeugt. Er ist Mitglied im »Syndikat« und war Teil der Jury des Glauser-Preises 2021 in der Sparte Debüt.

Klaus Berndl,
1966 in Mayen geboren (Rheinland-Pfalz), aufgewachsen in Bayern, lebt in Berlin. Studium der Geschichte und der Skandinavistik an der LMU München; 1996 bis 2000 Stipendiat im Graduiertenkolleg »Staatlichkeit« der JLU Gießen. Schreibt Prosa, häufig mit historischem Einschlag. 1992 erste Veröffentlichung beim Arnsberger Kursprosawettbewerb, 1997 beim Open Mike in Berlin, 2004 Martha-Saalfeld-Förderpreis des Landes Rheinland-Pfalz, gleichzeitig Abschluss der Promotion und Erscheinen des ersten Romans *Feindberührung*. 2014 Agatha-Christie-Preis, 2016 Burgschreiber zu Beeskow. 2015 und 2018 Nominierungen für den Friedrich-Glauser-Preis (Kurzprosa). Mitgründer der »Wortrandale«. Leiter des Literaturressorts bei Radio 889FM Kultur.

David Frogier de Ponlevoy
wuchs in Worms auf und landete über Umwege (Marburg, Baden-Baden, Paris, Freiburg, Heilbronn und Hanoi) nur 45 Kilometer weiter in Darmstadt. Arbeitet hier als Head of Content Development und Redakteur für die Marketing-Agentur »Profilwerkstatt«. Verbrachte fast ein Jahrzehnt in Vietnam als Journalistenausbilder,

Berater, Stadtführer und verfasste drei Vietnam-Bücher, darunter den Krimi *Hanoi Hospital*. Stand außerdem als Soldat und Fabrikarbeiter auf der Hanoier Opernbühne von »Carmen«. Er schreibt Kurzgeschichten in den Genres Krimi und Phantastik, ist Teil des Fußball-Podcasts »drei90« sowie im Kirchenvorstand der Friedensgemeinde und häufiger in der Darmstädter Ludothek zu finden.

Susanne Hanika
promovierte nach dem Studium der Biologie und Chemie in Verhaltensphysiologie und arbeitete als Wissenschaftlerin im Zoologischen Institut der Universität Regensburg. Seit 2009 schreibt die begeisterte Camperin vor allen Dingen Krimis. Nach der Bayernkrimireihe *Lisa Wild* hat sie die inzwischen 19-bändige Cosy-crime-Reihe *Sofia und die Hirschgrundmorde* veröffentlicht, deren Folgen alle auf einem bayerischen Campingplatz spielen. Mit ihrer Schwester Beate Teresa Hanika schreibt sie im Jugendbuchbereich. Susanne Hanika ist Mitglied des Syndikats.

Elisabeth Herrmann
lebt und arbeitet in Berlin und in der Niederlausitz. Nach 25 Jahren als Journalistin, u. a. für den RBB, erschien 2007 ihr erster Kriminalroman *Das Kindermädchen* um den Berliner Anwalt Vernau. Seit 2012 arbeitet sie hauptberuflich als Schriftstellerin. Die Spiegel-Bestseller-Autorin wurde u. a. mit dem Deutschen Krimipreis und dem Radio Bremen Krimipreis ausgezeichnet. Sie schreibt zudem Jugendbücher, Hörspiele und Drehbü-

cher, u. a. für die Verfilmungen der Vernau-Krimis fürs ZDF. Ihre Recherchen führen sie von der Arktis bis zur Südsee, meistens aber in den Wilden Osten nach Brandenburg und Berlin. Herrmann ist Mitglied des PEN Berlin.

Almuth Heuner
(*1962) ist Schriftstellerin und Diplom-Übersetzerin und lebt in Bochum. Seit 1990 übersetzt sie Kriminalliteratur und Sachtexte. 1999 erschien ihre erste eigene Kriminalstory in dem Band *Mord zwischen Messer und Gabel,* 2019 wurde ihre Erzählung *Schwarzes Erbe* mit dem Friedrich-Glauser-Preis ausgezeichnet. Sie gab mehrere Kurzkrimibände heraus, zuletzt *Zechen, Zoff und Zuckerwerk* mit Weihnachtskrimis aus dem Ruhrgebiet. Daneben forscht sie zur Kriminalliteratur, besonders von Frauen. Für ihre Netzwerkarbeit im Bereich Krimi wurde ihr 2012 die »Goldene Auguste« verliehen.

Patricia Holland Moritz
wurde in Karl-Marx-Stadt – dem heutigen Chemnitz – geboren. Sie arbeitete in Leipzig als Buchhändlerin, verließ dann die DDR und heuerte in Paris als Speditionskauffrau an. Nach einigen Semestern Nordamerikanistik in Berlin arbeitete sie als Bookerin für verschiedene Bands und dann für zwei Jahrzehnte in einem großen Berliner Verlagshaus. Heute ist sie freiberufliche Schriftstellerin und arbeitet neben dem Schreiben für die SPD in Berlin-Lichtenberg und im selben Stadtteil in der Obdachlosenhilfe.

Ivonne Keller
ist waschechte Hessin. Erst mit Eintritt in die Grundschule kam sie in Berührung mit dem Hochdeutschen. Seither ist ihre Begeisterung für Sprache und wie unterschiedlich man die Dinge beim Namen nennen kann, ungebremst. Die gelernte Bankkauffrau verbrachte nach ihrer Ausbildung ein aufregendes Jahr in Spanien und arbeitete anschließend als Personalerin. Neben dem Beruf begann sie zu schreiben. 2015 hing sie ihren Job an den Nagel und tobt sich seither hauptberuflich im Genre Liebe und Krimi aus. Unter dem Pseudonym Stina Jensen ist sie immer wieder in den eBook-Bestsellerlisten vertreten. Sie ist Mitglied in den Autorenvereinigungen Mörderische Schwestern, DeLiA und Syndikat.

Michael Kibler
wurde 1963 in Heilbronn geboren und ist Darmstädter aus Leidenschaft. Er studierte an der Johann Wolfgang Goethe-Universität in der nördlich gelegenen Mainmetropole Frankfurt, im Hauptfach Germanistik mit den Nebenfächern Filmwissenschaft und Psychologie. Nach dem Magister 1991 promovierte er 1998, unterstützt durch ein Stipendium der Studienstiftung des deutschen Volkes, Bonn. Schreiben ist Passion seit mehr als der Hälfte seines Lebens. Weshalb er seit 1991 als Texter, Schriftsteller und PR-Profi arbeitet – seit 2002 freiberuflich. Schwerpunkt des Schriftstellers sind Krimis. Deshalb ist er Mitglied des Syndikats – des Vereins für deutschsprachige Kriminalliteratur. Er schreibt nicht nur im Stillen, sondern schätzt den Kontakt zum

Publikum. Deshalb bietet er in seinem Programm »Kibler live« Lesungen, Stadtführungen durch Darmstadt, Krimispaziergänge oder auch Schreib-Workshops an.

Gisa Klönne,
geb. 1964, wuchs in Darmstadt auf und lebt heute als Schriftstellerin, Schreibcoach und Yogalehrerin in Köln. Ihre Kriminalromane um Kommissarin Judith Krieger erreichten eine Gesamtauflage von einer halben Million, wurden in mehrere Sprachen übersetzt und mit Auszeichnungen bedacht, unter anderem mit dem Glauser-Preis. Ihr autobiografisch inspirierter Familienroman *Das Lied der Stare nach dem Frost* war ein Spiegel-Bestseller. Zuletzt erschien von ihr der in ihrer hessischen Heimat spielende Roman *Für diesen Sommer* bei Rowohlt. Darin verwebt Gisa Klönne Zeit- und Familiengeschichte zu einem Porträt zweier Generationen.

Tatjana Kruse,
Jahrgangsgewächs aus süddeutscher Hanglage, lebt und arbeitet in Schwäbisch Hall. Sie schreibt hauptberuflich Krimödien und reist damit vorlesenderweise viel durch die Lande – besonders gern immer wieder nach Darmstadt, wo sie sich schon vor Jahren unsterblich in die Mathildenhöhe verliebt hat!

Ivar Leon Menger,
1973 in Darmstadt geboren, studierte nach dem Abitur an der Georg-Büchner-Schule Grafikdesign an der Hochschule für angewandte Wissenschaft und Kunst in Hildesheim. Nach dem Diplom arbeitete er mehrere

Jahre als Werbetexter bei der amerikanischen Agentur Ted Bates in Frankfurt und drehte seinen ersten Kurzfilm mit Florian Lukas in der Hauptrolle, der 2002 auf der Berlinale als »Bester Kurzfilm Deutschlands« ausgezeichnet wurde. Als Autor und Regisseur von Hörspielen (u. a. *Die drei ???*) hat er sich längst einen Namen gemacht. Seine Audible-Hörspielserien *Monster 1983* und *Ghostbox* zählen zu den erfolgreichsten Produktionen Deutschlands. Sein Debütroman *Als das Böse kam* wurde 2022 bei dtv veröffentlicht. Im Sommer 2023 erscheint sein zweiter Roman *Angst.*

Sabina Naber
arbeitete nach ihrem Studium in Wien u. a. als Regisseurin, Journalistin und Drehbuchautorin. 2002 startete sie ihre schriftstellerische Laufbahn, mittlerweile sind 14 Romane und unzählige Kurzgeschichten veröffentlicht worden – 2007 erhielt sie für eine von ihnen den Friedrich-Glauser-Preis. Zudem wurden zwei Romane (*Marathonduell* 2013 und *Leopoldstadt* 2021) für den Leo-Perutz-Preis nominiert. Sie engagierte sich in Berufsverbänden (Österreichische KrimiautorInnen, Syndikat und AIEP) und gründete mit zwei KollegInnen die Wiener Kriminacht. Sabina Naber ist zudem Trainerin in den Bereichen Sprechen & Schreiben sowie sehr erfolgreich als Fotokünstlerin tätig.

Ingrid Noll,
geboren 1935 in Shanghai, studierte in Bonn Germanistik und Kunstgeschichte. Sie ist Mutter dreier erwachsener Kinder und vierfache Großmutter. Nachdem die

Kinder das Haus verlassen hatten, begann sie Kriminalgeschichten zu schreiben, die allesamt zu Bestsellern wurden. 2005 erhielt sie den Friedrich-Glauser-Ehrenpreis der Autor:innen für ihr Gesamtwerk.

Michaela Pelz,
geboren in Stuttgart, hat die Betreiberin von Krimi-Forum.de nach Studien- und Arbeitsaufenthalten in Italien, Großbritannien, den Philippinen und NRW ihre endgültige Heimat zwischen München und Wasserburg gefunden. Dort betätigt sie sich als Lokaljournalistin (Süddeutsche Zeitung), Moderatorin von Lesungen und Podiumsdiskussionen, Workshopleiterin im Bereich Kreatives Schreiben und Referentin an Schulen mit besonderem Augenmerk auf die Leseförderung. Ehrenamtlich engagiert sich die Mutter von zwei erwachsenen Kindern in diversen Jurys (Deutscher Krimipreis, Stuttgarter Krimipreis, Bloody Cover), für das SYNDIKAT und seit vielen Jahren in der Hospizarbeit.

Thomas Schrage,
1969 vor den Toren Kölns geboren. Langjährige Arbeit am Theater als Schauspieler und Regisseur mit Stationen in Düsseldorf, Paris, Trier, Mainz, Frankfurt. Inzwischen wohnt er wieder in Köln, ziemlich im Süden da, und arbeitet bei einer Firma für Softwareentwicklung. Er schreibt literarisch und journalistisch, hatte 2013 sein Romandebüt mit *Theatertod* im Gmeiner-Verlag und veröffentlichte Kurzgeschichten. Von 2017 bis 2023 gehörte er zum Gesamtvorstand des SYNDIKATS.

Jutta Siorpaes
wurde in Bayern geboren und lebt in Tirol. Promovierte Historikerin. Hat schon immer gern geschrieben. Bis heute für Zeitschriften. Darüber hinaus Bücher. Zuerst einen historischen Roman: *Als die Welt in Bewegung geriet* (Berenkamp Verlag 2008). Der historische Kriminalroman *Wo ist die Leiche* (Berenkamp Verlag 2010) führte zur Veröffentlichung etlicher Kurzkrimis u. a. in *Mords-Zillertal* (Gmeiner Verlag), *Mords-Bescherung 1, 2, 3* (Emons Verlag), *Mords-Wasserkraft* (Gmeiner Verlag), *»Nicht nur der Hund begraben«* (Criminale-Anthologie, Ars Vivendi Verlag), *Ischler Rosen und Sissi's Seitensprünge* (Gmeiner Verlag), *Tödlicher die Glocken nie klingen* (Pattloch Verlag). In Zusammenarbeit mit ihrem Kollegen Jörg Schmitt-Kilian entstand der Polit-Thriller *Die Verblendeten* (Edition Oberkassel). Sie schreibt Geschichten für Kinder und textet Songtexte für deutschsprachige Sänger(innen), u. a. für Heino.

Roland Spranger
ist Autor und lebt in Hof. Er schreibt Romane, Theaterstücke und alles, was nötig ist. Zuletzt wurden die Stücke *White Power Barbies* und *DANNER.* uraufgeführt, außerdem erschien ein Buch mit Short-Stories *(A Kind Of Blue).* Für den Thriller *Kriegsgebiete* erhielt er den Friedrich-Glauser-Preis in der Sparte Roman und mit *Tiefenscharf* war er auf der Krimi-Bestenliste. Außerdem ist er Moderator der Talkshow GWAAF und Mitinitiator des Podcasts »kunstveraechter.de«.

Johannes Maria Stangl,
Baujahr 1986, hat weder als Kind auf der Schreibmaschine seiner Eltern getippt, noch in der Grundschule seinen ersten Roman verfasst. Als Spätberufener brachte er irgendwann 2015 die ersten Zeilen aufs Papier. Im Jahr 2021 veröffentlichte er seinen ersten Kriminalroman *Eiskaltes Blut* im dp-Verlag. Im Frühjahr 2022 erschien mit *Dunkle Pfade* bereits der zweite Teil der Kriminalserie um das Ermittlerduo Gusenberg und Schröder. Stangl hat ein Herz für Mystery und Horror und unternimmt regelmäßige Ausflüge in diese Genres. Er lebt und schreibt in Würzburg. In seiner spärlichen Freizeit plappert er für mehr als ein Podcast-Projekt ins Mikrofon.

Ella Theiss
lebt in der Nähe von Darmstadt. Sie hat Germanistik und Sozialwissenschaften studiert, anschließend rund zwanzig Jahre unter ihrem Klarnamen Elke Achtner-Theiss als Redakteurin und Texterin gearbeitet, insbesondere im Themenbereich Bio-Lebensmittel. Sie war unter anderem Chefredakteurin der Bio-Zeitschriften *Schrot&Korn* und *ReformhausKurier.* Seit 2008 schreibt sie auch Romane und Erzählungen. Sie erhielt mehrere Preise und Auszeichnungen, unter anderem den Quo-Vadis-Kurzgeschichtenpreis 2013 für ihren historischen Kurzkrimi *Das Hurenkind.* Mit ihrer Erzählung *Sehnsucht* war sie 2017 für den Friedrich-Glauser-Preis in der Kategorie Kurzgeschichten nominiert.